LIBERTÉ

JAY KIRKPATRICK

LIBERTÉ

JAY KIRKPATRICK

DREAMSPINNER PRESS

Publié par
DREAMSPINNER PRESS

5032 Capital Circle SW, Suite 2, PMB# 279, Tallahassee, FL 32305-7886 USA
http://www.dreamspinnerpress.com/

Liberté
Copyright de l'édition française © 2015 Dreamspinner Press.
Titre original: Fredom
© 2013 Jay Kirkpatrick.
Traduit de l'anglais par Marie A.Ambre.

Illustration de la couverture :
© 2013 Anne Cain.
Les éléments de la couverture ne sont utilisés qu'à des fins d'illustration et toute personne qui y est représentée est un modèle

Édition e-book en français : 978-1-63477-037-8
Édition imprimée en français : 978-1-63477-036-1
Première édition française : novembre 2015
Première édition : mars 2013

Édité aux Etats-Unis d'Amérique.

Freedom est dédié à mon partenaire de vie, qui pendant un quart de siècle, a partagé le surmenage, les cross-country de dingue, les décès de trois de nos parents et les affres de la maniaco-dépression. Il est toujours mon doux prince qui m'emmène à Camelot. Et bien sûr, à notre fille, artiste spécialiste du papier, auteure et extraordinaire bêta-lectrice.

Remerciements

Mille remerciements à Marion Zimmer Bradley, Edna st. Vincent Millay et Melle Jeffie Robinson la professeure d'anglais qui a cru en mon écriture. Elles m'ont encouragée. Liberté ne serait probablement jamais sortie de ma tête si un groupe LiveJournal ne m'avait pas soutenu lors du premier projet. Vous savez qui vous êtes. Sachez que je vous remercie.

PARTIE I  Emprisonnement

I

AVANT L'EXPLOSION, Cavender avait été un entrepôt. La plupart de ses parois métalliques extérieures avaient été volées depuis des années. Certaines de ses tôles étaient devenues des auvents, d'autres avaient servi à l'ajout d'un second niveau au marché en plein air au sommet de l'édifice, mais la plupart avaient simplement disparu à l'Extérieur comme cela arrivait à Nullepart. Le flux de marchandises en provenance de l'Extérieur de la ville était lent, mais parfois le flux inverse, vers l'extérieur de la cité, tournait au déluge.

Cavender avait résisté à tout cela. Le Restaurant de Cavender était la plus ancienne auberge de Nullepart nichée dans le coin le plus ombragé de la masse de stands, comptoirs et recoins garnis de rideaux et des refuges' privés'. Patrick arriva quelques minutes avant Charlie et il trouva une table pour eux. Son uniforme blanc flambant neuf, symbole extérieur de son nouveau statut d'Empathe Première Classe, lui valut un large emplacement parmi les autres clients. Même la serveuse à l'air fatigué qui slalomait entre les tables gardait prudemment ses distances. Il commanda une bouteille d'eau, malgré la dépense, et ferma les yeux en attendant Charlie.

— Oh, tu joues les pouffiasses, grogna la voix de Charlie dans son oreille. Pourrais-tu être plus voyant ?

— Bâtard, sourit Patrick en claquant la main levée. Je suis venu directement du travail.

— Bien sûr. C'est toujours ce que tu fais.

Charlie se glissa sur la chaise en face de lui et posa un grand sac en lambeaux à côté d'eux.

— Alors, qu'est-ce qui se passe ?

— Tu es mon meilleur ami. Je voulais que tu saches que…

— Savoir quoi ? Tu es allé à Christo ? Non, attends. Tu es gay !

La serveuse posa l'eau sur la table et regarda Charlie qui regarda Patrick.

2

— Une autre pour lui, déclara Patrick.

Elle s'éloigna.

— D'accord, maintenant tu essaies juste de m'acheter, déclara Charlie avec un sourire édenté.

— Est-ce que tu travailles ?

— Je te le dirais après avoir goûté l'eau.

Patrick poussa sa bouteille vers Charlie. Il regarda son vieil ami briser avec révérence le sceau et prendre une première gorgée du liquide propre et frais.

— C'est le paradis

Charlie respira et lui lança un sourire radieux.

— D'accord, tu es plus ou moins pardonné. Alors, comment est-ce la grande vie ?

— Tel que tu l'avais pensé, répondit Patrick en passant un doigt dans la trace légère de condensation laissée par la bouteille. J'ai reçu ma première mission en solo, ajouta-t-il négligemment en lançant un coup d'œil à son ami. Et une promotion de Première Classe.

Charlie s'adossa à son siège avec un petit sourire et le regarda. Il n'avait pas vraiment beaucoup changé. Ses tresses étaient plus longues, la touffe de cheveux un poil plus courts et ébouriffés au-dessus d'elles toujours aussi blonde. Il portait une petite moustache maintenant et une nouvelle cicatrice sur sa pommette gauche juste en dessous de son œil. Mais ses yeux bruns pétillaient toujours et ses doigts gardaient tout le temps le rythme de sa propre musique intérieure.

— Première mission en solo ! Alors, c'est la belle vie, maintenant ? gloussa-t-il en buvant l'eau à petites gorgées. Alors qu'est-ce qui vient avec la grande promotion ? Un nouveau partenaire de lit chaque semaine ? Vidéo et jeux à gogo ? Manger tous les fruits frais et la vraie viande que tu veux ? Concerts ? Théâtre ? Voyages dans le monde ?

Patrick grogna et sortit un billet de vingt pour payer l'eau lorsque la serveuse apporta sa bouteille. Elle l'empocha et disparut. Il fit glisser négligemment un deuxième billet de vingt vers Charlie qui le mit adroitement dans sa poche.

— La nourriture est bonne, oui. Vidéos, oui. J'ai vu deux concerts. Pas de voyages. Et je ne me souviens pas de la dernière fois où je me suis envoyé en l'air.

Patrick fit sauter le scellé de son eau avec son ongle et l'ouvrit.

— Il y a du bien et du mal en tout, Charlie.

3

— Si tu le dis.

Charlie prit une gorgée mesurée et la savoura.

— Garde la monnaie, dit Patrick en baissant la voix lorsque la serveuse posa une troisième bouteille d'eau et un tas de monnaie sur la table. Pour Evie.

Son ami soupira et regarda vaguement le marché modérément actif.

— Je ne discute pas, mon pote. Evie a besoin d'aide. Je crois que j'ai trouvé quelqu'un qui pourra lui faire du bien ici. L'argent sera utile.

Patrick poussa sa bouteille encore fermée à travers la table.

— Contacte-moi si tu as besoin d'aide, Charlie. Tu sais que je ferai tout ce que je peux.

Il se leva. Charlie cacha ses deux bouteilles dans les poches de son gilet, puis il fit le tour de la table et l'enlaça.

— Tu nous manques, Paddy. Toujours. Tu le sais, n'est-ce pas ?

— Vous me manquez aussi.

Patrick passa ses bras autour de la taille de Charlie et savoura la sensation d'un autre corps. Il se laissait rarement aller à penser combien un simple contact humain lui manquait.

— Parfois, je me dis que j'aurais dû rester.

— Non, tu as bien fait.

Il avait posé sa tête sur l'épaule de Patrick. Il sentait la sueur, la saleté et légèrement la cannelle.

— Nous nous occupons de nous, Evie et moi. Tu t'occupes de toi. Et nous savons où te trouver si nous avons besoin de toi.

— Je t'aime, murmura Patrick d'une voix rauque.

— Moi aussi, mon grand minou, murmura Charlie en réponse, puis il recula et claqua les fesses de son ami. Bon retour au pays des merveilles, princesse.

Patrick rit et Charlie disparut dans la foule.

Centre Empathe
New Las Vegas.

L'HOMME ÉCRIT.

À l'extérieur des barreaux, des grilles et du verre incassable épais, il y a l'herbe. Épaisse. Une herbe verte, luxuriante. Une herbe parfaitement verte. Pas de mauvaises herbes, pas de fleurs, pas d'insectes.

Sûrement pleine de poison. Un poison qui glisse dans l'herbe, suintant insidieusement, s'infiltrant dans la terre et plus bas, par les fentes, les fissures et les imperfections minuscules, dans les ruisseaux et les courants d'eau souterrains.

Pourquoi utilisent-ils du poison pour une herbe parfaite sur laquelle personne ne marche ? Personne ne marche sur l'herbe ici. Je n'ai pas le droit. L'herbe est à l'extérieur et je ne sors pas. Mais je peux voir le carré d'herbe. Trop vert. Et un carré de ciel. Bleu. Parfois, les nuages sont blancs et gris d'autres fois. Ou presque noirs. J'aime ceux-là. Ils annoncent une tempête et les tempêtes sont intéressantes. Il arrive ici des choses captivantes pendant les tempêtes. J'espère toujours que l'orage arrivera pendant que je suis éveillé. Alors je peux l'observer. L'écouter. Le sentir. Apprendre.

C'est dur d'être ici. On m'interdit beaucoup de choses. J'écris maintenant sur ce papier si facile à déchirer que je ne voudrais pour rien au monde l'utiliser pour m'essuyer. Mais maintenant, c'est tout ce que j'ai et selon la couleur qu'ils me donnent. Aujourd'hui, tout est vert. Comme l'herbe. Difficile d'écrire. Cela ne semble pas bien et j'ai seulement un peu de temps, juste un peu de temps. Puis les médicaments emporteront mon esprit et quand je me réveillerai tout sera parti. Pourquoi doit-il en être ainsi ? Je ne comprends pas ce que j'ai fait pour mériter ça. Pourquoi, oh, pourquoi ? Peut-être qu'aujourd'hui apportera une tempête ? Peut-être que le vent viendra avec la foudre, qu'il prendra d'assaut ces murs, et les soufflera. Peut-être qu'il me libérera. S'il vous plaît, aidez-moi. Je tombe qui qui qui bleu bleu ble…r…l…b…l…e

Harvey, Patrick, Emp C1
Cas n° 723, John Doe 439

AUJOURD'HUI, JE commence mon premier cas réel en solo. Oui, je suis excité et un peu terrifié aussi, après deux années à observer et assister. Mon Conseiller a suggéré que je prenne un léger tranquillisant avant d'entamer ma session initiale puisque les Arbitres ont jugé le cas particulièrement difficile. Je suis honoré qu'ils pensent que je peux le traiter, mais peut-être que Sam a raison pour les tranquillisants. Je ne veux pas me jeter sur le pauvre gars après tout.

Son rapport médical indique qu'il a eu une courte période de clarté dans l'après-midi et une autre en début de soirée. Ses médicaments doivent être dosés apparemment dès qu'il commence à montrer des signes de santé mentale. Le pauvre bougre doit vivre un enfer.

Bien, voici le contexte pour mon rapport officiel :

John Doe 439 a été trouvé il y a six semaines le long de la voie de secours de Las Vegas. Il était seul, inconscient, bien brûlé par le soleil et seulement vêtu d'une chemise en lambeaux. L'unité de sauvetage qui l'a trouvé a constaté qu'il souffrait de déshydratation et de divers traumatismes. Seize entailles et blessures perforantes de différentes tailles, des ecchymoses massives, une fracture au bras gauche, une légère commotion cérébrale et une grave déchirure anale. Il avait aussi sur une grande partie du corps ce qui ressemblait à des brûlures de cigarettes.

Quand il a commencé à reprendre connaissance dans le centre de secours, il est immédiatement devenu combatif et s'est mis à crier sans arrêt. Après dix jours à tenter de le calmer, les médecins ont appelé le Centre Empathe et l'ont dénoncé. Il est ici depuis.

Il a essayé de se tuer six fois en quatre semaines et demie et n'a toujours pas prononcé un mot compréhensible pour qui que ce soit.

Ceci est mon premier cas. John Doe 439. Reste-t-il assez de lui à sauver ?

L'HOMME ÉCRIT

Foutu violet foutu violet foutu violet foutu violet foutu violet foutu violet foutu violet foutu violet foutu violet foutu violet foutu violet foutu violet foutu violet foutu violet foutu violet…

Harvey, Patrick, Emp.C1
Cas n° 723 John Doe 439
Session 1

MÊME SOUS calmant, il se recroqueville pour se protéger, nu sur le plancher rembourré. Il a clairement peur. Ma première observation. Et maintenant, premier contact.

Oh.

Je pense que c'est mieux que je reste de l'autre côté de la pièce pour cette première session. Je ne suis pas sûr que nous sommes prêts pour le contact physique. Ce premier contact, même sous sédatifs, est presque écrasant. Son esprit…est démoli. Chaotique. Une immense salle pleine de miroirs brisés. Rien n'a de sens. J'utilise mon temps à me stabiliser, méditant jusqu'à ce qu'il commence à se réveiller.

Il commence à remuer. Il regarde autour de lui soigneusement avec le manque d'orientation qui accompagne toujours la sédation profonde. Il entend mon murmure par le haut-parleur et il s'immobilise totalement, sauf ses yeux bleu foncé sous une crinière emmêlée de cheveux châtain sable. Il a toujours un plâtre léger à son bras gauche et le dernier de ses bleus est jaune. Les brûlures ont disparu à part les petites cicatrices des plus graves. Il n'est plus autorisé à s'habiller maintenant depuis qu'il a déchiré son dernier pyjama en morceaux et a essayé de s'étrangler avec. Il est maigre au point d'être émacié. Seules les menaces l'obligent à manger le strict minimum.

Il localise mes cheveux noirs sur le blanc des murs et de mes vêtements. Nous nous regardons à travers la pièce. Je ne bouge pas. Il s'accroupit et attends.

Avec une prudence extrême, je m'ouvre à lui, juste une petite quantité, soigneusement contrôlée. J'attends pour voir s'il remarque ma présence, mais jusqu'ici je semble avoir glissé sous ses défenses. Je cherche, plus léger que l'air, quelque chose de solide dans le chaos, pas pour le saisir, mais seulement pour savoir que c'est là. Nous avons besoin d'un endroit pour commencer si nous voulons obtenir le moindre progrès.

Je l'entends bouger et je reporte mon attention sur le visuel. Il s'est légèrement redressé dos au mur, et il a commencé à se déplacer très lentement vers l'étagère capitonnée sur un mur. Ahhh…un oubli de ma part. J'ai oublié la seule chose qu'il apprécie, d'après ses observateurs. Il y a sur l'étagère une feuille de papier épais et un crayon jaune.

Ses yeux bleus ne quittent jamais mon visage. Il saisit son papier et son crayon et se glisse dans un coin. Il a détourné son regard de moi, tout à son crayon. À cet instant, j'ai passé toute ma perception à l'intérieur, et c'est pour cela que le cri muet de rage m'envoie presque au sol. La colère est si énorme, si colorée de frustration, de douleur et d'un désespoir tellement étouffant qu'elle me cloue littéralement au mur.

À ce moment-là, sa bouche ouverte sur un cri silencieux, il est sur le lit et il saisit ma gorge et ses mains maigres cognent ma tête…

Suivi :

Quatre observateurs et une bonne dose de notre tranquillisant le plus fort le firent tomber le temps d'une respiration. Contre mes recommandations,

7

il fut attaché à son matelas et recouvert de deux draps minces. Je passai un moment à interroger les Observateurs qui composaient le plus souvent son équipe d'après-midi et j'enquêtai un peu, mon adrénaline plus élevée. À la fin, je savais au moins une chose à propos de John Doe 439 et je savais que je pourrais faire quelque chose pour l'aider.

Ce fut avec beaucoup de plaisir que j'ajoutai à ses ordres : ne pas donner à John Doe 439 de crayon de couleur jaune, ni aucune couleur très claire. Aussi, ne pas lui donner de crayon violet à moins que son Empathe n'ait prévu d'être présent.

Ce que John Doe m'avait dit, très clairement par sa fureur obtuse, c'était qu'il ne pouvait pas voir ce qu'il écrivait avec le crayon jaune. Dans son esprit, c'était juste une autre forme inexplicable de torture.

J'avais au moins supprimé cette torture. Ce n'était pas beaucoup, mais c'était peut-être un début.

II

Harvey, Patrick, Emp. C1
Cas n° 723, John Doe 439
Consultation : Senior Empathe Samuel Hunter

PATRICK S'INSTALLA à sa place habituelle sur le côté du bureau de Sam. Il s'ouvrit avec un sourire pour un contact d'esprit poli et professionnel qui permettait à Sam de savoir qu'il n'apportait pas de bagages supplémentaires à la réunion. Le contact de ce dernier était, comme toujours, chaud et solide. Parfois, Patrick se demandait s'il ressemblait à Sam, mais ce serait le comble du manque de professionnalisme de demander.

— Tu as eu ta première rencontre avec ton John Doe hier.

Il n'y avait presque jamais de questions avec Sam, donc Patrick hocha simplement la tête.

— Dis-moi ce que tu en penses.

— Son esprit est un chaos incroyable. Je n'ai pas trouvé une seule zone stable pour commencer, mais la session a été artificiellement raccourcie.

Patrick promena ses doigts sur les bords du dossier contenant la petite quantité pitoyable d'informations qu'il avait sur l'inconnu.

— Je n'ai pas eu beaucoup de temps pour travailler avec lui

— La perturbation concernait son œuvre, m'a-t-on dit.

Sam se laissa aller en arrière dans son fauteuil, tout à fait détendu. Patrick pouvait sentir le contact léger de l'esprit de Sam dans le sien, une présence non intrusive constante.

— Il était en colère à cause de son crayon, oui, dit Patrick laissant apparaître clairement son ardeur. La seule lecture claire que j'ai été en mesure d'obtenir de lui, c'était un sentiment de colère et de trahison sur le crayon. Il est évident qu'il voit spécifiquement le crayon comme une forme de torture.

— Donc, tu as fait quelques recherches.

Sam lui adressa un de ses rares et donc précieux sourires lumineux. Patrick eut l'impression d'avoir gagné un prix ou d'avoir reçu une tape sur la tête comme un bon animal de compagnie.

9

— Oui, je l'ai fait. Et j'ai constaté qu'il était particulièrement bouleversé quand on lui donnait un crayon de couleur claire. Alors j'ai passé au crible tout ce que j'avais à lire sur lui et j'ai compris qu'il était en colère parce qu'il ne peut apparemment pas voir les couleurs claires sur le papier.

— Excellent travail, Patrick. Une unique session et tu as déjà fait autant de progrès que les examens médicaux en six semaines. Au moins, nous savons quelque chose de solide à propos de notre homme mystère maintenant.

— Je pense… je pense qu'il pourrait y avoir autre chose, déclara Patrick avec impatience, glissant en avant sur sa chaise pour placer le dossier sur le bureau de Sam. J'ai passé une grande partie de la nuit dernière sur ces papiers, il en a fait chaque jour, dit-il et il jeta un regard à Sam, se mordant les lèvres un moment. Je ne pense pas que ceux-ci soient un charabia complet. Je pense qu'il essaie de dire quelque chose. C'est peut-être juste une impression, mais je suis presque certain qu'il pense qu'il est en train d'écrire quelque chose.

Sam prit le dossier et le tourna afin de pouvoir l'examiner attentivement.

— Cela ressemble effectivement à du charabia. Qu'est-ce qui te fait penser le contraire ?

Patrick se pencha et feuilleta les papiers jusqu'à ce qu'il trouve le violet, le plus récent.

— Regardez cela une minute.

Il fit courir un long doigt mince sur les marques violettes.

— Des gribouillages, oui. Mais si vous regardez attentivement, vous verrez qu'ils se répètent généralement. Il y a certaines variations, certes, mais dans l'ensemble il s'agit des mêmes gribouillages. Je pense que ce sont des mots.

— Dans quelle langue ?

Sam semblait dubitatif, les sourcils levés.

— Peut-être dans aucune langue. Peut-être qu'il y a un décalage entre son cerveau et la fonction motrice. Il pense qu'il écrit des phrases, mais il fait juste des marques. C'est juste une supposition.

Patrick regarda Sam anxieusement. C'était une théorie audacieuse et ce dernier pourrait très bien lui dire de laisser tomber.

Sam feuilleta pensivement le reste des documents et s'arrêta finalement sur une puce encochée en bas d'une page.

— Qu'est-ce que c'est ?

— Ah... C'est un enregistrement de quelques phases de sommeil que j'ai demandé.

Patrick sentait qu'il commençait à rougir légèrement. Il était au-delà des paramètres qu'on lui avait fixés et Hunter pourrait très bien le réprimander pour ça.

— Tu t'intéresses au sommeil de ton John Doe ?

Sam semblait plus amusé qu'autre chose. Il prit la puce et il l'inséra dans le lecteur posé sur le côté de son bureau. Il pencha l'écran pour qu'ils puissent voir tous les deux les images.

— Un de ses observateurs a dit quelque chose qui a attisé ma curiosité, admit Patrick en regardant le clip court qu'il avait déjà regardé au moins une douzaine de fois.

— Parle-moi de ça.

Patrick prit une profonde inspiration, puis il se pencha pour toucher légèrement l'écran au moment où apparaissait John Doe, nerveusement endormi sous ses draps.

— C'est le moment de son sommeil où la charge médicamenteuse est la plus basse, expliqua-t-il en regardant l'écran. Cela n'arrive pas tous les soirs, cependant assez souvent.

L'homme endormi roula sur le dos, les draps enroulés autour de son estomac et ses longs cheveux emmêlés sur son visage. Après un moment de silence, il tourna ses mains sur le matelas, paumes vers le bas, les doigts gracieusement courbés. Puis il commença à les bouger. Parfois, il les laissait sur le matelas, parfois, il les levait vers son abdomen et deux fois il les souleva en l'air pendant quelques instants et il les fit planer en l'air, toujours en mouvement. Il cessait ensuite et serrait les poings. Il se retournait sur le côté ou sur le ventre et se recroquevillait pour se protéger à nouveau.

— On dirait qu'il joue d'un instrument, dit Sam intéressé.

— C'est ce que j'ai pensé aussi. Peut-être qu'après quelques sessions, si ça se passe bien, je pourrais lui amener un petit clavier. Pour voir ce qu'il en fait.

— Sois prudent. Si ta théorie sur l'écriture est correcte et qu'il pense qu'il écrit, mais que c'est du charabia, ça pourrait lui nuire encore davantage s'il pense qu'il peut jouer de la musique et qu'il joue tout faux.

— Ne vous inquiétez pas. Je ferai attention.

Sam remit la puce dans le dossier, le ferma et le lui remit.

11

— Tu as fait du bon travail jusqu'à présent, mon garçon. Ne deviens pas obsédé par ça, d'accord ?

— Je sais. Je me souviens de toutes les leçons.

— Tu es le seul à le faire, alors, rit son aîné. Tu peux avoir deux semaines de plus avec seulement John Doe, puis nous te donnerons un deuxième cas à temps plein. Quelque chose dans tes cordes.

— Merci, Monsieur.

— Merci Patrick. Tu es plein de promesses. Je suis vraiment content d'avoir un Empathe haut de gamme comme toi dans mon équipe. Maintenant, remets-toi au travail. Il est l'heure de mon thé matinal.

L'HOMME ÉCRIT

Pourquoi est-ce que personne n'écoute ce que je dis ? Où suis-je ? Quel est cet endroit ? Que m'est-il arrivé ? Moi. Moi. Qui suis-je en fait ? Qui suis-je ? Je suis qui ? Suis-je qui ? Qui suis-je ?

Pourquoi est-ce que je ne peux pas me rappeler qui je suis ? Je me vois dans la surface brillante qui n'est pas un miroir. Je sais que je suis un homme. J'ai les cheveux châtains. J'ai les yeux bleus gris. J'ai des ecchymoses, des cicatrices. J'ai cette chose dure sur mon bras, mais je n'arrive pas à me rappeler son nom. Je devrais connaître ce mot. Mes doigts ne sont pas blessés et c'est bien. Mais je ne sais pas pourquoi. Pourquoi est-ce que c'est bien ?

Qui sont ces gens ? Pourquoi parlent-ils de folie à mon sujet ? S'ils arrêtaient tout simplement de parler comme si je n'étais pas là et s'ils arrêtaient de me droguer, je pourrais comprendre qui je suis, pourquoi je suis ici et pourquoi je suis seul. Dois-je être seul ? Le long. À haute voix. Un nuage. Un clone. Ville. Marron. En bas. Son. Blessure. Butte. Utte tte te te te e e e

Harvey, Patrick, Emp. C1
Cas n° 723, John Doe 439

LE DÉBUT était une réplique d'hier. Il se blottissait dans un coin, recroquevillé sur lui-même pour se protéger, cette fois avec un des draps minces serrés sur son corps maigre. Il commençait juste à émerger des médicaments quand j'entrai et pris ma place au même endroit que la veille.

12

Son crayon était d'un bleu royal foncé aujourd'hui et j'avais un cadeau pour lui si nous pouvions atteindre un niveau de confiance. Mais ce serait à lui d'avancer aujourd'hui. J'étais déterminé à attendre simplement et à le laisser venir.

Il se réveille avec un besoin de vigilance qui est presque pénible à regarder. Les médicaments continuent à le droguer, mais il se sent clairement menacé. Et il veut être immédiatement vigilant quand il se réveille. Ce n'est pas possible et il tangue, apposant une main sur le mur pour se rattraper alors qu'il commence à se tenir debout.

Il perd trop de poids, m'a dit la nutritionniste. S'il ne commence pas à mieux manger bientôt, il faudra le nourrir en perfusion d'une façon qui ira à l'encontre de ses désirs. Voilà une autre chose que je devais lui communiquer de quelque façon que ce soit. Si déjà j'arrive à communiquer avec lui.

Tout comme hier, il entendit le murmure sortant de ma gorge dans le micro et se concentra sur mon emplacement. Je m'ouvris à lui, juste un contact, un chuchotement, pour voir si je pouvais maintenir le contact.

Il est un maelström de crainte et de colère. Ces deux émotions surpassent toutes les autres. Mais je peux aussi lire du désespoir, une énorme tristesse et en dessous de tout ça, le simple sentiment d'être perdu. Il n'a aucune idée de ce qui se passe. Oh, il y a un éclat de soulagement, peut-être même de la joie. En retournant mon attention au monde extérieur, je vois qu'il a commencé à accorder la sienne au papier et au crayon et qu'il rôde prudemment autour.

Il pensait qu'ils ne seraient pas là aujourd'hui après son éclat d'hier. Eh bien, je suis heureux de pouvoir vous laisser votre seul plaisir ici, John Doe. Je me laisse aller à sourire alors qu'il se précipite dans son coin avec son trésor, et il tourne son regard vers moi.

Pendant un bref moment, il me regarde puis il prend prudemment le crayon et m'offre la plus rapide et la plus légère esquisse possible d'un sourire. Je m'ouvre à lui à ce moment-là et je lis la gratitude, et derrière elle, des excuses. Il est désolé de m'avoir blessé hier. Et maintenant, il attend que je continue à parler, son front plissé alors qu'il essaie de comprendre, je suppose, à qui je parle.

Puis il s'accroupit et commence à griffonner sur le papier, levant les yeux de temps en temps sur moi comme pour s'assurer que je suis toujours là. Je lis toujours la crainte en lui, la frustration et la colère. Il griffonne jusqu'à ce qu'il ait couvert un côté de la feuille de papier et ensuite il se lève lentement, apposant une main sur le mur pour se stabiliser.

Il tient maladroitement le crayon et le papier dans une main et se soutient avec l'autre, il se fraye très lentement un chemin vers moi. Il se sert du mur pour le soutenir et c'est seulement maintenant que je me rends compte combien il est faible. Les médicaments commencent à faire effet. Il secoue sa tête comme un chien qui a de l'eau dans ses oreilles, essayant d'en annuler les effets.

Il se rapproche, exhalant de la frustration et une peine inquiète. Puis une nouvelle sensation s'ajoute, la peur du rejet. Il tend vers moi le papier et le crayon qu'il tient à bout de doigts. Je me suis, par inadvertance, trop ouvert à lui et brusquement je peux sentir la douleur dans son corps, la sensation d'épuisement dans le bras tendu vers moi.

Je tends lentement la main pour prendre le papier et le crayon, faisant attention à ne pas le toucher.

— Merci, dis-je calmement et clairement.

Il lèche ses lèvres sèches et tente visiblement de former un mot, mais rien ne sort. Il tente à nouveau… et génère un son. Juste un son. Et soudain, je ressens une intense explosion de frustration, et sa mâchoire devient dure comme du granit.

Je lui envoie une touche de calme légère comme une plume. Il ne semble pas remarquer d'où cela vient, mais je peux sentir que cela a un certain effet. Puisque cela fonctionne, je lève très lentement le cadeau que je lui ai amené. Un pyjama en papier avec crochets et boucles de fermeture.

Il regarde avec méfiance le petit paquet, clignant des yeux pour essayer d'effacer le brouillard qui envahit à nouveau son esprit. Tel que je suis ouvert à lui en ce moment, je peux aussi sentir les médicaments. La manière dont ils émoussent ses pensées et enlèvent toute trace de compréhension qu'il peut arriver à assembler. Je retourne dans le monde physique et je le trouve qui me regarde comme il peut, les yeux bleus méfiants, apeurés et toujours prêts, peut-être à prendre une chance.

Il tend la main avec soin et prend le pyjama, le ramenant vers lui pour le serrer contre son corps. Je lui offre un sourire.

— Patrick, dis-je le plus doucement possible en plaçant une main ouverte sur ma poitrine.

Je peux sentir qu'il comprend, qu'il veut répondre. La frustration est épaisse autour de lui. Il désigne mon autre main, celle qui tient le crayon.

Je lui redonne et pose le papier sur le dossier sur mes genoux, page vierge sur le dessus. Il prend le crayon, se penche prudemment, en conservant un œil sur moi. Puis, il griffonne soigneusement quelque chose sur le papier et me regarde avec une expression légère d'espoir sur le visage.

Je regarde le papier.

C'est du charabia.

— Je ne comprends pas, suis-je obligé de dire.

Son visage se décompose. Il laisse tomber le crayon et recule en trébuchant à travers la pièce pour se cacher dans son coin. Il tient toujours le pyjama contre sa poitrine, mais il tire le drap au-dessus de lui pour se dissimuler. Mais je peux le sentir.

Il sent le désespoir.

III

LE MÉDICAL avait été chargé de réduire ses tranquillisants dans la journée de vingt pour cent à partir de ce matin. J'avais aussi demandé à être informé de ses heures de repas. À compter d'aujourd'hui, je prévoyais de manger avec lui pendant un certain temps, chaque jour si possible.

Les enregistrements matinaux montrent une soirée en grande partie sans incident. Une suite de cauchemars avec cris et agressivité du sujet à partir de 2 h 48, calmé par une fléchette sédative.

Bonjour, John Doe.

J'ARRIVE UNE bonne demi-heure avant l'heure prévue pour son repas du matin parce que je veux essayer de le lire alors qu'il se réveille. J'ai passé plusieurs heures hier soir dans notre bibliothèque à compulser de vieux textes, à essayer de trouver dans des fichiers des indices, essayant de comprendre ce qui pourrait être de travers avec cet inconnu. Et plus important, s'il existait une façon connue de l'aider.

Je ne suis arrivé à rien, mais je m'y attendais dans un laps de temps si court. La recherche d'informations est une tâche ennuyeuse et abrutissante. Certains vieux médecins disent qu'il y avait un temps, avant l'Explosion, où découvrir des informations était aussi simple que de taper une demande sur un clavier. Les informations que vous cherchiez apparaissaient comme par magie. Mon esprit sait que c'est vrai, cette magie était appelée Internet, mais mon cœur a du mal à croire qu'une telle chose ait jamais existé. Une électricité fiable est une chose presque magique maintenant. Nous vivons dans un monde de technologie mixte, mais c'est le seul monde que je connais et je trouve qu'il faut au mieux se méfier de l'idée de machines d'informations magiques, de trains qui montent dans les airs et de tous les contes que les anciens nous racontent.

Mais je m'égare. Note à moi-même : supprimer la section précédente du dossier quand je le retranscrirai.

John Doe commence à remuer et il est temps de prendre une lecture de référence sur ses émotions. Il est groggy d'avoir dormi et du sédatif à trois heures, mais derrière la somnolence il y a quelque chose de scintillant, mais constant. Je m'ouvre plus et j'arrive finalement à identifier l'espoir. Quand il se réveille, l'espoir est fort, de plus en plus fort jusqu'au moment où il ouvre les yeux.

Je ressens le choc, comme un coup physique. Et il me laisse à bout de souffle, presque nauséeux. Je recule, je m'éloigne de ses émotions. Et je tente de me réguler avec de lentes, profondes et calmantes respirations. Quand je rouvre les yeux, il est assis sur son lit et me regarde. Je souris en voyant qu'il porte le pyjama en papier.

Ceci est quelque chose de nouveau dans sa routine habituelle et je peux sentir sa méfiance. Il se met debout, titubant légèrement et il se dirige vers la porte avec des cercles bleus qui se trouve sur un côté de la pièce. Il continue à me lancer des coups d'œil par-dessus son épaule et il y a des étincelles de curiosité au milieu de la démission globale qu'il exhale. Il place les deux mains sur la porte, tel un chien bien dressé.

Après un moment, la porte s'ouvre et Un Observateur robuste lui ouvre la petite salle de bains. La porte est fermée, mais l'Observateur reste avec lui et je peux sentir son ressentiment résigné même s'il est hors de portée visuelle.

Un Observateur apporte deux plateaux identiques de nourriture alors qu'il est dans la salle de bains.

— Comment fait-il pour manger d'habitude ? demandé-je. Car il n'y a pas de tables ni de chaises sauf celle que j'ai amenée avec moi après avoir percuté le mur hier.

— Assis sur le sol, dit l'Observateur.

— Est-ce qu'il mange ?

— Pas beaucoup.

— Apportez-nous une table basse assez grande pour les deux plateaux.

L'Observateur fait une tête d'enterrement, mais il disparaît et revient un peu plus tard avec une petite table basse. Nous posons les deux plateaux dessus ainsi que deux verres en plastique remplis d'eau, et je le renvoie. J'espère avoir fait le bon choix. Il s'agit d'un homme qui s'est poignardé à six reprises avec une fourchette en métal avant que les gardiens puissent l'arrêter. Je m'assieds avec les jambes croisées sur un côté de la table et j'attends.

Quand il sort en trébuchant de la salle de bains, ses cheveux sont humides et emmêlés et il projette une frustration coléreuse. Je le regarde et je peux constater qu'il y a eu quelques difficultés avec le rasage, à cause d'une bande plus claire sur sa mâchoire autrement fortement ombrée.

Il atteint le milieu de la pièce et me fusille du regard, les sourcils fortement froncés.

— Bonjour, dis-je aussi calmement et agréablement que je le peux, projetant calme et bienvenue.

La confusion qui émane de lui à cette simple salutation est presque amusante.

— Je tiens à manger avec vous.

J'essaie de faire des phrases simples et je désigne les plateaux. Il bout d'incertitude et de suspicion.

— Voulez-vous vous joindre à moi ?

Je commence à soulever les épais couvercles incassables sur mes aliments, uniquement des choses qui peuvent être mangées avec les doigts ou à l'aide de tortillas chaudes. Je fais très attention à ne pas le regarder pendant que je prends une petite tomate mûre. Je la gobe, savourant doucement la saveur acidulée. Déchirant un bout de tortilla, je l'utilise pour prendre une bouchée d'œufs brouillés au fromage, et je savoure le goût avec les yeux mi-clos. Je diffuse également un fil de mon plaisir vers lui, juste un contact chuchotant.

Un froissement de papier me prévient et j'ouvre les yeux pour le voir s'installer maladroitement en face de moi. Il étudie la nourriture et je touche son esprit. Ahh…voilà la raison pour laquelle il ne mangera pas. Il croit que les médicaments sont dans la nourriture.

— Pouvez-vous me comprendre ? dis-je, lentement et clairement.

Le regard bleu hanté fouille mes yeux pendant un long moment avant qu'il hoche la tête lentement, avec hésitation.

— Tout ce que je dis ?

Son regard ne quitte pas le mien. Il secoue la tête et je goûte son regret.

— Mais certaines choses.

Il hoche la tête, incertain.

— Avez-vous peur de manger la nourriture ?

Je m'ouvre autant que je le peux à lui sans risquer qu'il remarque ma présence. Je désigne la nourriture, puis j'essaie de mimer la peur, yeux grands ouverts et mains en l'air, paumes vers le haut pour simuler le rejet. Il est proche de sourire et il hoche la tête et cela semble lui faire mal.

— Vous devez manger ou vous serez nourri de manière invasive.

Une rafale brève de crainte.

— Vous comprenez ce que cela signifie ?

Une secousse de la tête.

— Un tube sera passé par votre nez pour aller dans votre estomac

Je l'observe attentivement et je sens la panique bouillonner en lui comme une marmite en ébullition. Je tente de mimer l'idée d'une sonde naso-gastrique, et je laisse passer l'image, la gêne, la nécessité de plus de médicaments.

— La nourriture sera mise de cette façon.

Ses yeux sont écarquillés et son corps est parcouru de faibles tremblements. Il baisse les yeux sur le plateau et il le regarde comme s'il était un ennemi mortel.

— C'est juste de la nourriture, dis-je, apaisant. Vous voyez… Je vais en manger. Regardez.

Je prends ses couverts, sa nourriture et je mange quelques bouchées en prenant soin de prendre un peu de chaque aliment.

— Vous voyez ? C'est bon.

Sa mâchoire est totalement serrée, mais il tend une main tremblante vers la nourriture et prend une bouchée. Il attend clairement de s'évanouir ou de mourir à tout moment. Lorsque rien ne se produit, il en prend une autre, puis une troisième dans mon assiette. Il regarde attentivement mon visage en même temps. Je lui souris tout simplement et je passe par-dessus son bras pour piquer une tomate dans son assiette.

Il sourit en voyant ça. Il a un franc sourire pour la première fois et cela change son visage. Le temps d'un battement de cœur, la peur, la colère, la suspicion et la frustration reculent dans son esprit et il goûte

19

un calme agréable. Je me demande si je viens d'avoir mon premier aperçu du vrai John Doe.

Harvey, Patrick, Emp, C1
Cas n° 723 John Doe 439

IL A mangé presque la moitié de son déjeuner et bu à la fois son eau et la mienne. J'ai ordonné qu'on laisse tout le temps un jerrican d'eau en plastique et un verre dans sa chambre. Le médical voulait discuter, mais en tant qu'Empathe première classe, je suis le décisionnaire final. Il ne peut guère se noyer dans un jerrican d'eau et il est clair que cet homme est assoiffé. Beaucoup de médicaments, antidépresseurs, antipsychotiques, causent une soif intense. Pas étonnant qu'il pense que nous essayons de lui nuire.

Il est réveillé quand j'entre dans sa chambre. La réduction des doses de tranquillisants lui permet d'avoir plus de moments de lucidité. Mais je dois lui trouver une façon d'occuper son temps. Rester simplement assis et regarder par la fenêtre n'est pas une finalité productive.

— Bonjour, dis-je en projetant calme et bienvenue. Je vous ai apporté vos articles de bureau.

Je traverse lentement la pièce et je m'arrête au bout de son matelas plutôt que d'envahir son espace de sureté. Je lui tends papier et crayons pour aujourd'hui. Deux crayons. Marron et rouge. Il se déplie de son coin et avance pour prendre l'offrande. Puis il se retire immédiatement pour commencer à écrire. Je reviens à ma chaise et j'attends, m'ouvrant aussi complètement que je l'ose à lui, essayant de comprendre.

L'HOMME ÉCRIT

Cinq fois qu'il vient, vêtements blancs et cheveux bruns. Mais, je ne regarde pas, je ne fais pas attention, ne peux pas m'en soucier. Ne fais pas confiance à ceux qui sont tout en blanc, dit Tedrick, ceux qui sont tous habillés de la même façon. Ils veulent te faire du mal, ils veulent t'ouvrir pour voir ce qui te fait avancer. Reste à l'écart de ceux en uniforme. Et il porte des vêtements blancs comme ceux avec les médicaments et les autres avec les aiguilles. Ne fais pas confiance.

Mais, mais, mais, mais, mais, mais, mais, mais, mais, mais ma ma m

Je suis fatigué et effrayé, Tedrick. Je suis fatigué et je ne sais pas combien de temps encore je ne peux pas faire confiance. Pourquoi est-ce que je peux me rappeler de toi et de personne d'autre ? Pas même de moi ? Qui suis-je ? Pourquoi ne devrais-je pas faire confiance ? Je veux manger et dormir. Manger et dormir réellement et ne pas avoir peur et savoir qui je suis. Pourquoi ne puis-je savoir qui je suis ?

Je peux le comprendre. Yeux marron. Comme ce bâton. Marron. Je le comprends, parfois. Quelques mots. Peut-être qu'il sait qui je suis. Peut-être, qu'il peut me le dire. Mais ne fais pas confiance. Ne fais pas confiance. Ils vlent te blsser… blesser. Blesser.

(Changementdecouleurpourlerouge)BLESSERBLESSERBLESSER POIGNARDER BLESSER HURLERBLESSERBLESSERARRÊTER SILVOUPLAITARRÊTER HURLER HURLERHURLERSILVOUPLAÎTHURLERSILVOUPLAïTARRÊTER S'IL VOUS PLAÎT ARRÊTER SILVOUPLAÎTSILVOUSPLAÎT SILVOUSPLAÎTSILVOUSPLAIT S'IL VOUS PLAÎT…

Harvey, Patrick, Emp, C1
Cas n° 723 John Doe 439

IL ÉTAIT nerveux, incertain, tout au long de l'écriture, et je reçois des impressions d'un petit groupe de personnes apeurées, déterminées et une vague image d'un homme aux cheveux blancs et aux yeux perçants en arrière. Ensuite, plus de peur et de frustration jusqu'à ce qu'il se déplace brusquement dans un espace complètement différent de sa tête. Et je suis presque submergé par un désordre d'images, de couteaux pénétrant la chair, de peau brûlante, d'agression sexuelle violente, de sang, de cris, d'agonie, la mort. Je peux me sentir attiré par son traumatisme. Au moment où je parviens à m'extirper de son bourbier, il est tombé sur un côté, mais sa main est encore en train d'écrire. Il écrit sur le plancher rembourré.

Je baisse mon empathie jusqu'à son strict minimum. Je prends quelques respirations pour me calmer et je m'avance vers lui en essayant de projeter du calme.

— John, dis-je en m'immobilisant à deux pas de lui.

Puis, après un autre pas, je répète fermement.

— John.

Pourtant il écrit le même langage incompréhensible encore et encore.

Je m'accroupis et tends prudemment la main pour toucher la sienne, un contact ferme, mais pas contraignant.

— John, revenez.

Aucune réponse, alors je répète et j'ajoute un léger coup de coude mental.

— John, revenez.

Et juste comme ça, sa main ralentit. Il regarde fixement le crayon rouge comme si c'était une vipère.

— Non, dit-il très clairement. Non.

Je prends le crayon et je le glisse dans une de mes vastes poches, hors de sa vue

— Non, je suis d'accord. Plus de rouge.

Il me regarde, des tremblements parcourent son corps comme les répliques d'un tremblement de terre. Je l'étudie, les cheveux hirsutes, des yeux d'un bleu intense et je me demande quel enfer a vécu cet homme pour lui donner ces souvenirs horribles. Il respire fort, comme s'il avait couru un marathon, mais ça se calmait maintenant. Et il regarde le gribouillage sur le papier, sur le rembourrage. Il passe un doigt long et mince sur un charabia. Il lève les yeux sur moi, prend une profonde respiration et fais un gros effort pour faire sortir un son.

— Silvplit.

Son visage est tellement ouvert, tellement empli d'espoir, désespérant tellement que je le comprenne et je ne le comprends pas. Je regarde son doigt et étudie les lignes comme si elles étaient un puzzle dont dépend ma vie. Pendant quelques minutes, nous restons assis comme ça et enfin il commence à éloigner son doigt. Je peux sentir son espoir quand j'ai subitement une idée. Si je prenais son écriture et la regardais dans l'autre sens et tr....

SILP, ça dit, SILP. Et il dit Silvplit. Si c'était s'il vous plaît.

— S'il vous plaît, crié-je, presque.

Et il sursaute et tombe presque en arrière, mais il sourit et hoche la tête

— Silvplit.

— S'il vous plaît.

C'est notre première véritable communication.

IV

Harvey, Patrick, Emp, C1
Cas n° 723 John Doe 439
Notes personnelles : Ne pas ajouter aux notes du cas.

HIER SOIR, je me suis arrêté au Communicafé sur le chemin de la maison et j'ai fait un raid dans ma petite provision de minutes épargnées. J'ai trouvé une console vide dans un coin relativement délaissé. J'ai tapé mon code et je l'ai envoyé puis j'ai tapoté du doigt en attendant que la machine décide si j'avais assez de minutes. Enfin avec un clic sifflant, la connexion s'est ouverte et j'ai énoncé à voix basse et claire dans le micro le code de Charlie et le mot de passe. Un autre attend pendant que je prends le casque et le mets en place. Puis j'entends la voix de Charlie.

— Charlie, j'écoute.

— Charlie. C'est Paddy.

Je parlai aussi clairement que je pouvais sans hausser la voix, ne voulant pas que quelqu'un d'autre m'entende.

— J'ai besoin d'un clavier électronique grande taille si possible avec une batterie rechargeable. Je peux mettre jusqu'à deux ors.

J'étais heureux qu'il ne puisse pas me voir grimacer. Deux ors allaient gravement entamer mes économies.

— Le moins cher possible. Laisse un message ici. Je vérifierai dans deux ou trois jours.

Et je me déconnectai.

Le reçu sortit à toute allure, indiquant que j'avais dépensé quatre de mes quarante-sept minutes donc j'étais tombé à quarante-trois minutes. Ça ne devrait pas être un problème. Ce n'était pas comme si je devais contacter beaucoup de gens à l'extérieur du Centre Empathe, après tout. Vraiment, à part Charlie et parfois Eve, je ne parlais plus à personne à l'Extérieur maintenant. Tout comme je n'allais plus à l'Extérieur, désormais.

Je savais que j'étais incroyablement chanceux d'avoir été identifié comme un Empathe éducable au cours d'un des recensements biennaux.

23

Autrement, je serais juste un autre parasite de l'Extérieur essayant de me débrouiller comme je pouvais. Charlie, Eve et moi avions été testés le même jour. J'avais été dépisté Empathe 5 et Télépathe 1, assez pour être directement emmené au Centre. Eve avait été testée Empathe 4, alors elle aussi avait été prise, et directement dirigée vers le Centre. Mais il s'est avéré qu'elle avait des dommages psychologiques profonds qui rendaient impossible sa formation. Sam avait fait valoir que son retour à l'Extérieur à ce moment-là équivalait à la condamner à mort, mais son avis avait été rejeté. Eve vivait maintenant surtout avec Charlie qui avait été testé Télékinétique 2. Pas assez pour être choisi, mais assez pour en faire un bon voleur.

Parfois, je me sentais mal à l'aise de les avoir quittés, mais Charlie ne voudrait jamais que je reste sur cette impression. Il dit que c'est notre devoir de partir dès que nous le pouvons et que si je n'avais pas saisis ma chance et fait tout mon possible pour ça, je les aurais laissé tomber Eve et lui.

Parfois, ils me manquent mes frères et sœurs de la rue. Mais je vis dans un monde différent maintenant et je dois m'inquiéter de choses différentes.

Harvey, Patrick, Emp C1
Cas n° 723, John Doe 439

IL S'HABITUE à ma présence ici pour les repas. Je pense qu'il aime la petite table aussi. Son esprit se stabilise quand il est assis en tailleur en face de moi. Il est encore un tourbillon encombré de fouillis, mais il est plus reposé au moins.

Aujourd'hui, nous allons manger des petits morceaux de viande rôtie avec des morceaux de carottes, de pommes de terre et des fèves. Il s'alimente plus facilement maintenant qu'il a confiance dans le fait que la nourriture n'est pas droguée, mais je note qu'il conserve un œil sur mon assiette. Il ne mange pas un type d'aliment tant que je ne le fais pas. Quand je m'ouvre à lui, je me trouve dans un remous de crainte tremblante et d'espoir qui menace de m'écraser. Il veut avoir confiance en moi, mais il est terrifié.

Il a encore fait des cauchemars hier soir. Il s'est débattu, a crié, et il a couru à demi réveillé, vers la porte qu'il a durement heurtée. Aujourd'hui, il a un bleu sombre sur une moitié de son front avec une plaie au centre.

J'indique l'hématome, en faisant attention de ne pas faire geste brusque ou d'envahir son espace personnel.

— Est-ce que cela fait mal ?

Il écoute attentivement et je peux le sentir essayer de trier les sons. Il fronce les sourcils, les lève, au moins l'un d'entre eux, et fait le geste de prendre en coupe son oreille.

Ah…je dois répéter.

— Est-ce que ça fait mal ? dis-je en désignant l'ecchymose.

Et il lève la main pour la toucher délicatement.

— Ma.

Il touche la contusion et fronce les sourcils, léchant ses lèvres sèches.

— Ma.

Et il hoche la tête, une fois.

Je lui adresse un sourire.

— Nous y arriverons, John.

Il fronce les sourcils. Il n'a pas compris ce que je veux lui dire. Il lèche une nouvelle fois ses lèvres et se penche légèrement vers l'avant.

— Silvplit. Non, Ma

Je me demande pourquoi il est si soucieux de s'être blessé. Brusquement, sur un coup de tête, je m'ouvre complètement à lui contre toutes les règles. Et je suis frappé par un barrage absolu de douleur physique. Saints, Saints, ma tête me fait mal, mon épaule me fait mal, les douleurs à l'intérieur, mes hanches mal, mon tibia gauche est comme en feu, mon dos…palpite.

Il tapote doucement le dos de ma main avec le bout de ses doigts.

— Silvplit, dit-il avec une certaine urgence. Non ma.

Son contact me suffit pour quitter son corps et à revenir dans le mien. Mais je le regarde avec une nouvelle compréhension et plus qu'un peu d'horreur. Les médecins n'ont-ils pas traité la douleur physique basique de cet homme ?

Il tapote le dos de ma main du bout de ses doigts et je le regarde, stupéfait. Il est le blessé. Je suis le guérisseur. Et pourtant je lis le souci en lui, le souci, l'incertitude et l'omniprésente crainte.

À ce moment, il m'envoie un appel. Je prends une grande inspiration et je touche ma propre poitrine. Patrick est trop compliqué pour sa bataille avec les mots, alors je vais lui donner mon nom de petit enfant, mon nom de la rue.

— Paddy, dis-je. Moi, fis-je en me désignant moi-même. Paddy.

Il essaye de réfléchir. Même si une partie des tranquillisants commence à agir, on commence à voir son intelligence innée. Il regarde ma main, puis remonte sur mon visage.

— Parri.

Je lui souris largement.

— C'est ça.

Et je cligne de l'œil.

— Paddy.

— Parri. Non ma. Je.

Et timidement, il appuie sa main ouverte contre sa poitrine.

Je dois fermer entièrement mon empathie.

— Oui, dis-je. Paddy, pas mal.

Je pointe la nourriture derrière nous.

— Continuez à manger, dis-je en mimant l'action. Mangez.

Il incline la tête et d'un air mécontent, il commence à prendre de la nourriture. Il me regarde avec méfiance me lever et m'avancer vers la porte, frapper et parler avec l'Observateur qui ouvre avec précaution.

— Je veux un médecin ici tout de suite. Il faudra de la pénicilline et de l'aspirine.

— Les médecins ne viendront pas s'il est réveillé.

— Ils le feront cette fois. Ils peuvent se faire accompagner par deux Observateurs s'ils le souhaitent.

— À vos ordres.

Il referme la porte et enclenche la sécurité et je me retourne vers John. Il mâche avec acharnement, son esprit travaillant sans doute sur ce qu'il a compris de cet échange. Je reviens à la petite table et cette fois, je m'assois à un angle plus tôt qu'en face de lui. Il lance un regard à la porte puis revient sur moi.

— Non ma ?

— J'ai demandé des médicaments. Vous comprenez médicaments ?

Je touche son esprit et sens seulement de la confusion.

— Quelque chose pour aider ? Aide ?

Un éclat de reconnaissance.

— Aide.

— Oui. Vous aidez.

Je touche le dos de sa main.

— Pas blessé.

— Parri aide, je non ma.

26

La frustration qu'il ressent à devoir lutter si durement avec des mots simples est un feu qui gronde au fond de son esprit.

— Oui, dis-je et je lui souris en essayant d'émettre autant d'assurance et de calme que je le peux sans qu'il paraisse le ressentir.

Il me retourne mon sourire, juste une fraction de seconde, et ramasse une fève.

— Parri eeeee ?

Il m'offre la fève. C'est une chose si ridicule dans ces circonstances que je me retrouve en train de glousser alors que je me penche en avant pour prendre la fève dans ses doigts. Il lutte toujours apparemment contre les Observateurs au sujet du rasage et son chaume devient épais. Dans quelques jours, il aura une petite barbe. Je me demande si c'est ce qu'il veut. A-t-il eu une barbe, avant ? Avant ce qui lui est arrivé, avant qu'il soit laissé presque mort dans le désert ?

Un doux toc-toc annonce l'arrivée du médecin. Je me lève pour la faire entrer, et John se lève aussi. Le tourbillon brusque d'anxiété qui provient de lui n'est pas inattendu, mais je suis heureux de sentir qu'il n'y a pas de peur pure et simple. Pas encore, en tout cas. Le médecin entre prudemment avec un petit plateau et flanquée de deux Observateurs costauds. Et immédiatement, John se replie dans un coin et s'aplatit contre le rembourrage. Le médecin pose le plateau sur le sol près de la porte et ramasse une bouteille et en sort trois comprimés.

— Voilà l'aspirine, dit-elle.

John ne bouge pas. Le médecin ne se déplace pas. Avec un petit soupir, je prends les comprimés de sa main et prends un verre d'eau sur la table.

— John, dis-je en diffusant un courant de calme et de bonne volonté.

— Aide.

Je hoche la tête vers les trois comprimés et je mime le geste de les mettre dans ma bouche et de déglutir.

— Aide pas mal.

Il a reculé loin dans la peur, loin dans la méfiance. Il lorgne les pilules blanches comme si elles étaient sûrement mortelles. Il ne fait pas un geste pour les prendre, ses mains enroulées en poings, enterrées dans le rembourrage de la paroi. Je le regarde un instant, puis me souvenant de ce qui a fonctionné avec la nourriture, je prends une des pilules entre mes doigts et je la lève pour qu'il puisse la voir. Puis, lentement, soigneusement et visiblement, je la mets dans ma bouche et je prends une gorgée d'eau pour l'avaler.

27

— Vous voyez ? Pas mal. Ça s'appelle de l'aspirine. Ça vous aidera à ne pas avoir aussi mal.

Il s'écarte d'un pas de la paroi, regardant derrière moi le médecin et les Observateurs, puis il avance la main pour toucher ma bouche. Il a peur d'être dupé. Alors j'ouvre ma bouche et je le laisse regarder à l'intérieur, bougeant ma langue pour montrer qu'il n'y a rien de caché.

— Parri ai ? dit-il enfin.

Il veut tellement me croire que le sentir devient douloureux.

— Oui, Paddy aide.

Je lui tends les deux comprimés restants. Il hésite encore un moment, puis il les prend brusquement, prend l'eau et les avale.

— Encore un, dis-je au docteur sans bouger.

Et elle avance lentement pour poser un autre comprimé sur ma paume. Je l'offre à John et cette fois, il le prend sans hésitation.

— Et maintenant, vous avez besoin d'une injection, dis-je avec légèreté.

Les yeux bleus s'ouvrent en grand.

— Vous avez une sorte d'infection à l'intérieur, et vous avez besoin de médicaments pour ça. Des antibiotiques. Vous comprenez ?

— Non.

Je regarde le médecin.

— Approchez-le doucement. Par pitié, ne lui faites pas peur en vous jetant tous les trois sur lui.

Le docteur soulève la seringue chargée du sol et avance lentement vers notre petite table. John l'aperçoit au moment où elle dépasse mon épaule et chaque goutte de sang semble disparaître de son visage. Il m'adresse un regard empli d'une terreur pure alors qu'il me contourne pour atteindre la porte.

Elle est fermée, bien sûr. Il ne peut pas sortir. Mais cela ne l'empêche pas de se battre et il crie silencieusement. Le médecin me regarde, déconcertée et je lui fais signe de rester en arrière avec les observateurs.

— John, dis-je en m'ouvrant à lui, diffusant calme, paix et retenue. John, calmez-vous. Il n'y a rien à craindre. John…

— Pas John ! me hurle-t-il.

Il se jette à travers la pièce et frappe la fenêtre si fort que je suis presque sûr d'avoir entendu quelque chose se casser.

— Laissez-nous juste partir laissez-nous juste partir nous n'avons rien s'il vous plaît oh merde oh Mon Dieu oh Mon Dieu oh…

Il tombe au sol dans un cri inhumain et son corps se tord d'une façon normalement impossible pour un corps humain.

Je saisis l'Observateur stupéfait le plus proche.

— Donnez-lui un sédatif. La dose la plus forte.

Je le pousse vers la porte et il trébuche. Mais il sort et le cri inhumain continue indéfiniment.

Je m'approche de John aussi près que je l'ose et je m'ouvre en hésitant à lui.

La pièce en place est fumée sombre odeur de poussière ressemble à l'odeur de poussière douleur douleur douleur tout est douleur douleur douleur ouvrir essayer de voir Manda toucher du bout des doigts crier désolé désolé désolé désolé désolé Manda désolé réveille-toi réveille-toi Manda ? Sang beaucoup trop de sang trop de sang odeur de cuivre aider aider douleur aider Rob ? Ici mourant Souhait Dieu Dieu douleur non non non NON NON NONNONNONNONNON

JE ME réveillai à l'infirmerie, un Observateur attentionné rafraichissant mon visage avec un tissu frais. Pendant un moment, je fus perdu. Pourquoi suis-je ici ? Puis je me souviens. Saints. Je me souviens.

Il dort profondément sur le dos, des éclaboussures de sang sur le haut de son pyjama à cause de ses lèvres qu'il a mordues. Il avait un nouveau plâtre sur le bras. On lui a donné une forte dose de pénicilline après la sédation, et le médecin veut le garder sous sédatif jusqu'à demain matin.

Je ne crois pas que je puisse discuter.

Je m'assieds à côté de son matelas, la tête dans mes mains. J'essaye d'analyser ce tampon étouffant de souvenirs de mon esprit. Il bloque quelque chose de terrifiant et ce blocage est la cause ou la raison de tous ses autres problèmes. Je l'ai entendu parler. J'ai des noms, des morceaux minuscules d'informations avec lesquels forcer son esprit. Mais immédiatement, je ne peux l'imaginer. Tout de suite, j'estime qu'on m'a donné quelque chose de précieux et que je le casserai en faisant ça. Je tiens sa main et je lui fais des excuses, mais je sais qu'il ne peut pas m'entendre.

Je me demande s'il le fera jamais.

V

Harvey, Patrick, Emp. C1
Cas n° 723, John Doe 439

Je FUS réveillé tôt ce matin par le bruit inattendu de quelqu'un frappant à ma porte. J'étais presque trop ensommeillé pour parcourir l'étroit passage entre les livres et les piles de notes sans tomber. Mais je fus heureux de constater que j'arrivais automatiquement à lire la personne de l'autre côté de la porte.

Irritation, recouvrant une petite rafale d'excitation, recouvrant l'ennui en cours. Un Observateur, alors.

Je passai une main dans mes cheveux et j'ouvris la porte.

— Oui, dis-je, clignant des yeux à cause de la lumière vive dans le couloir.

— Votre John Doe vous demande.

Je me figeai un instant, surpris. Il demandait après moi.

— Combien de temps ?

— Il a commencé il y a une demi-heure.

L'Observateur cédait à l'ennui maintenant qu'il avait délivré son message.

— Il a d'abord crié, mais plus maintenant.

— Une demi-heure !

Je rentrai précipitamment dans ma chambre pour saisir un uniforme propre et je me déshabillai devant l'Observateur sans faire attention à lui.

— Pourquoi ne m'avez-vous pas averti avant ?

Je pus sentir son haussement d'épaules même si je lui tournais le dos et que je ne pouvais pas le voir réellement.

— Nous pensions qu'il allait s'arrêter.

Je tirai sur ma tunique et je mis ma Carte d'Identité à sa place. Je dépassai l'Observateur, je me dépêchai de refermer la porte de ma chambre et je partis pour l'unité de soins intensifs au grand trot.

30

Il était blotti dans son coin de sécurité, recroquevillé le plus possible, toutes ses couvertures en papiers autour et au-dessus de lui. On ne voyait que ses longs cheveux emmêlés et ses yeux bleus hantés aux cernes violacés et meurtris par hier. La première fois que je l'entendis dire' Parri, sa voix déchirée retentit d'une telle désolation que je me retournai presque pour me diriger vers le bureau de Sam. J'allais lui dire que je ne pouvais pas le faire. Mais je vis sur l'écran que les Observateurs avaient préparé mon micro de gorge et glissé le petit enregistreur à sa place. Je vis que sa tête était retombée contre le mur et qu'il murmurait' Parri' à nouveau avec un tel sentiment de perte et de trahison que je pouvais le sentir à travers les épais murs capitonnés.

Et je sus que c'était la raison pour laquelle on m'avait donné un cas tellement difficile, pour prouver que la force de mon don ne serait pas accablée par les problèmes qu'il rencontrerait. Si je pouvais aider John-pas-John à sortir de ce désert, je me montrerais assez fort pour aider les autres.

Je savais que je ferais tout pour qu'il s'en sorte.

Harvey, Patrick, Emp. C1
Cas n° 723, John Doe 439

JE ME racle la gorge en entrant, et les yeux bleus fatigués, mais méfiants se tournent pour me suivre. Je me suis ouvert à lui, aussi je sens un élan d'espoir et ce qui ressemble à du plaisir. Mais c'est tempéré par la méfiance et une trahison incertaine.

Je traverse la pièce et je m'arrête au pied de son matelas, pour ne pas envahir son espace de sécurité.

— Bonjour, dis-je un peu bêtement. Je suis venu dès que j'ai su que vous vouliez me voir.

Ses sourcils tombent et il lève légèrement la tête, essayant de donner du sens à cette longue phrase.

J'essaie à nouveau, et je m'accroupis pour être à son niveau.

— Vous m'avez appelé ?

Il lèche ses lèvres et je remarque qu'elles sont sèches et coupées après le fiasco d'hier.

— Parri.

— Oui, je suis là.

Il baisse la tête et je m'ouvre à lui un peu plus. Un magma d'émotions traverse son esprit chaotique. Elles sont si nombreuses et si rapides que je

31

ne peux pas les trier. Pas assez rapidement pour l'aider. Puis ses épaules tremblent une fois, deux fois et il se tend fortement. Et tout ce que je peux sentir, c'est une détermination de fer.

— Parri aite pas mal, dit-il avec précaution, la tête toujours baissée et je le sens aux prises avec quelque chose qui ne veut pas prendre forme sur sa langue. Meti. Parri.

Sur ce, il lève la tête, hésitant, et ses yeux sont lumineux.

— Meti.

Le temps d'un battement de cœur, je me perds dans ses yeux, si pleins de douleur, mais aussi disposés à être généreux.

— Je vous en prie, répondis-je avant de me sentir embarrassé.

Il tend sa main paume vers le haut et me regarde.

— Pas ma ?

Et il mime, soulevant sa paume à sa bouche, sa langue bougeant pour avaler les pilules imaginaires.

— Oui.

Je hoche la tête, et je me réprimande de ne pas avoir pensé à ça.

— Attendez.

Comme s'il pouvait aller quelque part.

Je me dirige vers la porte et demande trois aspirines et regardant sa cruche vide, un verre d'eau. Je les ai rapidement et je reviens vers son coin. Je m'arrête juste assez près de lui pour poser les comprimés et le verre d'eau devant lui sur le sol. Puis je recule jusqu'au bout du matelas.

Le soulagement qu'il ressent à l'arrivée des analgésiques est un peu humiliant. Il est facile d'oublier la puissance paralysante de la douleur physique pure. En le regardant prendre les trois comprimés lentement et soigneusement, je me dis que je n'oublierai pas cette leçon. Vous ne pouvez pas guérir l'esprit d'une personne si son corps est blessé.

Ajouter à ses consignes : lui donner de l'aspirine à horaires réguliers à déterminer par le pharmacien.

Il m'observe attentivement. Et son regard intense est déroutant, bien que je sache que c'est juste parce qu'il essaie de lire mon langage corporel, cherchant des indices. Il se déplace lentement et avec un effort intense il déchire une bande étroite de papier. Il continue à m'observer et saisit la bande dans son poing. Enfin, il tend son autre bras et porte son poing à son épaule.

Maintenant, je regarde autant qu'il le fait et il appuie brièvement avec un doigt de sa main libre sur sa tempe. À la détermination inébranlable s'ajoute un besoin de me contraindre à regarder, à comprendre alors qu'il mime le geste à nouveau.

Bien sûr, il me montre l'injection. Je hoche la tête pour lui faire savoir que je comprends. Maintenant, il me montre maladroitement et c'est difficile à suivre, les images d'hier de son point de vue.

L'aiguille est arrivée. Il avait peur. Il s'est enfui. Il s'est réveillé seul, sans aucune idée de ce qui était arrivé. Il a appelé la seule personne qu'il connaissait. Personne n'est venu. Il était effrayé.

Avant de pouvoir prendre la décision de me retenir, je me dirige vers son coin et je m'assois à côté de lui, avec seulement moins d'un mètre entre nous. Il n'essaie pas de s'enfuir.

— Je suis désolé de ne pas avoir été là.

— Parri pas mal

— Je suis désolé de vous avoir effrayé avec l'aiguille, fais-je en mimant l'injection. C'était pour aider le mal.

Il bouge avec difficulté sous sa couverture en papier, il cherche un mot et essaye de le formuler.

— Peur.

— Vous avez peur des aiguilles ?

Il hoche la tête et il me regarde, incertain.

— Est-ce que vous savez pourquoi ?

Lentement, il secoue la tête.

— Peut-être que vous avez vu beaucoup d'aiguilles lorsque vous étiez enfant ?

Son intelligence brillante, libérée du fardeau de la constante sédation lourde, le rend plus participant dans cette recherche. Je peux le sentir chercher dans le fouillis de son esprit, essayant de trouver quelque chose à accrocher, quelque chose qui pourrait aider. Encore une fois, après un certain temps, il secoue lentement la tête.

Nous restons assis un moment dans un silence compatissant. Je ne sais pas à quoi il pense, mais je suis époustouflé par le fait que pendant quelques minutes, il m'a activement aidé à avoir accès à un souvenir récent. Il a presque appuyé sur le bouton lecture et l'a poussé devant moi. Qui que soit John Doe, il n'est pas juste un quelconque vagabond. Il a le Talent, en quelque sorte.

Il pose doucement deux de ses doigts sur mon genou. Je le regarde à nouveau. Il fronce légèrement les sourcils ; il émane de lui de l'excitation, mais une sorte d'excitation terrifiée.

— Besoin.

Il mime l'injection à nouveau, sans la bande de papier.

— Besoin bon. Aite.

Il aplatit sa main sur mon genou.

— Tie Parri. Parri

Il n'arrive pas à trouver le mot dans son excitation et il grimace. Mais il lève sa main et serre l'autre avec. Il me regarde dans l'expectative, ses deux mains agrippées ensemble.

— tiens ?

Il hoche une fois la tête, soulagé.

— Parri regar. Parri tie moi.

Puis cela dit, il baisse la tête et m'ouvre son esprit, absolument sans réticence, dans un acte de confiance qui me coupe presque le souffle. Je m'ouvre à lui et je fais une pause devant cet enchevêtrement, essayant de travailler sur ce qu'il a vu, ce qu'il a trouvé sur les aiguilles et sur quoi il est prêt à me laisser l'accès. Je me sers de ma Télépathie, qui est loin d'être aussi forte que mes compétences d'Empathe, mais qui est utile dans des situations comme celle-ci. Et après ce qui semble être une éternité à juste balayer le paysage de miroirs brisés, j'en vois un qui semble moins fracassé que le reste.

Je m'avance à l'intérieur et je trouve…

— *Les deux jeunes gars d'abord*

— *Hé, file-moi le tazer, il y en a un qui bouge.*

— *Pas de problème. Une fois que tu te seras occupé d'eux, ils ne bougeront pas pendant un certain temps.*

Un rire dur. Un sol en terre battue ou un plancher très sale. Du sang coule régulièrement sur le sol en dessous. Bras blessé, en feu. Traîné, reviens blessé. Bouge un peu la tête. Peut voir la tête de Rob sur le côté. Du sang coule en rigoles sur le sol de sous des cheveux noirs, se mêlant au tien.

— *Peur, chuchotes-tu. Tu sais que tu pleures et tu es honteux.*

— *Sois fort, petit frère, murmure-t-il à peine audible. Essaie de vivre.*

— *Hé, fermez là là-bas.*

Quelque chose frappe Rob avec un sifflement sonore et un bruit sourd et il crie bien que Rob ne crie jamais et tu cries plus.

— *ce pisseux est un vrai pleurnicheur. Je pense qu'il est plutôt une fille.*

Une main gifle ton cul et tu essaies de te battre, mais tu es attaché dans une position tellement inconfortable que tu peux à peine bouger.

— Éclatons celui-là en premier. Ils arrêteront peut-être de parler, mais pas de crier. Je veux que la jeune fille ici pleure comme une madeleine. Plus de rires.

Et puis l'aiguille. Courte, laide avec une seringue en forme de bulbe. Piquée dans ton cou, et en quelques minutes tu ne peux plus bouger. Tu ne peux plus parler. Tu ne peux plus faire de bruits. Tu peux juste bouger tes yeux et ils te coupent et ils s'occupent de toi. Tu ne rates rien de tout ça et tu ne peux pas faire la moindre chose. Ils te font des choses, juste pour te faire du mal et des choses pour te faire encore plus mal. Quelqu'un te casse le bras et Dieu que ça fait mal. Et les brûlures et les couteaux le coupent. Coupe-le. Suce ça. Hé, il ne peut pas sucer. Ce foutu inutile ne peut pas avaler. C'est vraiment drôle à voir quand il crie. Et le viol, bruits de claquements, viol, encore encore encore. Ils se répandent sur toi et ça coule sur tes jambes et il y a du sang partout. Tu ne peux pas appeler, tu ne peux pas crier, tu ne peux rien dire. Ensuite, ils s'en prennent à Rob et tu ne peux pas bouger, ne peux pas détourner ton regard. Tu dois observer et tu regardes, regardes regardes regardes regardes regardes regardes regardes...

Je lutte pour me libérer de cet horrible souvenir et l'effort me laisse haletant. Puis je me rends compte que John est simplement toujours assis là, la tête baissée. Il tremble, secoué de la tête aux pieds. Il compte sur moi pour m'accrocher à lui, pour ne pas le laisser se perdre. Tout ça parce qu'il veut avec confiance m'aider à trouver le problème avec des aiguilles.

Je m'ouvre une nouvelle fois à lui, prudemment et avec retenue. Je le trouve perché au bord de son propre esprit, prêt à s'évader à la moindre provocation. Je dois l'appeler, mais comment puis-je l'appeler ? Merde ! Nous avons besoin de son nom. Les noms ont de la puissance, même maintenant.

— Hé, c'est Paddy, dis-je doucement. Il est temps de revenir. Je vous tiens.

Même dans son esprit, il disparaît graduellement. Ce serait tellement plus facile pour lui de laisser tomber plutôt que d'essayer de revenir et se battre pour déclencher plus de ces horribles souvenirs.

— Vous m'avez fait promettre, vous vous rappelez ? Paddy regarde, Paddy tient. J'ai fait ce que j'ai promis. Maintenant, c'est votre tour. Reviens...petit frère.

Cela pourrait être une erreur pire que l'aiguille.

Il tremble, se tourne ensuite vers moi.

— Rob ?

— Juste Paddy, dis-je. Mais je suis ici. Je vous tiens. Allez, revenez maintenant.

À la suite de ça, je casse une autre demi-douzaine de règlements et je touche sa tête, caressant les cheveux emmêlés et rugueux.

Je ne suis pas sûr de savoir de quel côté il ira et je retiens mon souffle pendant un moment. Ensuite, étonnamment, arrive le son de pleurs. D'abord doux, puis de plus en plus fort, profond, des sanglots rauques, des pleurs affreux.

Je fais la seule chose à laquelle je pense. Je glisse à côté de lui, je mets mes bras autour de ses épaules et j'essaie d'évacuer un peu de tout ça.

VI

Harvey, Patrick, Emp. C1
Cas n° 723, John Doe 439
Notes du cas

NOUS AVONS finalement obtenu de lui qu'il se calme assez pour manger un peu du petit déjeuner. Le plaisir de ce matin était du jus d'orange. Il le sirota prudemment une première fois avant de me regarder, impressionné.

— Jus d'orange, prononçais-je clairement avec un sourire.

Il ressemblait à une épave, les cheveux emmêlés, les yeux rouges et le visage encore vivement coloré, mais il m'offrit un sourire fatigué en retour.

— Bon, dit-il. Jurange.

Je ris un peu.

— Buvez autant que vous voulez. Il suffit de ne pas vous rendre malade.

Un autre tout petit bout de puzzle se mit en place. Donc, il n'avait jamais eu de jus d'orange, ou peut-être qu'il en avait eu, mais il y a longtemps. Le petit-déjeuner se passait beaucoup mieux maintenant. Depuis qu'il était plus convaincu que nous ne tentions pas de l'empoisonner, il affichait un appétit raisonnable, hésitant seulement sur quelques aliments inconnus et il but trois verres de jus d'orange. Au moment où il finit de manger, il commença à bâiller.

Je me levai et je lui tendis ma main. J'avais déjà outrepassé toute règle de ne pas toucher les patients. Alors une simple main ne semblait plus guère avoir d'importance. Il la prit avec un autre sourire fugace et fatigué.

— Vous avez besoin de repos, lui dis-je en désignant son matelas. Je reviendrai pour le déjeuner.

— Parri revient.

— Oui. Je serai de retour dans quatre heures environ.

Je ne savais pas du tout s'il avait compris cela, mais ça valait le coup d'essayer.

— Dormez un peu

Ses yeux fatigués et injectés de sang étudièrent les miens, puis il hocha lentement la tête.

— Domi.

Et il se dirigea vers le matelas. Je me dirigeai vers la chambre.

— Parri ?

Je m'arrêtai et regardai en arrière. Il semblait incertain, encore perdu dans ce qui devait être encore pour lui un monde étrange. Finalement, il leva la main droite et mima le geste de tenir un crayon.

— Silvlplit ? Pour crire ?

— Bien sûr.

Je lui adressai un large sourire.

— Quelqu'un va vous l'apporter, d'accord ? Maintenant, dormez.

— Domi.

Obéissant, il s'installa sur le matelas nu et se recroquevilla, tirant les draps de papier sur le pyjama maintenant en lambeaux.

Je l'observai pendant un moment, puis je sortis par la porte, vers la liberté qu'il ne pouvait avoir. Je laissai les consignes aux observateurs de lui donner du papier et trois crayons de papier, un pyjama neuf, et un verre de jus d'orange avec son eau.

À chaque instant qui passait, j'étais plus convaincu que cet homme n'avait pas vraiment sa place ici. Le problème était que je ne savais pas à quoi il appartenait.

Harvey, Patrick, Emp. C1
Cas n° 723, John Doe 439
Consultation 2 : Empathe Senior Samuel Hunter

DÈS QUE Patrick eût pris sa position habituelle sur le côté du bureau de Sam, il sentit le contact soyeux d'un salut ouvert et il le retourna de même.

— Voilà cinq jours maintenant que tu es avec notre John Doe, dit Sam se levant et traversant la pièce pour regarder par la fenêtre la ville intérieure. Comment trouves-tu sa progression ?

— Assez bien en fait, déclara Patrick, posant ses mains sur les dossiers sur ses genoux et insistant pour qu'elles y restent. Il parle, apprends et mémorise plus de mots chaque jour. Il perd un peu de sa crainte de cet endroit.

— Mais pas tout.

— Certainement pas tout. Comment voudriez-vous ? Nous le gardons enfermé et nous lui donnons des sédatifs. Il n'a rien à faire pour s'occuper à part rester assis et fixer la fenêtre.

Patrick s'arrêta brusquement, réalisant qu'il avait commencé à élever la voix.

— Il présente toujours un danger potentiel pour les autres et lui, Patrick, dit doucement Sam qui regardait toujours par la fenêtre.

— Pour lui-même, peut-être. Mais quelles autres personnes a-t-il blessées depuis qu'il est ici ?

Dans le silence, la musique classique légère de Sam qui restait toujours en toile de fond sembla presque trop forte.

— J'ai vérifié ses dossiers, Sam. Il n'a fait de mal à personne, sauf à lui-même, à moins que ce soit par accident. Ce n'est pas un homme violent.

— Que détectez-vous le plus de lui, le plus constamment, je veux dire ?

— Peur. Peur et Perte. Au début, il y avait beaucoup de trahison, quand il n'avait aucune idée de tout ce qui se passait ici et qu'il croyait que les gens se moquaient de lui intentionnellement ou trahissaient ses espoirs. Cela a diminué ces deux derniers jours. Il se sent résigné.

Sam tourna le dos à la fenêtre. Il s'appuya contre le rebord, les mains dans les poches de son costume en fausse soie.

— Tu as outrepassé quelques règles avec lui.

— Il réagit au contact.

— La plupart des gens le font. Les Empathes n'utilisent pas le contact pour une bonne raison.

— Je sais. Je me rappelle. Mais cela ne cause pas de confusion. Ça m'a aidé à comprendre ce qu'il essaie de dire. Et ça l'a aidé.

Patrick fit une pause pour respirer profondément, pour ralentir et recommencer.

— Le contact physique semble l'aider à se stabiliser. Je dirais que, quel que soit le contexte, il implique beaucoup de contact physique.

— Et tu penses qu'il a le Talent.

— Je sais qu'il l'a. Au moins un degré de télépathie. Une télépathie émissive. Il l'a utilisé sur moi, sans aucun effort.

Sam s'éloigna de la fenêtre et se dirigea vers son bureau. Il s'assit et tira un dossier vert dans le même mouvement.

— Après ta troisième journée avec lui, j'ai envoyé une demande de rapport standard sur la voie de secours de Las Vegas sur la période des quatorze jours entourant la découverte de John Doe. Voici les résultats, annonça-t-il en faisant glisser le dossier vers Patrick. Sois prudent. Si tu décides quoi que ce soit qui implique une recherche dans ses souvenirs profonds, je veux que tu prennes Dana ou Beth avec toi pour faire tampon. Compris ?

— Mais, je peux…

— Ce n'est pas une demande, Patrick.

Ce dernier prit le dossier vert du bureau de Sam et l'ajouta à son propre tas coloré.

— Compris, dit-il d'un ton un petit peu irrité.

Sam sourit.

— Tu fais un excellent travail, tu sais. Je ne veux pas que tu te perdes dans l'horreur de cet homme. J'ai lu les transcriptions. Vilaine affaire. N'y va pas seul.

— Il l'a fait, déclara tranquillement Patrick.

— C'est pour ça qu'il est de l'autre côté de la porte verrouillée. Ne l'oublie jamais, mon garçon.

Harvey, Patrick, Emp. C1
Cas n° 723, John Doe 439
Notes du cas

J'AVAIS PRESQUE peur d'ouvrir le dossier vert. Lorsque je le fis, je pus dire immédiatement que quelqu'un, peut-être un des assistants de Sam en avait pré-trié le contenu, déplaçant les vues les plus dures au fond et attachées ensemble. Quatre fichiers attendaient au-dessus, tels des serpents enroulés. N'importe lequel d'entre eux pourrait aider John à récupérer… ou finir de le détruire. Je les approchai presque craintivement.

John Doe 436 avait été trouvé le jour précédent mon John, sur le même côté de la Voie de secours à plus de cent kilomètres de Vegas. Entièrement vêtu d'un costume de ville, usure standard, tué à coups de couteau, apparemment volé. Je ne pense pas qu'il avait quelque chose à voir avec John.

Jane Doe 693 trouvée le jour d'avant John, même côté de la voie de secours, douze kilomètres plus loin que lui. Nue, horriblement mutilée, clairement torturée, morte. Ceux qui avaient fait ça avaient, pour des raisons connues d'eux seuls, laissé son visage intact. Je regardai pendant un long moment la photo jointe au fichier. Elle était belle, même dans la mort, avec des traits délicats et de longs cheveux blond vénitien. En la regardant, j'avais la très mauvaise sensation que j'avais peut-être trouvé la Manda des souvenirs de John.

Je mis son dossier de côté, puis je scrutai John Doe 457, trouvé juste à l'extérieur de Las Vegas le lendemain de John. Souffrant de coups de soleil, de déshydratation et d'un coup de chaleur, il avait récupéré assez bien au Centre Médical et avait été libéré du Centre Empathe, cinq semaines auparavant. Son diagnostic actuel était l'apparition précoce d'une démence sénile. Perplexe, je restai sur lui un certain temps et je finis par le mettre avec la jeune fille, mais sans réel espoir qu'il était lié au cas de John.

Le dernier fichier concernait John Doe 452 trouvé le même jour que John, sur le même côté de la voie de secours, à environ six kilomètres de son emplacement. Ses blessures étaient étrangement similaires à mon John, des brûlures et des coupures précises en bas, sauf qu'il avait une jambe cassée au lieu du bras. Excité, je parcourus le fichier plus rapidement. John 452 était toujours en cours de traitement au Centre médical. Il n'avait pas repris connaissance. Une photo jointe au dossier montrait un jeune adulte blessé avec une épaisse chevelure noire. Rob ? Quelles étaient les chances ?

Je m'assis avec les fichiers dans les mains et me forçai à respirer lentement et calmement. Je ne pouvais clairement pas me précipiter dans la pièce avec cette information et la montrer à John. Il était impossible de prédire comment il réagirait à cette information. Mais au moins, j'avais une petite lueur d'espoir à lui offrir. Il était possible que son Rob soit en vie. Pas bien. Mais vivant.

Harvey, Patrick, Emp. C1
Cas n° 723, John Doe 439

— VOUS ALLEZ aimer cela, murmura l'un des Observateurs alors que je m'apprêtai à ouvrir la porte de la chambre de John.

Mais il détourna simplement le regard avec un sourire satisfait quand je le regardai d'un air interrogateur.

J'ouvre la porte tranquillement et la laisse se refermer silencieusement derrière moi, immédiatement transpercé. John colore le mur. Bleu, vert et brun. Mieux qu'enfantin, moins qu'expert. Il est actuellement accroupi sous

41

la fenêtre grillagée, dessinant des poissons marron et vert sautant dans une rivière bleue.

Et pendant tout ce temps, il parle. Lentement et prudemment, récitant apparemment les mots qu'il connaît en essayant de les prononcer au mieux, plus clairement. Ma.l, allong.é, teni.r, regar.de, dom.i Il fait très attention au son final et consonnes occlusives facilement confuses. Silvplit ? Sivplit ? Silviplit ? Mal. Allongé. Tenir. Regarder. Domi. Ait.e. Ob. R.ob.

Il fait une pause dans son dessin et touche le poisson qu'il vient juste de finir. Un qui saute par-dessus la rivière crayonnée. Je ne peux pas voir son visage, mais je peux entendre son sourire quand il dit :

— Ob.

Il touche un poisson plus petit dans l'eau et dit :

— Manda.

Il caresse le poisson plus vigoureux qui nage en amont devant les trois autres et l'appelle :

— Tedrick.

Ensuite, il se remet à travailler, gribouillant avec acharnement un quatrième poisson avec beaucoup moins de soin. Un poisson rond, traînant derrière les trois autres, les nageoires tordues et déchiquetées. Il pose dessus un doigt frustré.

— Je. Qui je ? Stupide. Non. Non. Tout seul. Pas bête. Non. Juste différent.

Avec un brusque mouvement d'irritation, il tape son poing contre son front puis…

— Aie…Aie….

Et il se laisse aller en arrière sur son bon bras, roule sur le dos et se met à rire en regardant le plafond. Je tends la main derrière moi pour ouvrir silencieusement la porte et la refermer plus bruyamment. Puis je fais un pas en avant.

— Bonjour, John.

Il reste sur le sol, s'arrêtant de rire, mais garde un semblant de sourire en levant un doigt 'attendez'.

Il racle sa gorge et dit prudemment.

— Bonjou.r, Parri.

Puis il lève son bras vers le mur coloré.

— Je fais.

Il se met en douceur sur les genoux et en les pointant, il dit :

— Arbre. Ciel. Bleu. ea.u.

Il lance un rapide coup d'œil par-dessus son épaule pour voir comment je vais réagir. Je m'approche de lui, je m'ouvre à lui et je ne sens rien sauf la chaude lueur d'accomplissement recouvrant la bulle constante de peur.

— C'est très bien, dis-je en riant un peu. J'aime ça.

Il semble plus alerte que les autres fois depuis que j'ai commencé à le voir, et je me rappelle que je dois donner l'ordre de baisser de dix pour cent ses doses de sédatifs aujourd'hui. Je serai simplement ravi de le débarrasser entièrement de ces damnés produits, mais je doute que Sam me laisse passer outre à ce sujet.

John tapote le sol capitonné à côté de lui et j'accepte gracieusement l'invitation. Je m'assois en tailleur à côté de lui, mon bloc-notes sur une cuisse. Ensemble, nous considérons les poissons dans le courant.

— Qui je ? dit-il abruptement. Qui je appelle ?

— Je ne sais pas, lui dis-je honnêtement.

J'aurai aimé pouvoir le dire.

Il m'étudie attentivement, les yeux bleus encore injectés de sang après l'aventure de ce matin. C'est tellement passionnant qu'il est difficile de détourner le regard.

— Parri, regarder, dit-il avec précaution. Je regarde, Parri tiens.

— Je ne suis pas sûr que c'est une bonne idée, si tôt après…

Il tend la main pour toucher la mienne, me surprenant.

— Je montrerai cose, dit-il.

Et je peux dire qu'il pensait vraiment cela.

— Quoi Parri aime ?

Je ne suis pas sûr de ce qu'il veut dire.

— Qu'est-ce que j'aime ?

Il fait une petite grimace et un mouvement de tête.

— Quoi Parri aime. Certaines coses.

— Ahh…

Je le regarde pendant un moment.

— J'aime les chiens.

— Chien. Ouaf ?

Il aboie en me regardant d'un air interrogateur, pour confirmation.

— Oui.

Je suis obligé de sourire.

— D'ccord, dit-il.

Il prend une profonde et lente respiration, ferme les yeux. Il commence à respirer lentement et régulièrement et…rien. Il tient toujours ma main et

43

je commence à me sentir un peu ridicule assis sur le plancher tenu par la main et ne regardant rien.

Brusquement, je me rends compte que je regarde quelque chose en fait. Un chien noir et brun, aux poils longs, aux yeux bruns cristallins se tient dans l'espace devant nous. Il est assis et halète, sa queue en drapeau frétille derrière lui. Et je peux le sentir. Je sens le souffle du chien et le musc d'un manteau de chien ayant besoin d'un lavage.

Il semble absolument réel comme si je pouvais lever la main et le toucher. Je regarde John et il est tranquillement assis, les yeux fermés, ses lèvres bougeant à peine. Je tombe presque à la renverse lorsque le chien aboie.

Il a créé une illusion tridimensionnelle, avec le son et l'odeur. Doux saints. Il n'est pas juste un Talent, il est un trésor. S'il y a déjà eu quelqu'un avec trois de ces capacités, plus la Télépathie que j'ai captée un peu plus tôt de lui, je n'en ai jamais entendu parler. Il laisse finalement le chien se dissoudre dans le néant et ouvre les yeux pour me regarder. J'ai peur d'être simplement en train de le regarder fixement.

Il affiche un petit sourire authentiquement heureux qui plisse la peau autour de ses yeux.

— Parri aime chien ouaf ?

Pendant un instant je peux seulement rester bouche bée devant lui comme un idiot.

— O-oui, réussis-je à bégayer finalement. Je l'aime beaucoup. C'était super.

Il me lance un clin d'œil comme s'il était content de lui. Pour la première fois depuis que je le vois, il passe une main dans ses cheveux emmêlés pour les enlever de son visage.

— Je regarde. Parri aide. Comment ?

Il me regarde avec insistance, attendant des conseils.

— Comment regarder ?

Apparemment, il est déterminé à le faire et il m'a donné un chien illusoire en paiement. Soudain, John Doe n'est plus aussi puéril qu'il l'a été. Enfantin, oui, mais pas puéril.

Je frotte mon visage et je réfléchis. Je remue ensuite de façon à lui faire face.

— Pouvez-vous penser à un moment heureux ? Un bon souvenir ? Avec Rob, peut-être ?

C'est un pari, mais c'est le seul nom qui est revenu plus d'une fois.

Il hoche lentement la tête, une vague d'incertitude et de peur monte dans son esprit, mais tempérée par une détermination inébranlable.

— Vous trouvez un joyeux souvenir, et je vais regarder comme nous l'avons fait avec le souvenir de l'aiguille, d'accord ?

— Oui.

Il serre les dents, ferme les yeux et plonge dans le chaos de son propre esprit avec une sombre bravade. Je ne suis pas sûr d'arriver à me débrouiller. Je fais glisser mes mains sur mes genoux, je m'ouvre à lui pour être capable de repérer s'il s'attire des ennuis et j'attends. Cela semble être une éternité, mais il s'est probablement passé à peine dix minutes quand il laisse tomber sa tête dans cette position de capitulation et chuchote :

— Trouvé. Parri regarde.

Il pose ses mains sur moi et j'ai juste le temps de me rappeler que Sam m'a dit de ne pas faire cela tout seul avant de m'ouvrir au labyrinthe de miroirs brisés de son esprit une nouvelle fois.

Cette fois, il est plus facile de localiser le peu de mémoire ininterrompue depuis que j'en ai trouvé un avant-goût. Sans me donner le temps de douter, je m'ouvre à ça.

Rires. Rire mâle hystérique, étourdi.

— *Voulez-vous arrêter tous les deux cette fois ? ordonne une voix agacée.*

Des ordres vocaux ennuyés, et l'illusion imposante explose en éclats de lumière scintillants sur deux jeunes hommes au sol. Chaque éclat scintillant disparaît quand il frappe la poussière, et il ne reste rien en peu de temps, sauf toi avec Rob, son dos chaud contre le tien, encore tremblant et Tedrick vous épinglant tous les deux du regard.

— *Nous avions le contrôle, dit Rob*

Sa voix profonde légèrement étranglée de rire encore.

Tedrick grogne.

— *Et qui de vous a eu la brillante idée qu'un géant.... demanda-t-il, et il fait une pause pour rechercher un mot délicat...Génital serait une chose appropriée pour pratiquer.*

Tu gardes la tête baissée et tu ricanes. Tu ne réponds pas parce que les mots sont encore difficiles pour toi et tu t'emmêles avec eux. Rob va gérer.

— *Jac l'a fait, dit Rob et tu te redresses brusquement en position assise, les yeux écarquillés et tu te tournes vers lui.*

45

Il éclate de rire à nouveau. Tu lui sautes dessus, tu le fais rouler et tu l'attires dans une lutte.

Tedrick regarde et renonce finalement à être sévère.

— *Des verges géantes crachant des feux d'artifice, murmure-t-il et tu entends son esprit. Et avec ça, je crois que je peux prendre le monde.*

Rires. Rire et bagarre, et tout le monde est sale et c'est un bon moment. Pourquoi cela doit-il finir pourquoi sommes-nous partis pourquoi avons-nous essayé d'aller dans le monde pourquoi pourquoi...

Doucement cette fois, je me sors de cette évocation et je reste assis un moment à regarder John, non 'Jac' assis parfaitement immobile, la tête basse, caressant un fragment de souvenir heureux. Je tourne lentement mes mains de façon à tenir John, Jac, et je me prépare à le rappeler.

— Jac, il est temps de revenir. Revenez à Paddy.

Je garde ma voix douce, mais ferme et il répond volontiers.

— Revenez maintenant. Nous connaissons votre nom. Revenez. Vous êtes Jac.

Je peux sentir son désengagement de ce souvenir nostalgique, au moment où il rencontre ces syllabes qui résument qui il est. Lentement, il lève les yeux jusqu'à ce qu'ils croisent les miens.

— Jac, dit-il calmement, pensif. Je suis Jac-son.

Il lâche mes mains et lève sa main droite sur mon visage.

— Meci vous, Parri.

Il m'embrasse avant que j'aie le temps de réagir. Il m'embrasse simplement, d'abord une joue puis l'autre.

— Meci pour tenir Jac.

VII

Harvey, Patrick, Emp. C1
Cas n° 723, Jacson /John Doe 439

J'ARRIVE JUSTE avant le petit-déjeuner pour notre sixième journée ensemble et je le trouve debout en contrejour devant la fenêtre à barreaux. Il tourne le dos à la pièce, ses cheveux emmêlés et ternes retombent sur le haut mouillé de son pyjama en papier. Son bras gauche repose dans l'écharpe qu'il utilise parfois quand ça lui convient. Sa main droite est posée à plat sur la fenêtre, la lumière du soleil dessine les os à l'intérieur des doigts maigres et de la large paume.

— Pourquoi est-il mouillé ? demandé-je tranquillement à un Observateur.

— Une sorte de dispute sur ses vêtements, dit l'Observateur avec le désintérêt bovin qu'ils affichent largement tous.

Il est difficile de l'imaginer dans une dispute. Je m'avance vers John, non Jac tandis que l'Observateur amène le petit-déjeuner et l'installe.

— Bonjour Jac.

— Bjour Parri, dit-il toujours soigneusement tourné vers la fenêtre. Sortir ?

Je parcours rapidement la salle. Il a travaillé encore plus avec ses trois crayons, les épuisant complètement du jour au lendemain selon le rapport. Le courant et les poissons sont beaucoup plus élaborés qu'ils l'étaient auparavant.

— Je crains que nous ne puissions pas faire cela encore, Jac. Je suis désolé.

Il se penche en avant et pose doucement son front contre la vitre et il soupire.

— Sortir. Vert. Ciel. Herbe. Vent.

— Peut-être bientôt, dis-je, et je me maudis immédiatement pour ça.

Je ne sais pas du tout s'il sera autorisé à sortir à l'extérieur. Change de sujet.

47

— Jac, pourquoi vous disputiez-vous pour vos vêtements.

Je m'ouvre à lui pour voir s'il a compris la question et il est clair que non. Trop de mots lui manquent. Je touche la partie humide en haut de son pyjama.

— Pourquoi mouillé ?

Il s'éclaire un peu en pensant qu'il comprend ce que je veux.

— Pas prendre, dit-il en s'éloignant de la fenêtre et en s'enveloppant avec ses bras. Pas prendre. Je fais briller. Bon.

Il lève son poignet et suit du doigt la bande mince de papier, exhibant son œuvre.

Il a coloré les deux poignets avec des motifs bleus et verts simples, mais audacieux et un gribouillage tarabiscoté à l'avant de la chemise.

— Voir ?

Les yeux bleus se verrouillent sur les miens, m'exhortant à comprendre.

— Pas blanc. Tout blanc mauvais. Pas faire confian blanc. Tedrick dit. Pas faire confian tout blanc. Tout blanc blesse.

Il regarde dans la salle et revient vers moi et un besoin féroce de se faire comprendre bouillonne en lui.

— Je fais ici pas blanc. Pas mal ici. Maintenant.

Il fronce les sourcils vers le bas.

— Mais Parri tout blanc. Parri blesse pas. Pourquoi tout blanc.

Je suis inondé d'informations et de questions et le meilleur de tout cela, c'est que sa lecture émotionnelle est étonnamment stable. Il est perplexe, légèrement excité, un peu plus que triste, mais la peur et la colère des premiers jours ont considérablement diminué.

— Prenons le petit-déjeuner, dis-je simplement pour gagner un peu de temps afin de décider par où commencer.

Il accepte facilement et nous nous asseyons selon notre nouvelle habitude, en tailleur autour de la table. Je cache un sourire quand il va d'abord vers le verre de jus d'orange. Sur un coup de tête, j'ouvre mon esprit à lui alors qu'il prend la première gorgée et durant le temps de trois battements de cœur, je suis submergé par la saveur étonnante de cette simple boisson que je tiens pour acquise. La bouchée de tarte est immédiatement suivie d'un torrent de douceur apaisante. Ça a un goût de fin d'après-midi ensoleillé, limpide et riche, comme des coquelicots à midi dansant tous dans une délicieuse et douce danse...

Je cligne des yeux et les ouvre, surpris de m'être tellement perdu dans son expérience, et je trouve ses yeux bleu sombre maintenant. Il me regarde pensivement à presque cinquante centimètres de moi. La sensation de langueur du soleil s'attarde sur mes épaules et je me rends compte que je le vois, je le vois vraiment, pour la première fois. Jusqu'à cet instant, il a été un patient, un défi à relever, un problème à résoudre. Soudain, maintenant, il est un homme. Un homme étonnamment beau malgré les circonstances. Malgré ma taille, je suis naturellement mince, et je soupçonne qu'il pourrait être plus charpenté avec une alimentation régulière. Ses mains sont belles avec des doigts longs et forts. Elles sont recouvertes d'un léger duvet brun et parsemées de petites cicatrices. Ses cheveux sont bruts, hirsutes, humides, et ils tombent en désordre sur ses épaules. Je me demande depuis quand il n'a pas été peigné ou lavé correctement par quelqu'un.

Une vieille cicatrice dure partage en deux sa joue gauche, juste à côté de son nez, clairement visible au-dessus de la barbe de trois jours. En dehors des dernières cicatrices de brûlure s'effaçant, son visage est pointillé par des taches de rousseur au petit bonheur et des lignes fines. Je suis dans l'impossibilité de dire quel âge il peut avoir. Il n'est clairement pas jeune, mais il ne semble pas vieux non plus. Il a la qualité bizarre d'être sans âge, aidé par ses manières enfantines qui le rendent…unique.

Je regarde à nouveau ses yeux et je me rends compte que je l'ai regardé fixement. Et il a observé avec une expression évaluatrice.

— Parri veut ? demande-t-il d'un ton plat et dur que je ne lui ai jamais entendu auparavant.

— Quoi ?

— Parri veut ? demande-t-il un peu plus fort comme si j'étais malentendant ou stupide.

— Vouloir quoi ?

— Vouloir paiement, dit-il avec soin comme s'il parlait à un idiot. Parri aide. Maintenant, Parri veut paiement ?

Il indique approximativement la zone de ses poches.

— Pas mon… mon...

Un peu de colère et d'exaspération.

— Comment puis-je payer ? Vous voulez ?

Il est assis en arrière et il se désigne clairement sans l'ombre d'un doute. Il n'a pas l'air heureux et quand je risque un contact avec son esprit, je sens claquer une colère noire de déception.

— Non ! Non ! dis-je en secouant la tête furieusement. Pas de paiement. Je vous aide parce que je le veux.

Parce que c'est mon travail, corrige mon critiqueur interne.

— Peut partir ?

Il regarde la porte, puis moi à nouveau.

— Pas encore.

— Quand ? Quand partir ?

— Quand vous êtes bien.

Il tapote le plâtre sur son bras gauche, son regard intense verrouillé sur moi.

— Quand bien ?

Il m'a coincé. Je ne peux pas faire ce genre de promesses.

— Et d'autre chose.

J'évite de répondre.

Il m'étudie silencieusement pendant un long moment.

— Parri tout blanc. Tout blanc blesse. Tedrick dit. Toujours payer.

Et il se tourne ostensiblement vers sa nourriture, se coupant de moi.

Une froideur définitive émane de l'autre côté de la table. Je pose mon bloc-notes et je mange aussi. Et je suis presque heureux quand un Observateur passe la tête pour me dire que je suis demandé dans le bureau de Hunter.

Harvey, Patrick, Emp. C1
Cas n° 723, Jacson (John Doe 439)
Consultation : Empathe Senior Samuel Hunter

— JE N'AI pas envie de regarder dans ton esprit Patrick, alors dis-moi pourquoi tu t'es senti obligé de faire une autre lecture directe sur 439 sans être assisté après que je t'ai ordonné spécifiquement de ne pas le faire.

Sam Hunter déambulait devant une bibliothèque dans son bureau, lisant ostensiblement les titres. Mais même sans essayer, Patrick pouvait sentir l'irritation bouillante émanant de son superviseur.

— Je suis désolé, commença-t-il. C'était une situation qui s'est brusquement développée. Il est devenu très impatient maintenant que nous sommes arrivés à une sorte d'accord de travail. Il me fait confiance.

— Et je te fais confiance pour respecter les règles. Bien que tu en aies peu suivi au cours de ces six derniers jours.

— Il n'est pas un patient typique, Monsieur.

Patrick se tortilla sur le fauteuil en cuir, essayant de garder un œil sur Sam qui se trouvait tout juste hors de portée visuelle.

— Il n'existe aucun patient typique, Monsieur Harvey.

Monsieur Harvey. C'était un mauvais signe.

— Oui Monsieur. Je suis désolé, Monsieur. Je ferai les choses correctement à partir de maintenant.

— Oui ? Tu le feras, ou 439 sera confié au prochain Empathe libre en rotation qui se trouve être…

Il entendit un bruit de papier et Sam qui toussait.

— Mariocourt.

Patrick ferma les yeux et prit deux lentes inspirations pour se stabiliser. Si jamais il existait une chose comme un Empathe sourd, c'était Mariocourt. Il perdrait chaque progrès de Jac en une journée, sans aucun doute.

Sam avait complètement fermé son esprit alors que le papier bruissait à nouveau.

— J'ai affecté Dana Lewis en second sur le cas 439. Elle travaille sur un autre cas en ce moment, mais il est presque terminé. Avec vous deux travaillant sur le cas 439, je compte voir des progrès importants. Peut-être même qu'il sera libérable plus tôt.

Son nom est Jacson, pensa Patrick avec humeur, *pas 439.*

Sam le contourna et posa une hanche contre son bureau. Des yeux verts familiers dévisagèrent Patrick pour la première fois depuis qu'il était entré dans le bureau et il sentit l'esprit de son mentor caresser le sien, diffusant une urgence soigneusement modulée.

— Le mot est passé aujourd'hui qu'il va y avoir un test de Lecteur dans trois semaines.

Le pouls de Patrick s'emballa légèrement. Il n'était pas tout à fait sûr de ce que Sam essayait de lui dire. Mais il savait que ce devait être important s'il se risquait à le faire devant les caméras de sécurité.

— C'est toujours une douleur, dit Patrick, exprimant une généralité. Il y en a toujours certains qui sont déclenchés et qui terminent avec nous.

— Ouais. Et certains qui vraiment ne devraient probablement pas être testés.

Le regard vert fouilla celui de Patrick.

— Certaines choses sont trop précieuses pour risquer la rupture, ajouta-t-il en dessous du murmure, appuyé de sorte que la tête de Patrick soit entre sa bouche et une caméra qu'il savait être dans son bureau.

Brusquement, Patrick comprit ce qu'il avait entendu, et il regarda Sam avec surprise. Il n'avait pas réalisé…

— Dana et toi travaillerez sur un calendrier afin que vous soyez avec lui ensemble ou séparément, déclara doucement Sam, coupant court à quoi que ce soit que Patrick eût pu penser dire. Vous devriez être capable ensemble de remettre 439 assez bien pour une libération dans quelques semaines ou il va exploser et finir probablement par revenir sous sédation. Faites simplement de votre mieux.

Il hocha la tête afin que Patrick se lève et il le conduisit à la porte.

Patrick suivit simplement, un peu abasourdi. Il essaya de donner un sens aux dernières minutes. Sam soupira en ouvrant la porte et regarda avec nostalgie dans le couloir blanc.

— J'étais habitué à avoir un chien, dit l'Empathe Senior, apparemment sans rapport. Elle est morte, il y a six ans. Elle me manque encore parfois.

Il passa une main dans ses cheveux blonds, coupés courts et se retourna vers son bureau.

— Attention aux règlements, Patrick.

— Oui Monsieur, répondit ce dernier faiblement.

Et il regarda la porte se fermer devant son visage.

Sam avait vu l'illusion du chien. Il avait compris que le talent de Jac était un vrai trésor. Et il avait laissé entendre que Jac devait être caché aux Lecteurs officiels. Toute la vie de Patrick, depuis qu'il était petit, avait été orientée par l'espoir d'être remarqué par les Lecteurs, par l'espoir d'avoir un résultat suffisamment élevé pour être sorti de l'extérieur et intégré dans la ville. L'idée qu'une personne, surtout un Empathe, plus spécialement un Empathe senior, veuille éviter les Lecteurs lui était complètement étrangère.

Les Lecteurs salueraient Jac comme un Talent précieux. Il serait… Saints, Patrick ne pouvait même pas imaginer, choyé ? Il aurait les meilleurs endroits pour vivre, la meilleure nourriture, les meilleurs vêtements, le meilleur de tout. Et on lui permettrait d'utiliser son Talent pour aider toute l'humanité, parce que c'est ce que les gens font avec leurs Talents.

Alors pourquoi quelque chose dans cette idée avait-il un goût si étrange ?

Réalisant brusquement qu'il se tenait au milieu d'un couloir, Patrick se dirigea vers sa chambre, puis vers les portes extérieures. Il avait un rendez-vous en fin de matinée pour rencontrer Charlie et beaucoup à digérer sur le chemin.

PATRICK ARRIVA avant Charlie et leur trouva une table isolée.

— Et le voilà, murmura son ami dans son oreille, le faisant sursauter. Ostentatoire, encore ?

— Je suis venu directement du travail.

— Bien sûr que tu l'as fait. Comme toujours.

Charlie se glissa sur la chaise en face, et posa un grand étui rectangulaire sur le sol à côté d'eux.

— Et si j'avais obtenu cette machine par des moyens plus ou moins légaux, hmm ? Et toi, tu t'agites dans ton putain de blanc.

— Mais tu ne l'as pas fait.

— Mais j'aurais pu.

La serveuse déposa l'eau sur la table et regarda Charlie qui regarda Patrick.

— Une autre pour lui, indiqua ce dernier.

Elle s'éloigna.

Charlie prit une petite gorgée mesurée d'eau claire, propre et il la savoura.

— Alors, pour qui est le clavier ?

— Un patient. Il avait une amnésie totale quand je l'ai pris en charge. J'ai remarqué qu'il semblait jouer du clavier dans son sommeil, dit-il en mimant le geste. Alors j'ai pensé que si je pouvais obtenir de lui qu'il joue quelque chose, cela pourrait aider.

Charlie leva un sourcil blanchi par le soleil.

— La Centre Empathe de la grande Ville possède certainement un clavier qui pourrait être utilisé.

Patrick haussa les épaules.

— J'ai vérifié. Ils avaient tous une taille mini, pour un passe-temps. Et ils doivent retourner aux services centraux tous les soirs. Je veux qu'il ait quelque chose qui lui est propre.

— Cela ne ressemble pas à un traitement standard. 'Spécialement si' ça sort de ta propre poche.

— Il n'est pas un patient standard, déclara Patrick doucement. Et ce n'est pas comme si j'avais beaucoup d'autres choses pour dépenser mon argent. Du moins en l'état actuel des choses.

— Hmm.

Charlie le regarda pendant un long moment, puis il se redressa.

— Et bien, je t'ai eu une bonne affaire, et pour seulement 1,3 or. L'étui est un peu endommagé, mais je l'ai fait vérifier rapidement et l'intérieur est bon.

— Je t'en dois une, Charlie.

Patrick tira un petit sac lourd d'une poche intérieure de son pantalon et le posa à plat sur la table. Il compta 1,5 or et les fit glisser en les couvrant avec sa main. Charlie les attrapa habilement et les fourra à l'intérieur de ses couches de gilets colorés.

— Je t'ai donné 1,5, déclara Patrick en rangeant le sac dans sa cachette. Le reste est pour Evie, d'accord ? Ne discute pas.

Charlie soupira et regarda au loin vers le marché modérément occupé.

— Pas de discussion, mon pote. Elle a encore empiré. Ça n'a pas fonctionné avec la personne qui pensait pouvoir l'aider. Maintenant, nous sommes en train de prier pour un appel.

— Un appel ?

Patrick se leva, se penchant pour prendre le clavier. Charlie trouva des cachettes pour les bouteilles d'eau dans ses gilets, fit le tour de la table et mit ses bras autour de Patrick.

— Tu nous manques Paddy. Toujours. Tu le sais, n'est-ce pas ?

— Tu me manques aussi.

Patrick passa ses bras autour de la taille de Charlie et savoura la sensation d'un autre corps. Il s'autorisait rarement à penser à combien le simple contact humain lui manquait.

— Quel genre d'appel ?

— Rien de spécial.

La tête de Charlie reposait sur l'épaule de Patrick. Il sentait la sueur, la saleté et légèrement la cannelle et il ne répondit pas à la question. En deux secondes, il avait disparu et s'était fondu dans la foule.

Sur le chemin pour sortir du Marché Cavender, Patrick s'arrêta à deux stands pour faire un peu de shopping. Au moment où il rentra dans sa chambre en ville, il souriait et était bien chargé avec le clavier et plusieurs sacs remplis d'achats.

Après s'être arrangé par communication avec Dana pour l'après-midi, il s'octroya le luxe d'une brève sieste d'avant déjeuner.

Harvey, Patrick, Emp. C1
Cas n° 723, Jacson (John Doe 439)

J'ARRIVE EN même temps que les plateaux et la table et je trouve Jac une nouvelle fois debout à la fenêtre, regardant dehors. Il ne se tourne pas à notre entrée bruyante, ni au son de la table en cours de mise en place, ni au bruissement des sacs lorsque je pose mes achats du matin sur le sol. Je marche vers lui, délibérément bruyant, ne voulant pas l'effrayer et regarde dehors le petit coin de verdure contre nature dans la petite cour à l'extérieur

— Eau, dit-il calmement, regardant toujours au loin. Je rpelle eau. Grande eau. Bateau. Poissons. Visages. Pas de noms.

Il tend la main pour toucher le verre entre les barreaux, calant ses doigts dans le maillage.

— Eau tout autour. Bleue. Tempêtes.

Il lève les yeux vers le ciel sans nuage.

— Vent. Léger. Pluie.

Son inventaire de mots est en croissance rapide depuis que la charge de sédatif diminue. Je me fais une note pour commencer à revenir sur sa charge d'antipsychotiques. Je ne crois pas que Jac soit psychotique. Je crois que c'est la peur, la colère et la douleur qui ont amené ce comportement fou et enragé avant. Des hommes forts ont été pris dans cette combinaison, sans avoir besoin d'une psychose.

Sa capacité à formuler des mots en phrases lisses traîne encore, cependant. Et il a encore des difficultés à énoncer les sons finaux et un manque de clarté de l'ensemble. Il me semble que Jac pourrait avoir une certaine perte d'audition. Je me demande si cela a déjà été testé.

— On s'occupe du petit-déjeuner ? demandé-je, faisant attention de ne pas être trop près de lui, lisant toujours cette tristesse persistante de ce matin.

Il dégage sa main avec un soupir et se tourne vers la table, faisant une pause pour me permettre d'avancer. Il effleure d'un petit coup d'œil les sacs en plastique à mon côté alors que nous nous installons à table, mais il ne dit rien.

— Je n'ai jamais vu une grande quantité d'eau, dis-je alors que nous commençons à manger. Pas une rivière ou un lac, ou même un petit étang. Une rare flaque quand il pleuvait à l'Extérieur quand j'étais gamin.

Il mâche sa nourriture lentement et prudemment, écoutant attentivement.

— Extérieur ?

— Extérieur. C'est ainsi que nous appelons l'endroit où j'ai grandi. C'est en dehors de la Ville.

Il fronce un peu les sourcils sur une bouchée de viande, essayant de comprendre tout cela.

— Montre ?

— Montre ?

Il tape légèrement son front.

— Parri montre. Je regarde.

— D'accord.

Il m'a un peu surpris, mais je suis prêt à jouer le jeu. En mâchant bien ma bouchée suivante de nourriture, je pense à la cabane où j'ai grandi, à la ruelle où Charlie, Eve et moi sommes devenus les meilleurs amis. En cours, je commence à sentir le chatouillement ténu d'un autre esprit, un contact qui se faufile habilement à travers et autour de mes souvenirs, sans vraiment les toucher, mais en les prenant quand même. Il s'efface aussi délicatement qu'il est venu.

— Qui Charlie ? demande-t-il comme si c'était la chose la plus normale au monde et en se remettant à manger.

Je le regarde tout simplement pendant un moment, essayant de reprendre mes esprits.

— Charlie était mon meilleur ami quand j'étais enfant. Comme un frère pour moi.

— Extérieur.

— Oui.

— Parri pas comme à l'Extérieur. Pas comme sale chaleur.

Il mange avec désinvolture, terminant son plat et attaquant un fruit en dessert.

— C'est vrai.

— Où Maman Parri partit ? Papa ? Pas en mémoire.

— Ma mère est morte quand j'avais treize ans. Je n'ai jamais connu mon père.

Pourquoi lui dis-je ces choses ?

Il pose sa fourchette et lève les yeux. Puis il met une main sur mon genou. La froideur de ce matin a disparu et les yeux bleus sont redevenus doux maintenant.

— Charlie prend soin, Eve aussi

Soudain, mes yeux sont humides et je cligne des paupières pour éloigner les possibles larmes que je ne veux pas.

— Oui, ils l'ont fait. Ils sont de bons amis. Alors et maintenant.

Il serre mon genou une fois, puis le tapote.

— Amis bons, Parri chance.

Il enlève sa main, prend son verre d'eau et boit ce qui reste en une grande gorgée. Il indique mon plat encore à moitié plein.

— Mange, dit-il avec une pointe d'humour. Tomber malade. Assurer rester ici.

Il fait tourner son doigt pour indiquer cette pièce ou ce lieu.

— Je n'ai pas très faim aujourd'hui. Peut-être que ça ira quand même.

Je me penche sur le côté de la table et je fais glisser les sacs vers moi.

— J'ai apporté quelque chose pour vous. Mais je dois vous poser une question difficile.

Il penche la tête sur le côté, écoutant attentivement.

— Oui ?

— La première fois que vous avez été emmené ici, vous avez essayé de vous tuer.

Je garde un ton égal et une tonalité non accusatrice, et je m'ouvre à lui pour pouvoir sentir s'il commence à paniquer.

— Vous souvenez-vous ?

— Un peu, dit-il tristement et il lève la main pour tapoter sa tête. Alors, cassé, pas de sens. Tous faire mal. Tous peur. Essaye de bouger. Ne peut pas. Tout faux. Effrayé. Savoir ?

— Vous aviez peur parce que rien n'avait de sens et que vous souffriez, n'est-ce pas ?

— Oui.

— Je pense que vous étiez peut-être en deuil aussi.

Il semble moins sûr en entendant cela, mais son niveau émotionnel ne bascule pas vers la panique.

Il hausse les épaules.

— Vous ne semblez pas suicidaire maintenant, cependant. Avoir envie d'essayer de vous tuer.

— Jus veut sortir. Fais ce que dis Parri et sortir. Soleil. Herbe. Eau.

Je me demande si je devrais être préoccupé par la construction de cela, mais décide de laisser tomber pour le moment. Je lui adresse un sourire et je fouille dans le premier sac. Je sors une chemise bleu clair avec des velcros à l'avant de sorte qu'il peut la mettre ou l'enlever facilement avec son plâtre. Ses yeux brillent comme ceux d'un enfant à Noël et il se lève dans une hâte gauche.

— Jac ? demande-t-il.

L'anticipation le met à bout de souffle et je ne peux m'empêcher de rire en la lui tendant.

— C'est à Jac, oui. Tout à vous.

Il enlève le haut de son pyjama en quelques instants et bataille pour mettre la chemise bleue. J'ai dû deviner sa taille. Elle est lâche et ample, mais le large sourire qu'il m'adresse et ses yeux plissés me disent que c'est la meilleure chemise dans l'histoire du monde. Je lui tends les deux autres chemises que j'ai apportées, une émeraude et l'autre d'un or foncé à bandes bleu royal. Le deuxième sac révèle deux pantalons à taille élastique dans un faux coton d'une douce couleur crème.

Il a les bras chargés de vêtements et ses yeux sont remplis de larmes. Contrairement à moi, il ne fait aucune tentative pour empêcher ou dissimuler ses larmes. Il s'avance vers le côté de la pièce qu'il a colorée et retire le bas de pyjama froissé. Il met ensuite maladroitement le nouveau pantalon. Il place avec soin les vêtements de rechange en une pile bien rangée à côté du mur avant de revenir vers l'endroit où je suis assis et il me tend sa bonne main.

Je le laisse m'aider à me lever et je suis ensuite entièrement pris par surprise quand il me tire dans ses bras. L'étreinte est chaude, longue et sans retenue. Son bras gauche, raide dans son habit de lumière, repose contre mon dos et sa main droite s'est glissée dans mes cheveux. Brusquement, je suis trop conscient de sa masculinité, des odeurs de sueur et de musc, de la force de ses muscles durs contre les miens.

Alors que je me prépare à échapper à un baiser qui, j'en suis sûr, va arriver, il me surprend à nouveau. Au lieu de m'embrasser, il frotte ses joues au chaume épais contre les miennes, enduisant mon visage de ses larmes, puis il embrasse tendrement mon front.

À cet instant, fleurit dans mon esprit la plus incroyable des fleurs que j'ai jamais vue. D'un rouge riche et glorieux, avec beaucoup de pétales, veloutée et une odeur incroyablement enivrante. Elle apparaît en petit bourgeon serré et s'ouvre progressivement dans une explosion à part entière de pure magnificence. Je suis bouleversé.

— Meci, chuchote Jac contre mon front.

Et il s'éloigne ensuite et tout ce contact merveilleux disparaît.

Dans un parfait minutage, un toc à la porte me fait savoir que Dana est ici.

VIII

Harvey, Patrick, Emp.C1
Cas n° 723, Jacson (John Doe 439)

J'ACCUEILLIS DANA et permis à un Observateur de prendre la table, la vaisselle et les sacs vides, pendant que Jac se retirait de l'autre côté de la pièce et observait avec un intérêt méfiant.

Dana m'adressa un sourire lumineux et regarda calmement Jac d'un air intéressé en me tendant les deux éléments que je lui avais demandé d'apporter.

— Jac, dis-je dès que l'Observateur eût disparu. Voici Dana. Elle va vous aider aussi. Comme moi.

Jac pencha la tête pour l'étudier et je jetai un coup d'œil vers Dana pour voir ce qu'il voyait.

Une petite femme mince, au teint pâle et aux yeux marron, avec des cheveux roux et raides tombant d'une manière décontractée sur son col et ses sourcils. Elle a les mains douces et un large sourire toujours prêt.

Elle avança vers Jack, lentement mais sûrement, et lui tendit la main.

— Dane dit Jac.

Et je me souvins de la nature rauque inhabituelle de sa voix qui sonne presque comme si sa gorge avait été blessée à un moment donné.

— Dane blesse ?

— Non, dis-je. Dana aide. Comme moi.

— Da tout blanc.

La suspicion était toujours là, même s'il semblait faire un effort pour la contrer. Dana garda sa main tendue bien qu'un peu vacillante, puis elle la redescendit tranquillement.

— C'est juste un uniforme l'ami, dit-elle. C'est notre uniforme pour travailler.

— Tout blanc mauvais. Tout blanc blesse. Avoir paiement. Toujours.

Jac était inflexible et il recula lentement contre le mur.

Dans une tentative pour désamorcer tout problème potentiel, j'ouvris ma main et je montrai ce que Dana avait apporté.

— Ta-da !

Deux longues écharpes en fausse soie se déployèrent, l'une dans les tons bleus et l'autre vert légume, marron chatoyant et or.

Surpris, Jac sourit, baissa la tête et couvrit son visage avec sa main. Il leva ensuite les yeux, essayant d'être vraiment suspicieux à nouveau.

— Cois facile ? Mannequin idiot ?

Mais ces yeux bleus pétillent. Il joue avec nous. Et ça vient d'un homme qui il y a moins d'une semaine ne montrait que de la rage et de la peur.

Je lui tendis les foulards.

— Quelle écharpe pour qui ?

Il penche la tête et j'indique les écharpes puis, Dana et moi.

— Vous décidez.

Il était touché qu'on lui donne la chance de prendre une décision. Il prit les écharpes dans ma main et je sentis la chaleur de ses doigts. Il nous regarda et réfléchit. Je jetai un coup d'œil à Dana et m'ouvris à elle. Je sentis son intérêt mêlé d'une forte compassion. Elle rencontra mon regard, m'adressa un clin d'œil et s'approcha un peu plus de nous deux.

Jac sépara les deux foulards et il en déplia un pour Dana, ses yeux interrogateurs alors qu'il s'approchait suffisamment pour installer soigneusement le foulard bleu autour de sa taille.

Dana leva les bras pour lui laisser l'accès et regarda simplement Jac qui, un peu maladroitement à cause du plâtre, attachait le foulard en un complexe et ornementé nœud dont les extrémités pendaient presque jusqu'aux genoux de la jeune femme.

— C'est beau, dit-elle, honnêtement impressionnée, faisant courir légèrement ses doigts sur les pans entrelacés.

— Meci Dane, déclara Jac. Jac regarder ?

Il posa un doigt léger sur la tempe de Dana.

— Jac pas blesser.

Elle me regarda et je lui adressai un hochement de tête et un haussement d'épaules. Jac repoussa la frange de cheveux roux et posa deux doigts sur le front de Dana. Puis il ferma les yeux et resta simplement silencieux. Je m'ouvris à eux deux en même temps et je lus la recherche intéressée pour Jac et une ouverture calme pour Dana. Rien de préoccupant, en tout cas. Après un moment, Jac laissa ses doigts glisser sur les lèvres de Dana et il lui adressa un petit sourire. Puis il se tourna vers moi avec le deuxième foulard.

J'étais prêt à ce qu'il le place autour de ma taille. Mais à la place, il le doubla deux fois et entoura mon cou avec. Il passa les extrémités à travers les boucles et le lâcha.

Je jetai un coup d'œil par-dessus mon épaule à Dana qui était en train de toucher pensivement sa bouche, mais elle croisa mon regard avec un sourire en coin et un haussement d'épaules du style 'c'est quoi ce bazar'.

— Parri pas tout blanc. Bon.

— Heureux maintenant, le taquinai-je légèrement.

— Plus heureux. Oui.

— Et Dana ? demandai-je en indiquant ma collègue. Est-ce que Dana est bien ?

Il braqua à nouveau son regard bleu sur Dana et sa bouche se tordit.

— Da-na bien, énonça-t-il soigneusement.

— Bien.

Je pris une profonde inspiration et indiquait la zone libre au pied du matelas.

— Dana est ici pour nous aider. Je pense qu'il est temps que nous fassions un travail sur la mémoire.

Il pencha la tête et je savais qu'il essayait de trouver son chemin à travers cette longue chaîne de mots.

— Dana aide. Rpelle.

Il avait saisi l'essentiel.

Je m'assis en tailleur sur le tapis et Dana s'installa à côté de moi légèrement en angle. Je levai les yeux sur Jac, et il hésita seulement le temps d'un battement de cœur avant de se laisser tomber en face de moi. Ses pieds nus touchaient mes chaussures à semelles souples et ses yeux devinrent intensément brûlants.

— Comment regarde ?

— Essayons un autre souvenir heureux pour commencer. Comme quand vous vous êtes rappelé Rob et les étincelles.

Il sourit brusquement, un vrai sourire. Celui qui était ouvert, maladroit et lumineux.

— Je rpelle.

— Peut-être que vous pouvez trouver un autre bon souvenir, quelque chose d'heureux et puis je pourrais vous aider à voir tout cela de nouveau.

Il hocha la tête, prêt à le faire et désireux de se plonger dans le labyrinthe de miroirs maintenant qu'il avait une certaine façon de l'aborder. Il pencha la tête vers l'avant, ferma les yeux et posa ses mains sur mes genoux. Pendant qu'il cherchait, je regardai Dana qui m'observait avec intérêt.

— Tu m'ancres, murmurai-je, à peine audible. Ce devrait être juste un entraînement pour un truc plus dur plus tard.

Elle inclina la tête et prit sa pose de yoga préférée, les yeux fermés.

— Très bien, dit Jac d'un ton un peu triomphant. Très bien bon, je pense. Regarde Parri, Parri tient.

Il baissa encore plus la tête, dans cette posture de soumission complète et je glissai dans son esprit. Après seulement quelques fois, ça commençait déjà à être familier. Le fatras dans son esprit était encore catastrophique, mais des poches ordonnées commençaient à se former. Étonnant de voir un psychisme se réparer lui-même où au moins voir sa métaphore. La mémoire localisée était facile à trouver et j'hésitai seulement le temps de sentir le léger contact de Dana avant de pénétrer à l'intérieur.

Trottant légèrement, couverture posée sur l'herbe de la falaise. De hautes herbes cliquètent contre des épaules et des jambes nues. Le soleil est chaud, mais le vent rafraichissant vient de l'océan au lieu de la partie continentale. Aussi c'est une magnifique journée sans danger, pour se faufiler à travers les hautes herbes, les oiseaux de mer riant au-dessus de ta tête et oups, être prudent, ne pas marcher sur le bébé tortue à moitié sorti de sa coquille, faire attention aux œufs, être attentionné avec les petits...

...Pause au sommet de la falaise, toujours caché dans l'herbe et inspirer l'air salé, propre et frais. Le soleil est bon ainsi, mais être prudent et ne pas y rester trop longtemps, non pas trop longtemps. Protéger tes yeux et regarder la mer, sur l'eau d'un bleu étincelant pour apercevoir des signes de bateaux de pêche, mais il est trop tôt pour eux et tu le sais bien. Avec un petit sursaut d'excitation, tu descends la falaise de sable, moitié courant, moitié dégringolant ou glissant pour finir en bas en tas et riant silencieusement. Lever la tête et sourire au ciel, puis se retourner sur le ventre pour observer la fuite des crabes de verre dans leur course interminable avec la marée...

... Mais ce n'est pas pour ça que tu es ici. Tu sautes sur tes pieds, trottes silencieusement vers les trois boîtes métalliques coincées dans la falaise. Tu écoutes attentivement pour entendre le son que tu espères. Tu touches presque la première accidentellement et tu t'écartes vivement,

heureux de ne pas recevoir une brûlure. À mi-chemin de la deuxième, tu commences à entendre des voix. Ils sont très proches, en fait. Les choses sont toujours près avant que tu puisses les entendre. Précautionneusement, en souriant à toi-même, tu rampes le long de la troisième boîte et tu jettes un coup d'œil aux alentours...

... Elle est à califourchon sur lui, cette fois, les cheveux comme un nuage d'or dans le vent alors qu'elle se balance en rythme, gémissant doucement comme les colombes qui nichent parfois dans les voiles. Les mains de l'homme saisissent ses hanches, ses longs doigts s'emmêlent dans sa robe jaune pâle et il rit, ses cheveux noirs étalés sur le sable. Elle commence à se déplacer plus irrégulièrement, et ses gémissements deviennent plus forts. Et tu tends une main, juste un murmure, pour le contacter, pour partager. Et il tourne sa tête et regarde droit sur toi et il marmonne :

— Je vais te tuer.

Mais alors, son propre orgasme le saisit et il monte en flèche loin de toi et tu leur envoies un nuage coloré d'étincelles qu'ils remarquent à peine d'abord. Et tu te laisses aller, vautré dans le sable, riant silencieusement à la mer alors qu'ils rassemblent leurs esprits. Et puis vient ce que tu savais à venir...

— Où est-il ? hurle-t-elle, et Rob ricane.

Il ne veut pas l'aider, parce que c'est drôle quand on y pense. Et puis Manda est debout au-dessus de toi. Elle te regarde, et t'appelles un monstre et un muet sacrément effrayant. Mais Rob est derrière elle. Il met ses bras autour d'elle et la fait taire. Il te regarde par-dessus l'épaule de Manda et il y a des excuses dans son regard noisette. Tu lui fais savoir que ça ne te dérange pas, que tu comprends et qu'en plus tu as des nouvelles pour eux...

— Des nouvelles ? demande Rob, légèrement surpris.

Tu te lèves, secouant la tête pour ôter une partie du sable dans tes cheveux. Manda te jette son regard habituel, hésitant entre la suspicion et une affection réticente. Tu tends le bras et tu touches doucement son abdomen.

— Beb, dis-tu et tu souris.

Parce que tout ça est amusant.

— Bébé, répète Rob. Tu veux dire... Manda ?

Tu hoches la tête, souriant.

— Nous allons avoir un bébé ?

Rob regarde sa compagne, ahuri. Puis il l'attrape et la fait tourbillonner, la faisant crier.

— *Nous allons avoir un bébé !...*

Quelque chose a mal tourné. Il est verrouillé sur cette image, mais au lieu de sentir la joie qu'il ressentait au début, il commence à dériver dans la douleur. Perte. Chagrin. Peur.

— Jac, revenez. Il est temps de revenir maintenant.

Il tremble, au bord de la panique. Je peux le sentir se fuir lui-même et je ne veux pas qu'il se perde, pas alors que les choses vont si bien. Je découvre la ligne de force de Dana et j'appelle plus fermement.

— Jacson ! Arrêtez maintenant. Revenez. Tout va bien. Revenez vers Parri.

Il aspire au confort de nos forces combinées, je peux le sentir, et la panique rôde sur ses talons. En réponse à sa métaphore, je me tends vers lui, tenant mes mains hors du labyrinthe de miroirs.

— Revenez Jac. Revenez maintenant. Venez vous reposer.

Le choc quand il saisit mes mains est presque physique. Et puis, nous sommes de nouveau assis sur le sol, trois humains de chair et de sang fatigués. Pendant un long moment, nous nous regardons simplement. Je suis franchement un peu étourdi. Ses souvenirs sont si puissants, si clairs et si sensoriels que je pourrais facilement me perdre en eux. J'ai presque l'impression d'avoir vu la mer et il me faut un certain temps pour digérer ce souvenir.

Mais Jac se balance légèrement, ne pleurant pas, mais il éprouve une profonde tristesse et je dois lui parler.

— Jac ? Ça ressemblait beaucoup à un souvenir très heureux, dis-je lentement et distinctement. Pourquoi êtes-vous triste ?

— Beb pas vivre, dit-il simplement.

Et ces quelques mots disaient tout un monde d'espoir, de déception et de chagrin.

Dana murmura quelque chose d'apaisant et je me permis de goûter la profondeur de la douleur. Je repris les mains de Jac, je m'ouvris à lui et je compris, du moins les grandes lignes. Les enfants étaient si précieux, toute nouvelle vie potentielle était traitée avec respect. Manda était devenue une reine pendant que l'enfant issu de son couple avec Rob grandissait, luttait et se battait pour vivre. La petite communauté s'était alliée pour lui apporter les meilleurs aliments, de l'eau fraîche. Et la petite fille avait presque réussi. Elle était âgée de deux mois quand Jac avait réveillé la communauté, hurlant dans la tempête, le vent venant du continent. Il était resté près du lit de la petite fille pendant trois jours, sans bouger, sans parler, combattant pour la tenir quand elle reculait. Et quand elle avait finalement glissé vers la mort, il s'était étranglé, avait toussé jusqu'à cracher du sang, puis il avait erré dans la tempête.

Tout le monde avait su qu'il fallait le laisser faire.

Je m'assis, ressassant ce gros morceau d'information avant que lentement j'en vienne à me demander comment je savais ça. Je n'avais pas creusé dans son esprit à la recherche de ce souvenir, je m'étais tout simplement ouvert à son chagrin.

Je me redressai et constatai qu'il avait son regard fixé sur le mien.

— Jac ? demandai-je en bégayant légèrement.

Il inclina simplement la tête.

— Dana, as-tu vu tout cela ?

— La douleur ?

— Les raisons de la douleur.

— Mmmm…non. On ne peut pas dire que je l'ai fait. Qu'est-ce que j'ai manqué ?

Elle était intéressée, et bien sûr qu'elle devait l'être. Jac venait à nouveau de se servir d'une télépathie de diffusion très spécifique.

— Jac, vous commencez à vous rappeler, n'est-ce pas ?

Un autre signe de tête lent.

— Un peu. Pas tout.

Il regarde la pièce autour de lui puis revient sur moi.

— Où je ?

— Ceci est le Centre Empathe de New Las Vegas. Est-ce que tout cela a un sens ?

Il secoua la tête partageant son attention entre Dana et moi.

— Est le Monde ?

Il semblait hésiter à le demander, comme s'il n'était pas sûr de vouloir entendre la réponse.

— C'est une partie du monde, déclara Dana avec facilité, affichant cette désinvolture qu'elle utilisait si bien. Mais quand les gens parlent du monde, ils pensent à des lieux sauvages. Beaucoup de nature, des créatures, des insectes et des choses.

Elle ne put éviter un petit frisson, ce qui faillit faire sourire Jac. Elle était une fille de la ville et cela se voyait.

— Vous souvenez-vous d'être venu ici ? demandai-je essayant de travailler sur les paramètres de sa perte de mémoire.

— Non.

Ses réponses étaient douces et je sentis ses pouces glisser sur mes mains, comme s'il essayait de me tenir plus près.

— D'accord, dis-je, regardant Dana et lui adressant un hochement de tête pour un autre lien. Prenez votre temps, agréablement et facilement, lentement et prudemment… Quelle est la dernière chose dont vous vous souvenez ? Spontanément, sans fouiller pour trouver un souvenir.

Il suivait ma question, essayant avec une intensité effrayante de la comprendre. Et je pus presque sentir le raidissement de ses épaules et de sa colonne vertébrale ainsi que de sa mâchoire alors qu'il plissait les yeux et se laissait aller à penser. Il régna un silence de mort dans la pièce seulement interrompu par les trois rythmes de nos respirations. Quand il parla, je sentis Dana sursauter à côté de moi.

— Montagnes.

— Vous vous souvenez des montagnes ?

— Oui. Montagnes. Descendu. Était froid en haut, puis descendu, puis…

Il leva ses mains et il haussa les épaules, ce geste séculaire qui voulait dire' je ne sais pas'.

— Est-ce que vous étiez seul ?

— Non. Tedrick. Rob. Manda. Moi.

Il répondait avec une certaine facilité alors je me permis de continuer les questions.

— Qui est Tedrick.

Sa main droite étreignit la mienne, la serrant fortement.

— Fre. Fre.

Il envoya un petit accès de colère et j'avais passé assez de temps avec lui pour savoir que cela signifiait que c'était un mot particulièrement difficile à dire.

— Frère ? devinai-je sans trop de difficultés

— Oui, soupira-t-il. Tedrick.

— Petit frère ?

Il rit, grognant un peu. Alors je devinai qu'il n'était pas jeune.

— Grand frère ?

— Tedrick…

Il se mordit les lèvres pendant un moment, puis il passa ses doigts sur sa mâchoire, ébouriffant la barbe mince.

— Jac…

Et il mit ses bras ensemble sur sa poitrine et mima le bercement d'un bébé.

— Aaah…

Je ne pus empêcher un gloussement, et Dana à côté de moi rit aussi.

— Tedrick commençait à avoir de la barbe quand vous étiez juste un bébé ?

— Oui.

Cette fois, il sourit et c'était un vrai plaisir à voir. Il attrapa ma main, la serra et se pencha pour embrasser ma joue avant que je puisse seulement faire un geste pour l'en empêcher. Non que j'eusse voulu en faire un.

— Parri fort, dit-il, puis il jeta un regard sur Dana. Dane pense ? Parri fort ?

— Fort Monsieur je sais tout, pour sûr, répondit Dana avec aisance.

Jac cligna des yeux, renifla, puis se mit à rire. Franchement, profondément et sans restriction. Il se restructura dans mon esprit, en quelque sorte. Il devint non plus une créature perdue ayant besoin d'être sauvée, mais un homme dans une position difficile. S'il se sentait perdu, c'était au moins partiellement de notre faute.

— Pas mal, d'accord, assez ri de Parri, grondai-je taquin.

Jac se calma, riant encore doucement en regardant Dana, puis il se tourna vers moi. Il pencha la tête d'un air interrogateur puis il se pencha en avant pour placer tendrement sa main droite sur ma joue.

— Pas compris, dit-il doucement. Parri tout blanc, pas blesser. Peut blesser plus tard. Maintenant bien.

Et avec cela, il se pencha et déposa très fermement un baiser sur mes lèvres. Sa bouche était étonnamment tendre, le baiser doux, mais insistant. Ce n'était pas un chaste baiser. Il contenait la graine du désir. Je savais que je devais le rompre, mais il avait le goût incroyable du fruit défendu et je ne pouvais me résoudre à l'arrêter.

Dana se racla la gorge et je le rompis, déglutissant et léchant mes lèvres. Jac se rassit et il me regarda, un petit sourire ourlant ses lèvres et une vaste connaissance dansant lentement dans ses yeux.

— Si vous avez vraiment fini tous les deux, peut-être que nous devrions revenir à nos questions, dit Dana d'une voix traînante et impassible.

— Oui, dit Jac.

Mais son regard n'avait toujours pas quitté mon visage.

— Alors, Tedrick est votre frère aîné. Que diriez-vous de Rob ? Est-il votre frère ? demanda Dana alors que je réunissais les derniers lambeaux de mon sang-froid.

— Oui. Non.

— D'acccoord. Est-il votre amant ?

— Non… peut-être… parfois.

— Est-il votre ami ?

— Oui.

Il arrêta finalement de me porter attention et regarda Dana.

— Rob est. Tedrick non. Tedrick disparu. Manda disparue. Rob est. Où ?

Un autre haussement d'épaules.

— Lorsque Tedrick, Rob, Manda et vous étiez dans les montagnes, vous souvenez-vous où vous alliez ? demandai-je, récupérant un certain professionnalisme.

— Dans le monde, dit-il doucement avec un sentiment de nostalgie.

— Savez-vous où est le Monde ? questionnai-je doucement.

Il ferma les yeux et sa mâchoire trembla un peu.

— Tedrick sait. Tedrick emmène. Maintenant Tedrick disparu. Où Jac aller maintenant ? Où maintenant ?

— Nous allons essayer de vous aider à comprendre, dis-je.

Et ma main retourna sur la sienne, comme attirée par une ficelle.

— Jac, vous nous avez dit à plusieurs reprises que Tedrick disait que le blanc blesse. Pouvez-vous nous en dire plus à ce sujet ? Pourquoi Tedrick disait-il ça ?

Il m'étudia pendant un long moment, puis jeta à un coup d'œil à Dana. Ensuite, à mon grand étonnement, il regarda directement l'une puis l'autre caméra de sécurité dans la pièce avant de se lever.

— Restez, nous murmura-t-il.

Et il se dirigea vers son matelas. Il fit une pause pour se verser un verre d'eau et il le but en regardant le sol. Puis il s'installa comme pour faire une sieste. Il se passa quelques longues minutes pendant lesquelles Dana se pencha et demanda :

— C'est quoi ce bazar ?

Je haussai les épaules. Je sentis une poussée d'utilisation d'énergie psi dans la pièce, mais pour autant que je puisse le dire, rien n'avait changé.

Trois battements de cœur plus tard, Jac sortit tout droit de l'air, telle une mince apparition, et il s'installa à nouveau en tailleur à sa place.

— Merde, glapis-je et Dana eut la même réaction.

Je regardai derrière l'épaule de Jac, là où il était apparemment endormi sur le matelas. Les yeux de Dana étaient tellement écarquillés que je craignais qu'ils ne tombent de son visage.

— Aime pas les yeux de métal, dit Jac comme si cela expliquait tout. Maintenant, il voit nous, mais pas nous. C'est bien.

— Est-ce qu'il est ce que je pense ? demanda Dana, d'une voix un peu étranglée.

— Oui, murmurai-je. Une illusion sensorielle complète. Et tu dois le garder pour toi, s'il te plaît. S'il te plaît.

— Tu m'étonnes, dit-elle en état de choc.

— Tedrick, commença Jac, après avoir rassemblé ses pensées pour aborder une longue explication.

Nous nous calmâmes tous les deux et nous écoutâmes.

— Quand Tedrick jeune homme, juste barbu, des hommes viennent en camion blanc. Des vêtements blancs. Faire monter tous dans le camion, mettre du métal, fil sur…

Il indique la tête et la poitrine.

— Faire mal, mais juste ptit. Faire très mal à Tedrick. Hommes tout en blanc emmène Tedrick. Endroit tout blanc. Blesse. Blesse tout le temps. Faire ça. Faire ceci. Blesse. Tedrick n-e peut pas…

Il fait attention à prononcer le 'ne' de 'ne peut pas'.

— Tout blanc dire peut-être bon à quelque chose. Casser lui. Blesser lui. Le laisse partir. Tedrick perdu pas stupide. Fini trouvé chemin maison. Jac ptit, juste rpeller. Nous partons, aller nouvelle maison, île. Loin de toutes les personnes blancs qui blessent. Maintenant Jac ici.

Il respirait difficilement maintenant, le souvenir ou l'effort d'énoncer un tel long discours l'ayant fatigué. Il prit une profonde inspiration, se stabilisa et nous regarda avec une méfiance fatiguée.

— J'attends mal. Et paiement. Il vient.

Après cela, il se mit lentement debout une nouvelle fois et il disparut dans l'illusion allongée.

Quelques instants plus tard, un chuchotement de pouvoir dériva dans la pièce et il était sur le matelas, légèrement recroquevillé sur le côté, gardant les yeux fermés.

De toute évidence, l'après-midi était fini.

IX

Harvey, Patrick, Emp.C1
Cas n° 723, Jacson (John Doe 439)

LE PETIT-DÉJEUNER est calme. Il mange sans parler, offrant un sourire pour la réapparition du foulard coloré. Mais il retombe ensuite dans le monde de ses propres pensées. Je suis temporairement perdu, pour être honnête. Les Observateurs m'ont dit qu'il a passé une bonne partie de la nuit à arpenter simplement la pièce. Il s'arrêtait de temps en temps pour regarder par la fenêtre et 'hurler' dit l'un. L'autre dit 'appeler'. Ils ont convenu que ce n'était pas particulièrement fort.

Ce matin, il a l'air fatigué, tout simplement fatigué. Quand je m'ouvre à son esprit, il se sent seul et triste. Et il ressent un désespoir résigné et une peur qui l'habite depuis si longtemps qu'elle a perdu toute sa puissance. Il me regarde pendant que je m'ouvre à lui. Il prend une petite baie rouge et la mange, regardant mon visage. Je sens un chatouillement contre mon esprit, un peu plus insistant que le contact vaporeux auquel je me suis habitué. C'est plus une prise, un doux claquement que je ne peux pas expliquer ou même sentir au-delà de savoir que c'est arrivé. Je suis plus dérouté que quand il parle.

Pourquoi dois-je être seul ? demande-t-il calmement. *Je me sens... mal. Il fait si froid. N'y a-t-il personne avec qui je peux partager ça ?*

Je le regarde et j'ai probablement l'air d'un idiot. Quand a-t-il commencé à s'exprimer en phrases complètes ? Je me demande. Puis mon cerveau se met en marche et je me rends compte qu'il est toujours en train de manger lentement le petit tas de fruits devant lui. Il n'a pas dit un mot. Les phrases étaient d'esprit à esprit. La seule question est, est-ce qu'il voulait me parler ou est-ce que j'ai reçu une émission involontaire ? Ses mots suivants me donnent la réponse.

Pouvez-vous rester avec moi, Paddy ? Ne me laissez pas seul.

— Aaah...euh...je dois...euh...vérifier que... je me retrouve à bégayer. Je ne sais ce que le...euh...les règlements disent.

Règlements ?

— Règles.

Règles.

Il pousse doucement l'assiette presque vide loin de lui, boit son précieux jus d'orange, puis il se lève et se dirige vers la fenêtre. Il s'appuie contre le mur à côté des barreaux, ses bras enroulés autour de lui, ses longues mains au bronzage palissant contre la chemise bleu clair et il regarde fixement à l'extérieur. Je peux à peine distinguer son profil dans le désordre de ses cheveux.

— Meci pour ptit-djeuner, Parri, murmura-t-il poliment.

Et je me sens rejeté.

— Je serai de retour pour le déjeuner, l'après-midi.

Quand a-t-il pris le dessus dans cette sorte de… relation ?

— D'ccord.

PATRICK ARRIVA pour sa Lecture du dimanche programmée avec près d'un quart d'heure d'avance. Il s'assit donc dans la cour extérieure du Hall central et regarda les ondulations constamment recyclées de la fontaine sablier. Après avoir posé le bloc-notes à côté de lui sur le banc en pierre, il leva un pied et enroula ses bras autour de sa jambe, posant son menton sur son genou. Il était tôt et l'ombre des bâtiments au-dessus donnait une température presque frisquette.

Il régnait un silence presque complet, malgré la cinquantaine de personnes répartie dans la cour, un silence juste rompu par le faible murmure constant du sable. Quand un faucon réclama une fois, au-dessus des tours blanches de la ville, la moitié des personnes dans la cour levèrent probablement les yeux, suivant à la trace son looping en spirale, le regard plein d'ombres et les pensées dissimulées.

Patrick ne savait pas quoi faire avec ses pensées. Des petites choses avaient commencé à attaquer son esprit, des choses qu'il n'avait jamais envisagées auparavant. Il aimait la Ville. Il aimait vivre ici, aimait sa vie. Ce n'était peut-être pas aussi excitant qu'il l'avait rêvé, mais il était en sécurité et avait du confort, ce qui était deux choses qu'il n'aurait jamais eues à l'Extérieur. Dans la Ville, il pourrait être approuvé pour avoir un partenaire, peut-être même un enfant. Dans quelques années, il pourrait déménager et prendre un deux-pièces. Il avait des choses à espérer. C'était une bonne vie.

Ça l'était, bon sang.

Alors, pourquoi est-ce que brusquement, il se retrouvait à tout remettre en question ? Tout simplement parce qu'un homme fou parlait d'un autre mode de vie ? Saints. Jac avait probablement des hallucinations. Il était vraisemblablement juste un étranger. Il n'avait jamais été plus proche de la Ville que là où il avait fini sur la Voie de Secours. Qui connaissait des gens vivant sur des îles dans un océan ? Les îles elles-mêmes existaient-elles encore ? Peut-être qu'il était juste comme ça. Ou peut-être qu'il jouait avec l'esprit de Patrick, avec sa collaboration, car personne ne pouvait faire le genre de choses qu'il faisait. C'était des Talents non enregistrés.

Patrick ferma et serra ses yeux. Et il frappa doucement son front contre son genou. Cette affaire était en train de le dévorer et il ne voulait pas que cela arrive. Il ne voulait pas avoir ça à l'esprit, surtout si près des Lecteurs. Il prit une profonde inspiration et se réinstalla dans une pose plus normale, jambes croisées. Il commença à se concentrer sur la méditation, sur l'organisation de son esprit, mettant les réponses les plus anodines à l'avant-garde.

Au moment où l'on appela son groupe, il avait réussi à régler correctement son esprit.

Il entra dans les salles de Lecture avec l'esprit d'un citoyen quasi parfait et il se réjouit quand cela fut fini et qu'il repartit pour une autre semaine.

Il rejoignit sa chambre et trouva avec surprise une note glissée sous sa porte. Aussi loin qu'il s'en souvienne, il n'avait jamais reçu une note depuis son arrivée à la Ville.

Assis sur le bord de son lit, il ouvrit la note et lut :

Rencontre-moi à l'extérieur de la Porte aux Grains après votre Lecture. SH

Qu'est-ce qui se passait ? Son rythme cardiaque s'emballa brusquement. Voilà qui était tout à fait inattendu et tout à fait au-delà de la normale. Était-il en difficulté ? Non…s'il voulait le réprimander, Hunter le ferait dans son bureau. Donc, pourquoi Hunter voulait-il le voir en dehors de la ville ?

À moins que… ?

Il rangea le billet dans sa poche comme s'il était sans importance. Il ouvrit son placard, sortit un pull bleu et regarda autour de lui comme s'il essayait de décider quoi faire. Enfin, il bâilla, s'assurant d'être en face de la petite caméra dans le coin de sa chambre. Puis il s'étira et se dirigea vers la porte.

À moins que Hunter n'ait voulu être loin des caméras. C'était drôle, Patrick vivait avec ces caméras partout depuis si longtemps qu'il avait presque oublié qu'elles étaient là. Il avait eu besoin de deux personnes à chacune des extrémités du spectre pour lui rappeler à quel point sa vie était observée. Son patron et son patient.

À l'extérieur de la Porte à Grains.
Nullepart.

Il FAILLIT ne pas reconnaître Sam dans le flux continu du trafic pédestre passant par la Porte aux Grains. Ce fut seulement quand un éclat de soleil sur des cheveux blonds hirsutes attira son attention qu'il se rendit compte que le travailleur manuel affalé en combinaison grise contre un réservoir de stockage d'eau était, en fait, son mentor. Patrick avait enfilé son pull bleu recouvrant entièrement sa tunique blanche et il ressemblait ainsi beaucoup moins à un résident de la ville.

Sam Hunter se redressa alors qu'il approchait et il hocha la tête en direction de la route vers l'Extérieur.

— C'est maladroit, je sais, dit Sam sans préambule alors qu'ils marchaient lentement côte à côte, se fondant dans le trafic.

— Je ne suis pas sûr de savoir quoi dire.

— Je sais que tu es curieux. Si tu es aussi intelligent que je le pense, tu es inquiet. Donc, partons juste de cette hypothèse, d'accord ?

— D'accord, déclara Patrick, complètement perdu.

Sam regarda au loin, levant les yeux vers le ciel bleu sans nuages pendant un long moment puis les baissant vers le sol devant ses pieds bottés.

— Hier, quand tu étais avec Dana et 439, il a semblé se coucher à un moment, et puis durant un instant il était difficile de voir s'il était couché ou assis. Et il n'y avait pas de son sur les caméras de sécurité. Qu'est-il arrivé pendant ce temps, Patrick ?

Ce dernier déglutit et se lécha les lèvres, glissant ses mains soudain froides dans les poches de son pantalon.

— Il a dit qu'il n'aimait pas les yeux de métal qui le regardaient, alors il a fait une illusion de lui-même endormi et il est venu avec nous après pour nous parler.

74

Il jeta un regard à Sam qui frottait sa mâchoire.

— Je suppose que cela ne fonctionne pas, cependant, puisque vous avez vu à travers elle.

— Je n'ai pas vu complètement au travers.

Ils marchèrent en silence pendant quelques mètres, soulevant la poussière, en écoutant le flux de conversation autour d'eux.

— Nous avons très peu d'expériences enregistrées à propos d'illusionnistes. Personne ne sait exactement comment fonctionne leur talent. Mais le consensus général est qu'ils projettent directement l'illusion dans l'esprit de la personne à qui ils l'envoient. Lorsque 439 a créé le chien, il l'a fait pour toi. Tu l'as parfaitement vu. Senti. Entendu.

— Mais vous aussi, intervint Patrick en fronçant les sourcils. Je pensais...

Sam leva une main.

— Je l'ai vu sur une bande de caméra de sécurité, Patrick. Pense à ça. Un appareil photo ne dispose pas d'un esprit. C'est juste un dispositif d'enregistrement. Il peut juste enregistrer ce qui est là.

Sam arrêta de parler et il les emmena sur le côté de la route, alors qu'ils étaient sur le point de passer de Nullepart à l'Extérieur. Il y avait une buvette à quelques mètres de la route, offrant de l'eau en bouteille, de l'eau en sachet et des cactus. Sam leur commanda deux cactus, donnant à Patrick le temps de réfléchir.

— Vous dites que Jac fait en quelque sorte une illusion qui est réellement là d'une certaine façon ? demanda Patrick lentement, prenant un des cactus et une paille quand Sam revint.

— Je ne vois pas comment il pourrait être sur les bandes des caméras de sécurité.

Sam sortit son couteau de poche, l'ouvrit et perça un trou dans le cactus pour y insérer la paille.

— Donc, le problème à propos de ce qu'il a fait hier n'est pas que cela n'a pas fonctionné complètement. Ce qui est étonnant c'est que cela a fonctionné en fait. Cela n'aurait pas dû.

Patrick fit un geste vers le couteau, ayant oublié le sien. Sam le lui remit et il prépara soigneusement son cactus avant de le lui rendre.

— Et bien...c'est incroyable, déclara-t-il. Mais pourquoi sommes-nous ici pour en parler ? Ne devriez-vous pas le signaler aux Lecteurs ?

Sam prit une gorgée de jus de cactus et regarda l'Extérieur de l'autre côté de la chaussée.

— Que penses-tu de 439 ? demanda-t-il pensivement.

— Son nom est Jac, riposta Patrick. Jacson. Pas 439. Et, je pense… je pense, qu'il est…Il semble être une personne vraiment gentille dans une très mauvaise situation. Je ne pense pas qu'il est dangereux, sauf peut-être envers lui-même si nous le gardons enfermé plus longtemps. Il est étonnamment agréable et généreux. Il a même montré un certain sens de l'humour ces deux derniers jours.

— Qu'est-ce que donne sa mémoire ?

— Il a beaucoup de souvenirs de son passé, de son enfance et de l'âge adulte. Il n'a toujours pas de souvenirs conscients de l'incident qui l'a amené ici. Il ne sait pas où se trouve ce lieu. Il ne connaît pas New Las Vegas ou quoi que ce soit à propos de notre vie. Mais il apprend vite.

Sam sirota à nouveau son jus de cactus, puis il se frotta le front en grimaçant légèrement.

—Patrick…il est très important que ton Jacson ait disparu d'ici avant les Lecteurs Testeurs qui arrivent dans moins de trois semaines. Le plus tôt sera le mieux, en fait.

Il regarda Patrick qui cligna juste des yeux.

— Tu dois simplement essayer de l'empêcher de faire plus d'illusions. Je ne peux pas récupérer autant de bandes de sécurité sans que cela commence à se remarquer.

— Mais…mais pourquoi ?

Patrick trotta pour rattraper Sam quand il commença à repartir vers la ville à un rythme lent.

—Assurément, il serait testé à un haut niveau, il serait…choyé, non ? Le meilleur de tout ?

— Il ne verrait plus jamais l'extérieur d'une cage à nouveau. Penses-tu qu'il pourrait survivre à ça ?

Ils marchaient dans la poussière, suivant tranquillement le flux de trafic.

— Même plus, dit Sam doucement. Il serait testé. Et testé. Et testé. Pendant qu'ils essaieraient de trouver les limites de ses capacités, ce qu'il pourrait faire pour eux, est-ce qu'ils pourraient le reproduire ? Ils le pousseraient au point de rupture et s'il se cassait, eh bien… il serait juste un autre potentiel doué qui aurait de malheureux dégâts psychologiques.

Ils avancèrent, deux cellules dans le flux sanguin du cœur battant de la Ville, tandis que Patrick luttait pour digérer ce que Sam ne lui avait pas tout à fait dit. Il pensa à la douce Eve, la crédule Evie qui avait été testée suffisante pour de nouveaux essais. Evie avait été emmenée en Ville en même temps que lui, l'œil de son esprit voyait toujours Charlie debout à l'extérieur de la porte principale, rebondissant sur ses orteils pour les voir le plus longtemps possible alors qu'ils souriaient et agitaient les mains. Ses tests de suivi avaient été brefs et réussis. Et en deux jours, il était en formation. Les tests d'Evie avaient duré deux semaines avant que les Lecteurs soient obligés d'admettre qu'elle était trop endommagée pour être formée psychologiquement. Et elle avait été libérée à l'Extérieur.

Il avait cru ce qu'ils avaient dit. Pourquoi mentiraient-ils ? C'était difficile d'imaginer que la solaire Evie était endommagée d'une certaine façon et qu'aucun d'eux ne s'en aperçoive, mais…pourquoi auraient-ils menti ?

Sauf si c'étaient les tests qui avaient causé les dommages.

— Mais pourquoi ? demanda-t-il au vide en face de lui, oubliant la chaleur, l'air sec, les corps en sueur qui avançaient autour de lui.

Il était en pleine confusion lorsqu'il se tourna vers Sam.

Celui-ci le regarda, ses yeux verts fatigués fouillant dans les yeux marron déconcertés de son élève, essayant de voir s'il avait fait la connexion, ne voulant pas en dire plus maintenant.

— Les gens comme toi et moi, Patrick, sommes les chanceux, dit-il tranquillement. Nous avons été testés agréablement dans des catégories préétablies. Nous sommes assez talentueux pour être utiles, mais nous n'avons pas assez de Talent pour être intéressants.

Il tendit la main pour toucher brièvement le bras de Patrick, une rupture majeure du protocole.

— Je t'aiderai cependant autant que je peux. Sois juste discret.

Ils étaient revenus à la porte. Sam jeta sa cosse de cactus sur un tas de déchets et il s'éloigna à grands pas de Patrick, disparaissant dans la Ville sans regarder en arrière.

Brusquement, le jeune Empathe se rappela l'histoire rudimentaire de Jac sur son frère Tedrick. Tedrick qui avait été pris par les tout blancs et qui avait été blessé jusqu'à en être brisé, alors il comprit.

Le monde vacilla, et repartit à l'envers. Il eut juste le temps de se mettre sur le côté de la route avant que son petit-déjeuner ne vienne éclabousser la poussière. Il eut des nausées jusqu'à ce que son estomac lui fasse mal. Il constata ensuite qu'il avait réussi à conserver la cosse de cactus et il prit une gorgée de principe pour rincer sa bouche. Il avait besoin de revenir dans sa chambre. Il avait besoin de réfléchir.

X

Harvey, Patrick, Emp.C1
Cas n° 723, Jacson (John Doe 439)

JE RENCONTRAI Dana à l'extérieur de la porte et je souris en voyant qu'elle porte un pantalon bleu et le foulard bleu en ceinture avec sa tunique d'uniforme blanche. Elle me sourit en retour, touchant du bout du doigt mon pull bleu et mon écharpe, et nous concédons en silence que cet homme nous change.

Pendant que les Observateurs ajustent mon micro de gorge, je remets à Dana une petite boîte qui correspond à celle qui repose dans ma poche de pull-over. Elle l'ouvre un peu, suffisamment longtemps pour jeter un coup d'œil aux deux seringues pression étiquetées à l'intérieur. Elle la referme, la fait glisser dans une poche et soulève un sourcil. Je jette un petit coup d'œil sur le haut de la feuille supérieure de mon bloc-notes et je le penche. Ainsi, elle peut voir la photo collée là et j'observe le début de la compréhension. Elle respire à fond et libère lentement son souffle.

— Ça pourrait être un après-midi intéressant, fut tout ce qu'elle dit.

Et elle m'adressa un de ses larges sourires lumineux. Tout à coup, je suis très heureux que Dana soit là et je la fais sursauter en lui donnant une accolade rapide.

Cet homme dans la pièce me change.

Nous entrons avec le nécessaire habituel du déjeuner, un peu plus grand maintenant que Dana mange avec nous. Jac n'est pas à la fenêtre, cette fois. Au lieu de cela, il est assis en tailleur dans un coin. Il tourne le dos à la salle, la tête baissée. Tandis que l'Observateur met en place le repas et que Dana supervise, j'avance tranquillement vers Jac, pour ne pas le déranger. Quand je suis assez près pour voir par-dessus son épaule, je m'arrête et je m'appuie contre le mur me contentant de le regarder. La petite zone délimitée par les parois convergentes et ses jambes croisées est remplie de lumières dansantes. Il me faut un moment pour comprendre ce que je vois, mais cela ressemble à des dizaines de minuscules boules de couleur, chaque couleur suivant un motif propre de danse. Elles apparaissent les unes après les autres en trois dimensions pour créer une boîte de lumière en constante évolution.

Je regarde cela, hypnotisé, pendant un temps que je ne peux évaluer. Je vois une nouvelle boule jaune sortir et apparaître au-dessus de la boîte puis sombrer dans le motif, remplissant un trou que je n'avais pas vu jusque-là et le tout devient soudain plus parfait.

Aimez-vous ça ?

— c'est fascinant, murmuré-je. Pourquoi êtes-vous dans le coin ?

Pour que les yeux de métal ne voient pas.

Peut-être que son sens de l'autopréservation est plus aiguisé que le mien. Même s'il n'est pas sûr de ce qu'ils sont, il ne leur fait pas confiance.

— Voilà une bonne idée, dis-je en murmurant très bas. Il serait mieux que vous ne fassiez plus… les choses là où ils peuvent les voir.

Curieusement, il soupire. Au lieu de laisser l'ensemble de l'illusion s'effondrer, il fait disparaître une couleur après l'autre, défaisant la boîte arc-en-ciel, jusqu'à ce qu'il ne reste plus que le vert. Les boules vertes se groupent en une spirale descendante et elles explosent les unes après les autres sans bruit en touchant le sol. L'odeur d'herbe coupée commence à envahir le coin, persistant même après que la dernière boule lumineuse ait disparu.

Sur une impulsion, je touche son épaule, un simple contact. Il est encore maigre, sa clavicule proéminente sous la peau chaude, mais il a perdu l'apparence émaciée qu'il avait une semaine auparavant. Il pose une main chaleureuse sur la mienne et le fait d'être coincé entre son épaule et sa main rend brutalement le contact plus intime que je l'imaginais. Un flux de désir glisse dans mon bras et dans ma poitrine envoyant mon cœur au grand galop et je suis submergé par un désir si intense que je peux à peine respirer. Mon cœur réagit, et tout ce à quoi je peux penser, c'est combien j'ai besoin de le toucher, de le serrer contre moi, de sentir sa peau contre la mienne.

— Patrick ? dit Dana, juste derrière moi, et je sursaute, libérant ma main et rompant le contact.

Le désir ne disparaît pas plus soudainement que la boîte de lumière, mais sans la connexion, je sens qu'il commence à s'évaporer immédiatement.

— Désolé, dis-je. Je regardai juste Jac faire…un truc. C'est l'heure du déjeuner, n'est-ce pas ?

— Tout est en place.

La voix de Dana est un peu trop joviale et je sais qu'elle a perçu une sorte d'écho. Mais elle ne dira pas quoi que ce soit.

— Affamé, Jac ?

— Non, répond Jac, toujours face à son coin, les épaules affaissées.

— Il faut essayer de manger quand même, hein ?

Dana se penche dans son champ de vision près de la tête baissée presque à l'envers et elle sourit d'un air idiot.

— Ça va être un après-midi très occupé.

— Dccord, dit-il, sans aucune résistance en lui.

Quelque chose me rappelle ces deux premiers jours, la sensation de désespoir, alors qu'il se déplie et qu'il traverse la pièce pour atteindre la table. Je me retrouve à regarder la pièce vraiment pour la première fois. C'est simplement une boîte, presque carrée, avec du capitonnage sur toutes les surfaces. Toutes les surfaces sont blanches à part les murs qu'il a animés avec ses dessins au crayon gras. C'est plus simple pour le nettoyage, alors je l'ai toujours accepté. Un mur est interrompu par la porte principale, blanche aussi. Dans un autre mur, il y a la porte de la salle de bains, avec ses cercles jumeaux bleus, la seule couleur intentionnelle de la chambre. La fenêtre est en face de l'entrée. Sur le quatrième mur, il y a l'étagère capitonnée étroite qui pourrait être un peu utile à quelqu'un ayant une chaise. Et il n'en a pas. Son matelas est posé entre la salle de bains et la fenêtre, et quand la table est installée, il y a à peine suffisamment de place pour nous asseoir tous les trois entre le bout du matelas et le mur.

La pièce ne m'a jamais semblé aussi petite qu'aujourd'hui.

Il est en train de changer mes perceptions.

La table est prête avec des plats en plastique de nourriture, et pour la première fois, des fourchettes. Jac caresse pensivement le bas du manche de la fourchette avec le bout de ses doigts avant de la prendre et de commencer à manger. Aucun commentaire sur la fourchette. Rien au sujet de la dernière fois qu'il en a tenu une et avec laquelle il s'est lui-même poignardé à plusieurs reprises. Il mange tout simplement.

Dana et moi discutons à bâtons rompus, de spectacles vidéo et de sports, mais nous le surveillons en même temps d'un regard de faucon. Nous essayons de le faire subrepticement sans donner l'impression de le faire. Vers la moitié du repas, il passe sa fourchette de sa main droite à sa main gauche et je remarque pour la première fois qu'il ne porte plus son bras en écharpe.

— Votre bras ne vous fait pas mal sans l'écharpe ? Je lui demande avec désinvolture.

— Non.

— Êtes-vous gaucher ?

Il me lance un bref regard interrogateur. Apparemment, il n'est pas sûr de ce que je lui demande.

— Quand vous mangez, de quelle main vous servez-vous généralement ? demande Dana avec cet intérêt naturel que je voudrais pouvoir imiter.

Il tient la fourchette dans sa main gauche.

— Plus. Parfois autre.

— Lorsque vous écrivez, ou…dessinez, quelle main aimez-vous utiliser ?

Légèrement perplexe, Jac indique à nouveau sa main gauche.

— Il suffit d'une petite explication pour comprendre pourquoi votre écriture était tellement impossible à lire, dis-je en souriant, heureux d'avoir au moins éclairci un mystère.

— Et il écrit en miroir, ajoute Dana. Écriture en miroir de la main non dominante…Waouh. Quel cauchemar.

Jac nous écoute. Son regard bleu réfléchi fait des allers et retours pendant quelques minutes entre nos visages alors que nous discutons avec enthousiasme de gaucher et d'écriture en miroir. Puis il retourne simplement à sa nourriture. Il mange avec une détermination farouche, comme si rien n'avait de goût ou que tout avait le même goût. Même le verre de jus d'orange n'apporte aucune réaction. Quand il a fini, il pose tout simplement ses mains sur ses genoux et il attend.

— Jac ? demande doucement Dana. Quelque chose ne va pas ?

— Meurt ici, répond-il, tranquillement impassible. Impossible sortir. Peux pas respirer. Pas de ciel. Pas de sol. Pas de contact. Rien. Je meurs ici. Tous partis. Juste moi et je meurs. Ici.

— Ne soyez pas bête, dis-je. Vous n'allez pas mourir ici. C'est un endroit où les gens guérissent, pas où les gens meurent.

Le regard qu'il tourne vers moi est tendre et rempli de ce qui ne peut qu'être de la pitié.

— Crois-en ce besoin, Parri. Est le meilleur.

C'est fou. J'ai l'impression que mon monde s'érode lentement sous mes pieds. C'est assez lent pour que je ne sois pas déséquilibré, mais juste

81

de temps en temps, je glisse un peu. Il est temps d'aller de l'avant, de reprendre le contrôle de la situation.

— Jac, j'ai quelque chose pour vous, peut-être quelques bonnes nouvelles, mais nous devons d'abord clarifier certaines choses, d'accord ?

Il étudie pensivement mon visage, glisse un regard tout aussi réfléchi à Dana, puis il hoche lentement la tête.

— Pas de panique. Vous me faites confiance, n'est-ce pas ?

— Confance Parri.

Un regard vacillant.

— Confance Dane

Peut-être pas autant.

Je sors la boîte de ma poche et je me prépare à l'ouvrir. Dana se positionne dans son coin pour pouvoir se déplacer rapidement si cela devient nécessaire.

— Dans cette boîte, il y a des aiguilles, Jac. Je veux que vous les voyiez. D'accord ?

En un battement de cœur, sa respiration s'accélère et je regarde, fasciné, son pouls qui commence à battre la chamade sous son oreille. Un grand bruit maintenant le ferait sauter au plafond.

— Dccord, murmure-t-il.

J'ouvre lentement la boîte, révélant les deux seringues à pression. Je sais par ses souvenirs qu'il y a des seringues à pression à l'origine de ces horribles moments, mais c'est de cela que nous avons besoin pour cette situation. Il respire avec difficulté et il tremble légèrement, des frissons ondulant sous sa peau comme le ferait la marée.

Je touche une seringue avec un doigt.

— Ce sont des sédatifs, Jac. Ils endorment une personne. Ils ne contiennent pas le médicament dont vous avez des souvenirs. Ce médicament est illégal dans les Villes. Même s'il n'était pas illégal, je ne l'utiliserai jamais sur vous. Est-ce que vous comprenez ?

Son hochement de tête est lent, hésitant. Il ne quitte jamais les seringues du regard. Une légère sueur couvre son visage. Je ferme la boîte et il se détend presque immédiatement.

— Pourquoi, demande-t-il, son regard faisant l'aller et le retour entre Dana et moi.

Je prends une grande inspiration et je sors mon bloc-notes.

— Je dois vous montrer quelque chose.

Je glisse la boîte dans ma poche et je retourne ensuite la photo à l'envers sur le bloc-notes.

— Vous devez essayer de rester calme, d'accord ?

Je fixe ses yeux, essayant d'obtenir cela de lui.

— Si vous vous excitez trop, nous devrons utiliser le sédatif. Vous comprenez ?

Son hochement de tête est fragile et les tremblements sont de retour. Son regard passe de mon visage au bloc-notes. Je jette un regard à Dana, prends une nouvelle grande inspiration et je retourne la photo et la donne à Jac.

Il la saisit à deux mains, lutte pour rester immobile, et il se force visiblement à prendre de profondes inspirations, calme, calme…et pourtant la photo tremble encore. Il réussit à poser un index et touche le visage tuméfié et je réalise que son visage est couvert de larmes.

— Rob, murmure-t-il. Mal.

Il lève les yeux, des yeux mouillés, un visage mouillé et il ne s'en soucie pas.

— Où ?

— Il est ici, dans la Ville. Dans un centre médical, dis-je en m'ouvrant à lui, prêt à quoi que ce soit.

Quoi que ce soit sauf ce flash de fureur chauffé à blanc qui jaillit de son esprit, m'éjectant et m'envoyant valser en arrière. Je glisse sur le sol et je vois vaguement Dana jaillir de sa place. Puis il recule, et je me redresse jusqu'à le voir assis, les jambes en tailleur, les mains sur les genoux, la respiration haletante. Il a clairement du mal à se contrôler.

— Désolé, désolé, désolé, chuchote-t-il d'une voix à peine audible. Pas xité. Désolé. Désolé.

Il tremble à nouveau et la sueur coule sur ses joues.

— Calme. Calme. Calme.

Je m'ouvre une nouvelle fois à lui, prudemment, et la rage est toujours là. Mais il la contient sans pitié. Il l'a férocement enfermé hermétiquement dans tous les recoins de l'esprit encore endommagé, l'entourant d'un courant froid de calme. Je jette un coup d'œil à Dana et elle lève un sourcil en retour. Elle se redresse un peu ensuite.

— Jac, demanda-t-elle. Est-ce que tu vas bien ?

— Oui. Désolé. Peux contrôler. Désolé.

Dana et moi échangeons un regard.

— Pourquoi êtes-vous en colère, demandé-je.

Il l'est encore et je peux sentir l'effort qu'il fait pour se contenir.

— Rob ici. Pas dit à moi.

Son discours est encore haché.

— Parri mal.

— Je ne savais pas, Jac. J'avais cette photo, mais je ne savais pas qu'il pouvait être votre Rob avant que vous ne l'ayez vu si clairement dans votre mémoire.

Il serre sa mâchoire et halète de frustration.

— Trop mots. Pas compende dire.

Maintenant, je suis aussi frustré, car je sais qu'il peut parler parfaitement d'esprit à esprit.

— Utilisez votre esprit, dis-je en touchant son front puis le mien.

Il sursaute.

— Non. Non maintenant. Mauvais. Blessé Parri.

— Vous ne voulez pas me blesser. Je sais gérer ça.

— BLESSE PARRI, crie-t-il la voix brisée et il laisse tomber sa tête dans ses mains et il tremble.

— Peut-être qu'il sait de quoi il parle, offre Dana.

— Voir Rob ?

Sa voix est faible, déjà vaincue, comme s'il avait décidé à l'avance que nous voulons seulement le narguer.

— Silvplit ?

— Tu savais que ça allait arriver, dit Dana.

— Oui, je l'avais prévu, réponds-je.

Et je considère la situation. Sauf pour le flash de rage, Jac a été aujourd'hui modéré et gérable.

— Qu'est-ce que tu en penses ?

J'interroge Dana.

— Je pense qu'il ira bien, dit-elle en se risquant à poser deux doigts sur le genou de Jac.

— Faisons-le alors, décidé-je, brusquement. Jac, dis-je en levant la main pour toucher aussi doucement que possible ses cheveux toujours emmêlés. Jac, allons voir Rob.

Il lève les yeux et l'espoir dans ses yeux est presque douloureux à voir.

— Vous devez rester avec Dana et moi, compris ?

Il hoche la tête, décroise ses jambes et se lève, désireux de partir.

Dana se lève et se positionne de l'autre côté, et je me tiens de la même façon. À la dernière minute, Jac se penche pour ramasser la photo de Rob, là où elle est tombée sur le sol. Il la prend avec attention, puis d'un geste enfantin, il tend sa main à Dana.

Cette dernière cligne des yeux, mais elle prend la main après seulement une seconde d'hésitation.

— Jac bien. Reste avec Da et Parri.

Il respire encore un peu difficilement, mais pourquoi ne le ferait-il pas ? Depuis qu'il est ici, il n'a jamais été en dehors de cette pièce. Il n'a aucune idée de ce qu'il pourrait y avoir dans ce monde, mais il est prêt à l'affronter pour voir son Rob. J'espère qu'un jour quelqu'un aura un sentiment aussi fort pour moi.

— D'accord. Vous avez besoin de ça.

Je prends un Pass Jour de la Ville que j'avais rangé un peu plus tôt dans ma poche et je le fixe à l'avant de sa chemise bleue maintenant froissée. Un certain faux sens des convenances m'amène à faire courir mes doigts dans ses cheveux pour essayer de les arranger un peu. Dana m'adresse un regard étrange et je laisse mes mains retomber.

— Voilà, allons-y alors.

La porte s'ouvre et John Doe 439 Jacson Nom Inconnu entre dans le monde de New Las Vegas pour la première fois. Nous le guidons à travers les passages de ce qui est, pour lui, un monde étrange. Il serre la main de Dana et j'ai posé la mienne sur son épaule. Je me retrouve essayant de voir à travers ses yeux. Ma première pensée est que je ne réalisais pas combien cela semble stérile. La plus grande partie du Centre Empathe est blanc comme les couloirs, l'éclairage est dur, tous les employés sont en blancs.

Je peux sentir Jac vibrer sous ma paume, alors qu'il commence à comprendre à quel point il est entouré par le tout-blanc qu'il redoute. Nous traversons tout ce blanc, un point de couleur vive un peu provocateur, et nous attirons l'attention, ce qui n'était pas du tout mon intention. Je suppose que je n'ai pas entièrement réfléchi à cette partie.

J'entends Dana qui parle à Jac. Un murmure bas et continu, apaisant et relaxant, mais je suis occupé à voir ma vision du monde se briser et se redessiner devant mes yeux. Tout est étonnamment tranquille ici. Des sons de machines s'immiscent çà et là, mais il y a peu de conversation, de discussions ou de bavardages futiles. Nos chaussures à semelles souples ne font pas plus de bruit que les pieds nus de Jac sur le sol blanc frais.

Cela ne m'a jamais dérangé, je ne l'ai même jamais remarqué, pas depuis ma première ou deuxième semaine ici. Mais nous sommes privés de tout stimulus ici : aucune couleur, aucune photo, pas plus que n'importe quelles odeurs, vraiment.

Brusquement, je n'aime pas ça et je jette un coup d'œil à Jac qui a les sourcils froncés. Est-ce qu'il projette quelque chose ? S'il en est ainsi, Dana ne semble pas le percevoir.

Nous atteignons la passerelle qui conduit à l'immeuble voisin, passant le détecteur sans problème. Jac ralentit soudain alors que nous entrons sur la passerelle et il nous tire vers un côté pour pouvoir regarder par les fenêtres.

Nous sommes au neuvième étage, orientés vers le centre-ville et il y a donc une vue magnifique. De hautes tours blanches sont regroupées en plots de trois ou cinq, reliées entre elles par des passerelles de verre en forme de rubans. Au-dessus, il y a l'implacable ciel bleu habituel, seulement rompu par un avion décollant de l'aéroport bordant le côté oriental de la ville.

Je regarde ma montre par habitude.

— 14 : 00, ça doit être Denver.

Je remarque que Jac regarde vers le bas, mais il n'y a pas vraiment d'angle donnant une vue sur le sol d'ici.

— Où gens ? demande-t-il doucement.

— Dans les bâtiments, lui répond Dana. Là où il fait frais.

Jac frissonne légèrement et se détourne de la vue.

— Allez, Rob.

Nous reprenons notre route en traversant un autre détecteur et nous entrons dans le Centre Physio où j'ai prévu de faire une brève escale. Dana rassure Jac pendant que nous nous dirigeons vers la Clinique de Déficience Auditive où une jeune femme pragmatique nous conduit à une cabine de test après avoir levé un sourcil en voyant Jac. Elle nous regarde légèrement perplexe quand j'explique à Jac qu'il doit seulement mettre le casque, rester assis dans la minuscule pièce et laisser la porte fermée pendant quelques minutes pendant lesquelles il entendra des sons.

Il n'est pas très enthousiasme à ce sujet.

Je lui dis que je vais être juste devant la porte, qu'il peut me voir par la fenêtre tout le temps, mais il tremble à nouveau. Il baisse les yeux sur la photo qu'il serre très fort dans sa main.

— Apès, voir Rob ?

— Oui, je le promets. Absolument.

— Pas blesse ?

— Pas mal.

Se secouant visiblement, il permet à la femme de lui mettre le casque et de le diriger vers la cabine. La porte se referme et les yeux bleus hantés se verrouillent sur la fenêtre minuscule et ils croisent mon regard.

— Es-tu sûr que c'est une bonne idée ? demande Dana en se penchant sur le côté de la porte.

— Non, je ne suis sûr de rien.

Du moins plus maintenant, ai-je envie de dire, mais je ne peux pas.

Il me change d'une façon que je ne pensais pas possible.

Le test commence et je vois que l'attention de Jac s'est tournée vers l'intérieur. À un moment, il dit quelque chose, et plus tard il dit quelque chose à nouveau. Moins de dix minutes plus tard, la porte s'ouvre et la technicienne revient pour retirer le casque au moment où Jac jaillit de la cabine. Il est clair qu'il n'aime pas les espaces clos.

— Allez maintenant, demande-t-il dès que le casque est débranché.

Je hoche la tête vers Dana et j'articule :

— Je vous rattrape.

Elle prend la main de Jac et le conduit vers la porte, se penchant vers lui pour lui expliquer que j'attends des résultats. Jac jette un regard en arrière, mais continue à avancer. Il est plus qu'impatient de voir son Rob.

La technicienne revient un moment plus tard de son bureau avec une mince liasse de feuilles.

— Voici le résultat global, dit-elle. Mais la version courte, c'est qu'il n'a aucune audition du tout sur la gauche et moins de cinquante pour cent d'audition sur la droite. Vous pourrez voir les chiffres précis là-dedans, ajoute-t-elle en tapotant les feuilles.

— Alors… Il est très sourd.

Il a suffisamment d'audition pour être fonctionnel, mais pas ce qui serait considéré comme entièrement fonctionnel. Ça lui a probablement causé des problèmes.

— Est-ce que cela pourrait affecter sa façon de parler ?

Elle hausse les épaules.

— Cela dépend de la cause de la surdité et quand elle est apparue. Mais bien entendu, s'il est né comme ça, ou qu'il l'a perdu enfant, cela a pu affecter son langage.

Je la remercie et je me dirige vers le couloir, rangeant les feuilles dans mon bloc-notes. Une autre réponse à propos de notre homme mystère. Tout s'éclaircit maintenant et pourtant tout est tellement déconcertant.

Même si nous faisons une pause à mi-chemin, Jac est visiblement fatigué au moment où nous arrivons au Centre Médical. Une autre chose que j'ai échoué à prendre en compte, c'est qu'il a été grièvement blessé il y a sept semaines et qu'il n'a pas exactement fait beaucoup d'exercice dans sa cellule-chambre. Je ne sais où mon cerveau est parti pendant ces trois derniers jours, mais cela semble empirer.

Dana obtient les informations sur l'emplacement de Rob et nous nous approchons avec beaucoup d'appréhension. Je remarque que Dana glisse une main dans une poche et je sais qu'elle se prépare à saisir les sédatifs si nécessaire. Je pousse la porte de la chambre avec ma main posée sur l'épaule de Jac.

Il y a huit lits dans la pièce et cinq d'entre eux sont occupés. Même si je ne peux pas voir de la porte, Jac se dirige immédiatement vers le quatrième lit sur la gauche et il est là, l'homme de ses souvenirs. En fait, s'il n'y avait pas la perfusion dans son bras et la sonde d'alimentation dans son nez, on pourrait croire qu'il est tout simplement endormi. Jac immobile le regarde fixement, les yeux écarquillés.

Et puis, avant que l'un de nous puisse avancer, il s'installe sur le lit avec lui, collé sur son côté, ses deux mains berçant le visage apparemment endormi, l'embrassant tendrement partout. Il ne fait pas de bruit, mais je peux sentir qu'il fait quelque chose.

Je jette un coup d'œil sur Dana.

— Sens-tu ça ?

Elle hoche la tête une fois, lentement.

— Comme un…grondement ? Un grondement sourd ?

L'infirmière de service arrive tout à coup.

— Je ne sais pas ce que vous pensez faire, mais vous ne pouvez pas juste…Ah ! Il ne peut certainement pas faire ça ! Faites-le sortir avant que j'appelle…

— Madame, madame, dit Dana prenant sa voix la plus douce et en tirant doucement l'infirmière d'un côté pour lui parler avec une douce urgence.

Elle va s'occuper de cela. En attendant, je conserve un œil sur Jac.

Il a arrêté de l'embrasser maintenant et il reste simplement à moitié étendu sur Rob, sa joue barbue pressée contre celle rasée de l'autre homme. Il glisse une main le long du bras qui n'est pas perfusé et il serre la main, la tirant vers le haut pour la poser contre leurs poitrines. Je m'ouvre prudemment à son esprit et je suis presque submergé par une effusion d'énergie, d'encouragement et d'une quête d'amour. Sachant que je ne devrais pas le faire, sachant que Dana est ici et que je devrais attendre, je me tends et je tente un doux contact pour voir ce qui est en train de se passer…

… L'obscurité, le noir presque total, mais pas le silence. Un bruit grinçant, rythmique, stable et fiable. Rob. Rob, où es-tu ? C'est moi, Jac. Rob…reviens… Toujours rien sauf l'obscurité et un tout petit peu de lumière…d'où vient-elle ?

Chercher, chercher, tourner en rond et en rond. Rob. Cela semble un peu plus clair ici peut-être.

…Rob, quelque chose de terrible s'est passé, ils t'ont blessé, je les ai vus, ils t'ont blessé. Je n'ai pas pu les arrêter. Je suis désolé, désolé, désolé. S'il te plaît, ne me quitte pas. Je ne savais pas comment les arrêter. S'il te plaît. Rob ?

Ténèbres. Faible lumière. Avancer vers elle. Rob ? Je voulais t'aider, mais je ne pouvais pas. Je ne savais pas…

— *Ils t'ont pris en premier, petit frère. Il n'y a rien que tu aurais pu faire.*

Rob ? Rob ? Regarder autour, autour, autour. Où es-tu ? Reviens, s'il te plaît. Ne me laisse pas seul ici. C'est l'endroit tout blanc et j'ai tellement peur. Rob… s'il te plaît…reviens.

— *Tout le monde a disparu. C'est fini. Pas de raison de vivre.*

Je n'ai pas disparu.

— *Jac…*

Je n'ai pas disparu.

…S'il te plaît ? S'il te plaît.

La main de Dana sur mon bras me tire du lien et je reviens avec un halètement, clignant des yeux et essayant d'aspirer de l'air.

— Il essaie de faire revenir son ami, n'est-ce pas ?

Je hoche la tête, essayant de retrouver mon calme.

— L'infirmière dit qu'il est dans le coma depuis qu'il est ici. Sept semaines. Nous ferions mieux de faire attention que Jac ne se perde pas tout simplement dans le coma aussi.

— Il se bat, dis-je, et je ressens tout à coup un besoin impérieux de pleurer. Saints, ils se sentent si seuls, Dana. Rien ici n'a de sens pour eux.

Nous restons côte à côte, regardant le lit pour ce qui semble être des heures. Je ne sais pas combien de temps c'est en réalité. Je pense au niveau d'amour qu'il faut pour qu'une personne risque sa propre santé mentale pour tenter de sauver un ami, et je médite sur le fait qu'il n'y a rien qui ressemble même de loin à ça dans ma vie. Les deux hommes sur le lit ont l'impression de n'avoir rien, et pourtant, ils ont plus que la plupart des gens que je connais. Même avec l'un d'eux dans le coma, ce n'était pas une pensée encourageante.

— Barre-toi de là, merde, dit une voix épaisse et râpeuse comme du papier de verre, et je reporte mon attention sur le lit pour voir des yeux d'une couleur noisette foncée s'ouvrir lentement.

L'infirmière se précipita dans la pièce quand plusieurs moniteurs enregistrèrent apparemment des changements majeurs.

— Oh, vous êtes enfin réveillé ! gazouille-t-elle, poussant Jac pour qu'il se déplace, mais il ne bouge pas.

Il ne bouge pas. Je me précipite pour poser une main sur son visage, pour m'assurer qu'il va bien. Et je suis toisé par ces yeux noisette.

— Endormi, dit-il.

Et je peux dire que chaque mot lui fait mal.

— Pour un certain temps.

Effectivement, Jac est profondément endormi. Il ne se réveille même pas quand Dana et moi le faisons rouler doucement pour dégager Rob, bien qu'il commence à murmurer quand nous essayons de l'éloigner de son ami. Rob a un petit sourire ironique en voyant ça et il pose une main tremblante sur le bras de Jac pour le garder à côté de lui. L'infirmière lui donne des petites gorgées d'eau et parle d'appeler le médecin. Je demande à Dana si elle peut garder un œil sur les choses ici, et je vais passer une Comm à Sam et voir si des dispositions peuvent être prises pour le transfert du patient.

XI

Harvey, Patrick, Emp.C1
Notes personnelles

TOUT LE reste de l'après-midi fut consacré à l'ennui et la confusion liés au transfert du patient. Après avoir déterminé que Rob était conscient, les médecins procédèrent à la suppression de la perfusion et du tube d'alimentation, ce qui était déplaisant, mais le patient sembla heureux de les voir disparaître.

Une fois que ce fut fait et après que nous lui ayons donné de l'eau et un léger sédatif oral, il somnola, se rendormant à côté de Jac. Et ils étaient plus ou moins tous les deux absents du monde quand nous réussîmes à finaliser le reste du transfert.

Rob, bien qu'évidemment désorienté après son soudain réveil, était beaucoup plus facile à traiter que l'avait été Jac. L'une des raisons étant vraisemblablement qu'il ne semble pas avoir de problèmes de communication, mais je soupçonne que la raison majeure pourrait être qu'il avait Jac et qu'ainsi il ne se sentait pas complètement seul. Et même si ce dernier dormait, Rob savait qu'il finirait par se réveiller et qu'ils seraient ensemble.

Lire ses émotions était…humiliant. Peur, oui. Mais rien de semblable à celle qui avait émané de Jac les premiers jours. Chagrin, un énorme chagrin et une colère sans fond. Mais surtout, l'incertitude, une sensation de déplacement total, comme d'aller dormir dans votre lit un soir et de vous réveiller dans un pays étrange dont vous n'avez même jamais rêvé.

Rob craignait aussi le blanc, mais alors qu'il paniquait, se réveillant pour la première fois encore somnolent dans la chambre de Jac, il fut surpris en voyant le mur rempli d'images enfantines et la panique reflua de façon importante.

Nous nous consultâmes, Dana et moi, et nous décidâmes que nous ne pouvions pas nous résoudre à les laisser seuls dans la chambre la nuit, de peur que l'un ou les deux se réveille et panique.

Les Observateurs avaient prouvé qu'ils étaient essentiellement inutiles sauf pour faire les observations les plus superficielles. Donc nous nous partageâmes la nuit, Dana prenant la première garde.

Je passai plusieurs heures dans ma chambre qui semblait maintenant toute petite, me tournant et me retournant. Et je me demandai d'où venait ma réticence à laisser Jac et Rob seuls alors que je n'avais eu aucun problème à laisser Jac seul la semaine dernière. Plus que cela, mon esprit dérivait encore et encore sur cette intense émotion que j'avais ressentie quand Jac avait tenu ma main sur son épaule. D'où cela était-il venu ?

Était-ce son désir ?

Était-ce le mien ?

Était-ce important d'où cela venait ?

Maintenant que je l'avais vu comme une personne au lieu d'un simple patient, je ne pouvais plus m'arrêter de le voir de cette façon. Je recherchai une position confortable sur mon lit et je me disais que je ne pouvais pas être attiré par lui. Après tout, il n'était rien. Il n'était pas un citoyen. Il n'avait rien. Il ne pouvait même pas se nourrir ou se vêtir si le Centre ne le faisait pas. Bien sûr, c'était un homme avenant d'une certaine façon, mais il ne pouvait même pas parler, par tous les Saints. Oui, il le pouvait, il pouvait parler et il n'était pas stupide. Quel abruti, même moi je pouvais dire qu'il était intelligent, aimable, même bon et compatissant à sa manière. Alors, peut-être qu'il avait besoin d'un bon brossage de cheveux. Peut-être qu'il avait un peu trop combattu les Observateurs au cours des douches. Il, l'homme lui-même, s'était montré dans ses yeux et, les Saints me viennent en aide, je compris que je voulais tomber dans ces yeux et me noyer. Cette pensée m'empêcha de dormir. Après des heures et des heures à essayer de trouver le sommeil, je renonçai et me levai. Après m'être douché et habillé, je sortis pour relever Dana.

Elle somnolait sur le troisième matelas que nous avions installé pour la nuit dans le coin le plus éloigné de Jac et de Rob, mais elle se réveilla aussitôt que je poussais tranquillement la porte et elle m'adressa un sourire étonnamment lumineux.

— Tu as pu dormir un peu ? chuchota-t-elle.

Elle me contourna pour atteindre la porte et me toucha légèrement l'épaule.

— Laisse-les simplement te détendre.

— Quoi ?

— Fais-moi confiance, dit-elle avec un sourire et en jetant un regard sur les deux hommes. Ouvre-toi et laisse-les te séduire.

Puis elle cligna de l'œil et elle se glissa par la porte.

Les laisser me détendre. Et bien avant de faire quoi que ce soit, je devais vérifier l'état de mes patients. J'avançai vers l'endroit où ils dormaient et je me figeai, ne sachant pas quoi faire de ce que je voyais.

Une des premières choses qu'on nous apprend dans les Centres Empathes et dans les Centres pour les autres Talents, c'est la puissance et le danger inhérents au contact. L'interdiction de contact physique était si profondément ancrée en nous que l'orientation prise récemment par ma vie avec ces petits contacts était vraiment surprenante. On nous enseignait que le contact physique diminuait nos capacités, au mieux, et pouvait provoquer des catastrophes incontrôlées au pire.

Je le croyais. Pourquoi ne l'aurais-je pas fait ? Pour autant que je le sache, personne n'avait de raison de me mentir.

Pourtant Jac et Rob se trouvaient, ici, dans un…enchevêtrement. Je ne savais pas trop comment l'appeler. Ils avaient leurs bras autour de l'autre, leurs jambes étaient entrelacées, leurs torses pressés ensemble. La tête de Jac était nichée dans le creux de l'épaule de Rob, et le visage de Rob était pressé contre la masse de cheveux blonds de Jac. Leur bras et jambe cassée semblaient avoir trouvé une place en quelque sorte. Ils avaient l'air tout à fait en paix et dégageaient un très faible et presque imperceptible bourdonnement.

Sans raison apparente, je pris un des draps en papier sur le troisième matelas et je le drapai sur eux doucement. Puis je me tournai pour me mettre à l'aise sur le troisième matelas. Laisse-toi séduire, avait dit Dana. Alors je le fis. Je commençai par relaxer mon corps. Ensuite, soigneusement et très légèrement, je leur ouvris mon esprit.

Les mots me firent défaut.

Imaginez la plus chaude, la plus longue, la plus odorante étreinte de la personne que vous aimez le plus au monde. Imaginez la musique qui ouvre votre cœur et le fait fondre. Imaginez un nid douillet et doux au cours d'une journée froide et pluvieuse. C'est un début pour décrire ce qu'ils diffusaient très doucement et très légèrement. Épuisé après une longue journée et par le manque de sommeil, je tombai dans cette chaleur apaisante et je ne sus plus rien jusqu'au petit-déjeuner.

Harvey, Patrick, Emp.C1
Cas n° 723, Jacson (John Doe 439)

JE ME réveille de ce qui était peut-être le meilleur sommeil que j'ai jamais eu seulement pour trouver deux Observateurs apportant le petit-déjeuner dans la salle. Nous nous regardons en clignant des yeux pendant un instant, je me réveille et ils essayent de comprendre où ils doivent placer la nourriture. Je me reprends assez pour les diriger et leur indiquer de poser la table à côté des deux patients enlacés, puis j'organise de façon à ce que Jac et Rob puissent passer sans aucun problème.

Jac est le premier à se réveiller pleinement et il roule légèrement à l'écart de Rob, étirant ses muscles. Je le regarde alors qu'il est sur le dos et qu'il fixe le plafond blanc, un beau sourire sur le visage. Il n'a jamais affiché un sourire aussi paisible malgré tout ce que nous avons dit ou fait jusqu'à maintenant. Je suis frappé par un éclair de quelque chose qui ressemble à de la jalousie. Puis cela disparaît.

— Parri, dit-il en roulant sur lui-même jusqu'à me sourire. Bon bien Rob. Meci Parri.

— Je suis impatient de le rencontrer, dis-je. Et d'en apprendre plus sur vous deux.

Jac hoche la tête comme si c'était ce qu'il avait prévu, puis il se penche pour toucher brièvement le visage de son ami. Alors que Rob commence à se réveiller lentement, clignant des yeux, il se lève et se dirige vers la salle de bains. Il place ses mains dans les ronds bleus docilement et entre lorsqu'il obtient l'autorisation.

Rob essaie de s'asseoir et je m'avance un peu pour l'aider si nécessaire. Il jette un regard méfiant sur mon avancée, mais ne semble pas effrayé. Il semble trouver la table pleine de nourriture à ses côtés beaucoup plus intéressante.

— Sentez-vous libre de manger, dis-je. C'est pour nous. Vous devriez peut-être vous en tenir à des aliments tendres en premier. Vous avez été absent un long moment.

— Combien de temps ? demande-t-il d'une voix encore rauque.

Je vais vers la table et je m'assois, lui offrant un petit verre d'eau.

— Près de sept semaines, nous a-t-on dit.

— Jac n'était pas sûr du temps.

94

Il boit lentement l'eau, la savourant avant de me rendre le verre.

— Était-il…absent ? Pendant sept semaines aussi ?

— Non, il s'est réveillé beaucoup plus tôt.

Je lui donne un morceau de pain tendre.

— Où sommes-nous ?

Il déchire des bouts de pain pour le manger, les mains légèrement tremblantes.

— Vous êtes à New Las Vegas.

Je l'observe de près alors qu'il tourne autour du nom dans son esprit, mais il secoue la tête en fin de compte.

— Je ne connais pas ce lieu. Nous étions dans les montagnes. Nous sommes allés trop loin et il y avait des tous-blancs partout avec des fusils, aussi nous avons continué à monter. Puis nous sommes descendus et nous avons cherché un moyen d'aller vers le nord…

Il s'interrompt et prend de la nourriture. Il choisit des œufs mollets.

Il est toujours en train de manger ses œufs, pensif, quand Jac jaillit de la salle de bains. Il a clairement eu une autre de ses batailles autour de la toilette. Il est ébouriffé, humide et pour la première fois il arbore un petit sourire malicieux. Il s'éloigne de la porte, se redresse et nous adresse un sourire absolument génial.

— Observateur pris douche, annonce-t-il, Jac…, peut-être.

Je cligne des yeux et je le regarde fixement. C'est comme s'il lui avait soudain poussé des ailes ou des griffes ou des cornes. Et quand je m'ouvre à lui, délicatement, je suis presque submergé par un flot de bonheur pur absolu.

— cquoiça, idiot ? demande Rob tendrement, la main tendue.

Jac la prend et tombe assis à côté de Rob, se serrant contre lui.

— Ah, zut…tu es mouillé.

— Et tu es en' vie, dit Jac, enroulant son bras autour de Rob et le serrant, manifestement incapable d'avoir suffisamment de contact.

— À moins que je tombe malade à cause d'un certain idiot dégoulinant sur moi, lui rétorque Rob, mais son ton est chaleureux, rempli de ce qui semble être seulement de l'amour.

Je ne suis pas jaloux. Il n'y a rien dont je peux être jaloux alors que je les regarde illuminés par la présence de l'autre. Rien du tout.

— Tu ne m'as pas présenté ton ami, tête de nœud, dit Rob, s'attaquant à un autre morceau de pain.

— est Parri. Tu sais Parri. Je dis.

— Fais ça bien, veux-tu. Même si Te… même s'il n'y a que nous, tu dois toujours pratiquer, petit frère.

Il glisse une main dans l'enchevêtrement de cheveux humides et doucement il frotte la tête de Jac.

— Allez, murmure-t-il touchant brièvement le front de son ami.

Jac inspire profondément et souffle lentement, puis il recommence. Enfin, il regarde Rob, yeux bleus contre yeux noisette, et je peux sentir la tension de l'effort en lui.

— Rob, ça c'est Pad…dy. Il a pris soin de moi. Il ne m'a pas blessé même dans le lieu tout blanc.

Jac me regarde et je peux voir une légère couche de sueur sur son front.

— Paddy, ça est Rob. Il est mon plus-proche-que-frère. Il a tellement de mots.

Et avec cela, il s'arrête, à bout de souffle, clairement usé.

Rob se penche pour embrasser son front en sueur et sourit.

— Bon travail, petit frère.

J'ai peur d'être juste resté là, assis, à regarder pendant un long moment.

— Vous pouvez parler ?

— Es tès du, répond Jac en prenant un verre de jus d'orange.

Je commence moi-même à choisir de la nourriture, intégrant toutes les nouvelles informations. Pendant que je rumine, Jac boit la moitié du verre de jus, puis il tend le reste à Rob avec un sourire. Sur une impulsion, je m'ouvre à eux et je peux sentir ce léger bourdonnement. C'est une impulsion douce et irrégulière et je me concentre sur elle quand Jac me sourit.

C'est la meilleure façon de parler, dit-il.

— Mais tu sais que tu n'es pas censé le faire, sauf si tu ne peux pas faire autrement, dit Rob.

Mais il ne semble pas vraiment convaincu de la règle, si c'est une règle.

— Pourquoi pas ?

Je suis curieux de savoir pourquoi cette règle existe dans un tel groupe apparemment si ouvert.

Parce que les tout-blancs peuvent parfois entendre. Te trouver.

Jac caresse les cheveux de Rob. Il ne semble pas se rassasier de ce contact. C'est logique, je suppose. Il pensait que son ami était perdu à jamais pour lui, et maintenant il est de retour. Cela me rend toujours mal à l'aise. Tout ce contact, toute cette affection… Je ne suis pas habitué à ça.

— Jac aite, dit-il brusquement, et il saute sur ses pieds.

Et juste comme ça, il aide Rob qui se met debout maladroitement. Je me lève aussi, surveillant simplement les choses. La jambe de Rob, comme le bras de Jac a guéri remarquablement bien, selon les docteurs. Il s'y appuie le moins possible et peut se déplacer un peu. Avec l'aide de Jac, il arrive à marcher presque normalement. Ils se fraient un chemin jusqu'à la porte de la salle de bains et Jac pose ses mains dans les ronds bleus. Lorsque les portes s'ouvrent, il fait entrer Rob à l'intérieur, puis il me regarde par-dessus son épaule, en gardant la porte ouverte.

— Parri aite ?

— Je n'ai pas besoin d'aide, dit Rob de l'intérieur de la salle.

— Dire Observateur, taite bien. Pas blesse.

Jac est en attente et il ne montre aucune intention de bouger de la porte.

Mon Dieu…

Est-ce que les Observateurs l'auraient maltraité ? Est-ce la raison de tous ses problèmes avec l'hygiène ?

Je marche jusqu'à la porte et j'attire l'attention de l'Observateur qui attend à l'intérieur pour aider.

— Cet homme doit être traité avec respect et dignité, c'est compris ?

Comme j'ai déjà rompu la plupart des règlements sur cette affaire, j'en brise encore un et je donne une 'poussée' supplémentaire pour implanter plus solidement cette directive. L'Observateur, un homme d'âge moyen avec une calvitie naissante, incline la tête et murmure son accord.

— Vous pouvez fermer la porte, Jac. Rob ira bien.

Il ne doute pas un instant de moi, et je me demande pourquoi il ne m'a jamais demandé de l'aider avec les Observateurs. Peut-être qu'il pensait qu'il devait s'en occuper lui-même. Les bras croisés, je me demande lequel de ces Observateurs il a mis sous la douche ce matin et je me surprends à sourire.

— Avez-vous vraiment mis un Observateur sous la douche ?

Il essaie d'avoir l'air repentant, ou désolé, mais ça ne fonctionne pas. Il semble juste férocement joyeux.

— Oui.

— Pourquoi ?

— Empêche de toucher.

Il fait un pas pour se mettre à côté de moi, m'étudie pendant un moment. Puis il passe d'un seul coup une main dans mes cheveux. Je m'écarte automatiquement, et il glisse une main sur ma poitrine puis il tourne sur mon flanc pour passer sur mes fesses, c'est impersonnel et dégradant.

— Vous aimez ?

Sa main se pose entre mes jambes, et je saute loin de la porte, calculant rapidement le temps qu'il me faut pour sortir.

— Vous aimez, répète-t-il, debout, les bras croisés maintenant.

— Non.

— Je n'aime pas aussi. Marre. Mettre Observateur dans l'eau.

Il se redresse et me regarde avec défi.

— Pas désolé.

— Mon Dieu.

Je laisse tomber ma tête entre mes mains et je m'affaisse le dos sur le mur.

— Depuis combien de temps est-ce que les Observateurs vous touchent ?

— Tout le temps.

Il se détend légèrement et se dirige vers la porte pour poser une main dessus comme pour vérifier que son ami va bien.

— Pense je suis bête.

Il hausse les épaules, défait et je sais que cela n'a rien de nouveau.

— Pense suis stupide. Peut pas comprend. Peut pas dire.

Il a posé ses doigts écartés sur la porte.

— J'aurais voulu que vous me le disiez.

— Parri tout blanc. Observateur tout blanc. Travaille ensemble.

Encore une fois, ce même haussement d'épaules.

— Ils ne sont pas supposés faire ça. Ils ne le feront plus. Vous comprenez ?

— Ça bon.

Nous restons là, avec peut-être un mètre entre nous, et deux millions de kilomètres de distance, jusqu'à ce que la porte s'ouvre et que Rob émerge, pas plus mal qu'avant. Avec seulement quelques maladresses, nous nous asseyons à nouveau pour manger. Cette fois, Jac pioche dedans et offre de temps en temps un morceau ou une boisson à Rob.

Je picore la nourriture et je les observe, essayant d'ordonner mes pensées et de décider quel parcours mon traitement doit prendre à ce point. Jac a retrouvé sa santé mentale, autant que l'un de nous. Il n'est plus sous sédatifs et il reste sous antipsychotiques. Il est probablement temps de commencer à le sevrer aussi. À ce point, je suis convaincu qu'il n'a pas de psychoses sous-jacentes, du moins pas d'importantes. C'est juste un homme avec des dons extraordinaires qui a vécu l'enfer. Le plus gros problème, à l'heure actuelle, c'est qu'il ne se souvient toujours pas de ce qui lui est arrivé.

Je considère Rob pensivement. Se souvient-il ?

Ils ont fini de manger maintenant, et Jac se précipite sur son matelas pour prendre son deuxième ensemble de vêtements propres. Il commence à déshabiller Rob en rejetant le pyjama blanc sur le côté et il l'habille avec la chemise or et vert. Il se tourne vers moi en souriant, en caressant les épais cheveux noirs de Rob.

— C'est beau.

Je dois rire.

— Oui, c'est beau.

Je souris à Rob.

— Cette couleur vous va bien. Est-ce que Jac vous habille souvent ?

— À Dieu ne plaise, grogne Rob.

Son ami lui tape l'arrière de la tête et il se lève pour le mettre debout. Et il lui enlève son bas de pyjama.

Je ne suis pas prude, mais je suis habitué à un peu plus de vie privée qu'ils ne semblent l'être. Cependant, je regarde sans vergogne pendant qu'ils luttent pour faire entrer le corps nu de Rob, y compris la jambe plâtrée, dans le pantalon couleur crème. Quand ils ont fini, rieurs et froissés, ils se tiennent côte à côte pour mon inspection et je leur accorde un signe de tête.

— Très bien.

— Il ne te connaît pas, c'est sûr, marmonne Rob à Jac.

Ce dernier glousse. Je suis sur le point de leur suggérer qu'ils s'assoient pour que nous parlions pendant un moment lorsque nous sommes interrompus par quelqu'un qui frappe à la porte. M'attendant à voir les Observateurs venus enlever le petit-déjeuner, je suis surpris d'en trouver un qui me remet une note. Intrigué, je l'ouvre et je parcours rapidement les lignes

P –

Va à la cour la plus proche de la zone d'admission ASAP. D devrait être là aussi. Je serai là dès que je pourrais sortir. Important.

S –

Enlève tes couleurs. Blanc.

XII

Laissant son pull et son écharpe à Jac et Rob, Patrick leur expliqua qu'il serait de retour dès que possible et il se glissa hors de la salle, sentant à peine l'effleurement d'un esprit contre le sien quand la porte se referma.

Il marcha méthodiquement à travers les couloirs et en attendant les ascenseurs menant à la zone d'admission, Patrick ne fit rien, il régla juste son esprit. On lui avait enseigné qu'il n'y avait pas de pire perte de temps que la spéculation. Il était de loin préférable d'attendre d'avoir tous les faits en main et de pouvoir formuler une réponse éclairée. Alors, il se calma d'une façon aussi méthodique qu'il marchait, concentré sur ses techniques et impitoyable dans son nettoyage. C'est pourquoi au moment où il atteignit la cour, il savait qu'il avait un auto-stoppeur dans son esprit, faible comme un souffle, calme comme un chuchotement, mais là tout de même.

Il soupçonna qu'il savait qui il était.

— Bonjour Patrick, dit Dana gaiement alors qu'il passait les portes en verre vers la cour bien ordonnée.

— Bonjour, répondit-il, suivant l'exemple de Dana, parfaitement disposé à admettre en lui-même qu'il était à fleur de peau.

Il n'arrivait pas à se rappeler la dernière fois que sa vie lui avait semblé aussi…incertaine.

Il n'aimait pas ce sentiment.

Dana s'éloigna du mur sur lequel elle était appuyée et prit une bouchée d'une petite pomme. Elle mâcha, ses yeux bleus habituellement affables plus fermement concentrés fixés sur le visage de Patrick, et ce dernier s'ouvrit prudemment.

Il perçut de la prudence, une défiance qui se mesurait à la sienne. Mais derrière, il y avait aussi le réconfort et un sentiment fermement doux de 'fie-toi à moi', fie-toi à ça qu'il n'arrivait pas à comprendre.

— Je n'ai aucune idée de ce qui est… commença-t-il et Dana le coupa.

— J'ai entendu dire qu'il pourrait y avoir un peu de pluie plus tard aujourd'hui, alors j'ai pensé prendre un peu le soleil pendant ma collation, déclara l'Empathe aîné tranquillement. Est-ce que le petit-déjeuner avec le nouvel homme s'est bien passé ?

— O-oui, il a réussi à manger un peu. J'ai fait une découverte frustrante à propos de Jac.

— Oh ?

— Apparemment, les Observateurs ont…euh… l'ont touché. D'une façon inappropriée. Dans la salle de bains. C'est pour ça qu'il avait tant de problèmes avec la douche et le reste.

Dana réussit à faire un trou dans le sol sablonneux de la cour avec la pointe d'une de ses chaussures blanches, elle laissa tomber le trognon de pomme dedans et le recouvrit d'un air absent.

— Je me demande depuis combien de temps cela se produit.

— Depuis le début, apparemment.

— Pourquoi est-ce qu'il n'a rien dit, alors ?

Patrick déambula à travers le petit espace entre les deux fontaines d'eau réelle, une extravagance éhontée, et fixa la fresque sur un mur. Un aigle géant portant des flèches et des rameaux d'olivier sur un monde tout petit.

— Je pense qu'il s'est dit que c'était en accord avec nous, dit-il calmement. Tous-blancs et tous-blancs, travaillent ensemble.

— Alors, pourquoi dire quelque chose maintenant ?

Il posa un doigt sur l'une des serres de l'aigle, pensif.

— Il ne voulait pas que cela arrive à Rob.

Je ne voudrais pas que cela t'arrive, non plus, Parri.

Patrick se figea. Son cœur rata un battement puis galopa pour rattraper le tempo, et son estomac n'arrivait pas décider s'il voulait sauter d'excitation ou se contracter et vomir.

Je ne voulais pas t'effrayer.

Très très doucement, Patrick dit :

— Vous ne devez pas faire ça.

— Pardon ? déclara Dana, s'avançant pour se tenir avec lui entre les fontaines.

Bien. Le ferai plus. Désolé.

— Tu vas bien ? demanda Dana, sa voix rebondissant pour se perdre dans les sons de l'eau. On dirait que quelqu'un vient de marcher sur ta tombe.

Patrick prit une profonde inspiration et expira lentement.

— Il me parle.

— Maintenant ?

— Ouais.

— Malgré la distance.

— Ouais.

Dana souffla longuement comme une machine à vapeur et elle lui adressa un sourire joyeux qui ne le trompa pas. Elle tira une autre pomme d'une poche, gardant son sourire, et la remit à Patrick.

— Mange ça pendant ta pause. Sam ne devrait plus être long maintenant.

Elle étudia le visage de Patrick, sa bouche toujours souriante, mais avec un petit froncement de sourcils.

— Garde l'esprit ouvert, Paddy.

Avec cela, elle hocha gaiement la tête, glissa ses mains dans ses poches et quitta la cour. Patrick la regarda partir, restant stupidement debout pendant un instant. Ensuite, il s'assit sur un des bancs et lentement il commença à manger la pomme, se demandant si elle le ferait grandir ou rapetisser. Il pensa qu'il était certainement tombé dans un quelconque livre bizarre pour enfant et qu'il ne serait pas du tout étonné de voir des lapins blancs commençant à sauter partout, en retard pour des fêtes avec des reines, des porcs et des flamants.

À cette pensée, il dut rire. Peut-être qu'il perdait vraiment la tête.

— JAC, PEUX-TU vérifier ma jambe ? Elle me semble bien.

— Bien sûr.

Jac rampa vers le bas du matelas en tournant son visage vers le plâtre de Rob et il posa une main sur le haut du plâtre. Il ferma les yeux, caressa lentement l'immobilisation, l'expression neutre. Il s'arrêta une seule fois pendant quelques secondes, avant de continuer comme avant. Après quelques minutes, il se redressa avec un haussement d'épaules.

— Semble crect pour moi. Tout couleur bon. Pas...

Il fronça les sourcils, mâchonnant sa lèvre inférieure, à la recherche d'un mot.

— Pas...fections. Pas bruit. Tout vert.

Un clin d'œil ferme.

— Et tout vert signifie que c'est bien, non ?

— Oui.

102

— Donc, je peux demander à ton ami Paddy de m'enlever ce plâtre quand il reviendra, n'est-ce pas ?

— Bien sûr. Dmande Parri.

Rob se laissa aller en arrière contre les oreillers qu'ils avaient calés contre le mur pour faire un siège confortable. Il sourit à Jac, en secouant la tête.

— Tu aimes vraiment ce Paddy, mec, n'est-ce pas ?

— Agréable. Été agréable à Jac.

— Agréable comment ? continua Rob en remuant ses sourcils. C'était extra agréable ?

Jac leva les yeux au ciel.

— Était malade.

— Ils m'ont dit que tu t'étais réveillé longtemps avant moi.

— Réveillé. Pas bien.

Rob étudia son vieil ami de l'autre côté du matelas, prenant vraiment conscience de son aspect trop maigre, du fouillis de ses cheveux, de la barbe sale et du regard hanté qui apparaissait dans ses yeux chaque fois qu'il ne faisait pas attention à le tenir éloigné.

— Hé, dit-il calmement, viens ici.

Jac regarda par-dessus son épaule et vit son ami lui ouvrant les bras et il ne put résister. Il avait été seul si longtemps et il avait vraiment cru qu'il le serait pour toujours. C'était un avant-goût du paradis d'avoir vu Rob lui revenir. Il rampa et s'allongea contre le flanc de Rob. Il s'installa confortable et laissa son ami trouver aussi une bonne position.

— Parle-moi d'être malade, petit frère.

Son ami inspira profondément par le nez, deux fois, trois fois.

— Panique, tout le temps peur. Tous-blancs, tout le temps. Aide besoin. Just Jac tout seul, Just veux mourir.

Il répéta doucement. 'Veut' mourir.

— Je peux comprendre ça, admit Rob en frottant avec attention les épaules osseuses. J'aurais été terrifié.

Jac renifla.

— Pas Rob. Rob pas peur.

— Tu n'en as aucune idée, murmura Rob. Quand ces gens nous ont surpris, dans ce canyon…

— pas rpelle, le coupa Jac.

— Tu ne te rappelles pas ? Ils étaient comme une meute de loups, avec tous ces haillons violets…

— pas rpelle, insista son compagnon, se serrant plus encore contre le flanc de Rob.

— Jac, tu ne peux pas avoir oublié…

— Non.

— Il y a des choses dont nous devons parler, dit Rob calmement. Si tu as été réveillé pendant tout ce temps, tu as dû avoir certaines d'entre elles à l'esprit.

— Ne veux pas parler.

— Ouais, petit frère. Je pense que nous devons.

Rob caressa doucement les cheveux de Jac.

— Manda est morte, n'est-ce pas ?

Jac laissa tomber sa tête entre ses mains.

— Désolé, chuchota-t-il. Essayé, j'ai essayé vraiment. Je jure que je l'ai fait.

— Chut, je sais que tu l'as fait, murmura Rob contre ses cheveux, son propre regard fixe s'égarant et devenant hanté. Tu n'aurais pas pu faire grand-chose, en fait. Tu étais, à peu de chose près, démoli. J'ai vu, tu te souviens ?

Jac inclina lentement la tête, tremblant.

— Et tu m'as vu.

Un autre hochement de tête.

Rob le tint, chaud et fort.

— Et Tedrick est mort, lui aussi ?

Jac pleurait, mais il hocha la tête, en mouvements saccadés.

— Ils nous ont fait du mal, petit frère. Ils nous ont traités d'une façon pire que des animaux. Ils méritaient de mourir pour ce qu'ils nous ont fait.

— Ne pas rpelle, murmura Jac.

Il se mit à pleurer contre la poitrine de Rob, des sanglots presque silencieux, profonds et déchirants.

— C'est tout aussi bien, déclara son ami, doucement.

Et il le tint, tremblant dans ses bras, jusqu'à la fin des tressaillements.

SAM ENTRA hâtivement dans la cour. Il se dirigea directement vers Patrick et s'assit à côté de lui, scannant rapidement les environs pour vérifier la sécurité de leur emplacement entre les deux fontaines. Patrick laissa tomber la main tenant la pomme à moitié mangée sur sa cuisse et commença à se lever. Son mentor lui fit signe de se rasseoir.

— Nous parlons du traitement en cours pour les deux patients, 439 et 452. Si quelqu'un nous demande, compris ? lança Sam d'une voix basse, à peine assez forte pour atteindre les oreilles de Patrick.

— Bien sûr, déclara Patrick, sentant un terrain solide potentiel sous ses pieds. Je pense que grâce à l'ajout de…

— Cela n'a pas d'importance Patrick, l'interrompit Sam, verrouillant son regard vert rempli d'urgence sur celui du jeune Empathe. Ils doivent être partis d'ici demain. Les deux. Je m'occupe des arrangements en ce moment. Tout ce que je dois savoir, c'est si je peux compter sur toi pour garder le silence jusqu'à ce qu'ils aient disparu.

— Partis ?

Toute la terre ferme qu'il avait pu imaginer s'écroulait et il sentit son monde s'éparpiller à tous les vents.

— Partis où ?

— Tu n'as pas besoin de le savoir. Moins tu en sauras, plus tu seras en sécurité.

— Mais pourquoi ?

— Des rumeurs ont circulé sur ton homme, Jac. Une équipe de Lecteurs vient du HQ district. Ils seront ici dans quatre jours. Peut-être trois. Il doit être parti avant qu'ils arrivent.

Patrick n'arrivait pas à se rappeler la dernière fois où il s'était senti si complètement perdu, si totalement impuissant.

— Je ne comprends pas, fut tout ce qu'il réussit à dire.

— Paddy, dit Sam, et sa voix s'était adoucie. Tu es un homme bon. Tu seras très bien dans cette Ville. Ne regarde pas trop. Ne pose pas trop de questions. Fais cela et tu pourras avoir une vie heureuse ici. Simplement… assure-toi que Jac et Rob savent qu'ils peuvent me faire confiance et qu'ils sont prêts à partir demain. Je ne sais pas exactement à quelle heure, mais j'espère que ce sera tôt dans la matinée.

— Vous partez aussi ?

— J'ai dépassé mon temps de chance ici, mon garçon. Des questions ont été posées au cours des six derniers mois. Il est temps pour moi de passer à autre chose. Si tout va bien, Dana prendra ma place. Tu travailles bien avec Dana, n'est-ce pas ?

Patrick hocha simplement la tête, sans voix. Pourquoi est-ce que Sam devait quitter la Ville ? Pourquoi Jac devait-il être tenu à l'écart des Lecteurs ? Pourquoi est-ce que sa vie qui était si normale une semaine auparavant s'était-elle tout à coup transformée en un tumulte fou ?

— Es-tu avec moi, mon garçon ?

Sam semblait concerné.

— Tout cela est tellement…étrange, réussit à dire Patrick.

— Je sais, je sais. Mais ce sera fini pour toi demain. Dis-leur simplement de me faire confiance, c'est d'accord, hein ? Et ne t'inquiète pas, je prendrai soin d'eux.

— Où…où irez-vous ? demanda une nouvelle fois le jeune homme.

— Je ne peux pas te le dire, dit doucement l'autre Empathe. Mais je pense que, si cela peut t'aider à te sentir mieux…

Il leva les yeux vers le ciel comme s'il cherchait des nuages, puis il regarda subrepticement autour de lui.

— Je pense que tes amis Charlie et Eve iront aussi. Ils sont sur la liste depuis un certain temps.

Patrick cligna des yeux, abasourdi.

— Charlie ? Evie ? Inscrits ?

Sam se leva et lui offrit un sourire.

— Je sais que cela fait beaucoup à accepter, mais… essaie…juste de le laisser glisser sur toi. Assure-toi que les hommes soient prêts, et demain soir, ce sera fini pour toi. Ta vie sera de nouveau normale.

Avec un hochement de tête, il se dirigea vers les portes et entra dans le bâtiment, affairé.

Patrick resta assis. Il baissa les yeux sur la pomme à demi-mangée dans sa main se demandant quand exactement il avait pris le mauvais virage qui l'avait directement emmené au pays d'Alice.

XIII

Patrick
9 h 45.

PATRICK ÉTAIT assis sur le bord de son lit, face à sa petite salle de bains, sans rien regarder en particulier. Il avait les yeux fixés sur le néant depuis qu'il était arrivé dans sa chambre après sa conversation avec Sam. Peut-être qu'il avait les yeux fixés sur rien depuis des années et qu'il commençait tout juste à le comprendre depuis la semaine dernière.

Il se sentait vidé.

Entre Jac et Rob, Sam et Dana, son monde avait été renversé sur le côté. Les Lecteurs étaient mauvais ?... Il…il, Patrick avait un bon Talent et c'est pour ça qu'il était là ? Juste d'accord ? S'il avait été plus puissant, plus Talentueux, il serait peut-être ailleurs ? Fou ? Rejeté ? Il avait cru ce qu'on lui avait appris, bon sang. Il avait été tellement reconnaissant d'avoir une maison, un endroit avec son propre lit, avec des vêtements propres et beaucoup de nourriture… Il n'avait jamais imaginé remettre ça en question. Pourquoi l'aurait-il fait ?

Pourquoi le ferait-il ?

Il avait appris que le contact physique était mauvais, qu'il perturbait la concentration, qu'il diluait le Talent. Mais il ne ressentait pas l'une de ces choses quand il touchait Jac. Quoi que ce soit, le contact semblait améliorer le travail de contact mental. Alors était-ce un mensonge ?

Où s'arrêtaient les mensonges et où commençait la vérité ?

Sam emmenait Jac au loin. Jac, Rob et même Charlie et Evie. Mais où ? Les choses ne seraient pas différentes dans une autre Ville. Le seraient-elles ?

Il connaissait au moins quatre autres grandes Villes en voyant leurs vols aller et retour. Denver, Dallas, New Chicago et Atlanta. Il avait entendu des rumeurs sur d'autres, mais rien de certain. Alors se pourrait-il qu'ils aillent dans la nature sauvage ? Personne ne pouvait vivre dans la nature, tout le monde le savait.

Mais alors… d'où Jac et Rob venaient-ils ?

Patrick se redressa, surpris de constater qu'il n'avait jamais vraiment réfléchi à cette question. Il savait qu'ils lui avaient dit qu'ils venaient des montagnes, un endroit avec beaucoup d'eau. Et ce n'était évidemment pas une Ville. Donc, ils vivaient dans la nature.

Patrick fixa ses toilettes blanches sur le sol blanc contre le mur blanc de sa minuscule salle de bains et écouta le bruit de ses illusions se fracassant.

Dana
10 h 30

DANA FRAPPA à la porte, puis se glissa dans la chambre de Jac et Rob, deux paires d'yeux la regardant avec intérêt et un peu de méfiance. Rob était appuyé contre le mur sur un tas fait de tous leurs oreillers, Jac niché entre ses jambes, reposant en arrière sur la poitrine de Rob, une jambe enroulée sur la jambe plâtrée de son ami.

— Bjour Dane, dit poliment Jac. Rob, c'est Dane. Elle bien.

— Tu parles comme si tu avais cinq ans, gronda légèrement Rob.

— Toi compends, souligna Jac placidement.

Dana rit et fit un pas vers eux.

— Cela vous ennuie si je me joins à vous ?

— Non, répondit Jac. Où Parri ?

Rob regarda simplement Dana, pensif et alerte.

— Paddy prend un peu de repos. Il sera bientôt de retour, je suis sûr.

— Il inquiet.

Jac appuya sa tête contre un oreiller derrière l'épaule de Rob, détendu.

— Vous pouvez dire ça ?

Dana s'assit en tailleur à leurs pieds, curieuse.

— Jus un peu. Parri dit je dois partir. Veut pas me parler ici, dit Jac en se frappant légèrement le front.

— Je pense que vous l'avez surpris. Il ne s'attendait pas à ce que vous puissiez le faire, dit l'Empathe.

— Tu le sais, dit Rob en jetant un coup d'œil à Jac. Les gens ne sont pas habitués à ce que tu sautes dans leur tête tout le temps comme moi, fais gaffe.

— Ouais, ouais, déclara Jac et il ferma les yeux, éloignant son visage de Rob.

Mais le temps d'une demi-douzaine de battements de cœur, il était de nouveau revenu vers l'homme aux cheveux noirs, frottant doucement son front contre la mâchoire de Rob.

— Nous avons une question pour vous, dit Rob, lançant un coup d'œil à Jac. Est-ce correct de lui demander ?

— est correct.

Rob hocha la tête, rassuré, et il fixa son attention sur Dana qui les regardait fonctionner ensemble, ravie.

— Pouvez-vous ôter cette chose de ma jambe ?

— Le plâtre ?

— Ouais, la chose pénible. Et je pourrais me déplacer bien mieux sans elle.

— Humm… non que je doute de vous, mais, comment savez-vous que votre jambe ira bien ? Vous n'avez pas eu de radiographie, n'est-ce pas ?

— Jac l'a vérifié, admit facilement Rob, enlevant ses cheveux noirs de son visage. Il a dit qu'elle est toute verte. Donc elle est très bien. Alors, vous pouvez me le retirer ?

Dana étudia Jac qui avait refermé les yeux et semblait se contenter de simplement les écouter parler.

— La jambe de Rob va bien, Jac.

— Oui, tout bien

— Que diriez-vous de votre bras ? Est-ce qu'il est bien ?

— sais pas, dit Jac d'un air un peu perplexe. Peux pas dire pour moi. Jamais, peux sur les autres qui ont besoin.

— Tu deviens paresseux, murmura Rob. Tu manges la fin des mots. Tu peux parler mieux que ça.

Jac souffla, ressemblant vraiment à un petit enfant, et à cet instant, Dana rencontra le regard de Rob et ils sourirent tous les deux. Ce fut un moment de parfaite compréhension.

— A-t-il parlé comme un bébé, tout le temps ? demanda Rob.

Jac releva la tête et fixa Rob, puis Dana, puis de nouveau Rob.

— Mmmm…plus ou moins, lui répondit Dana, ne voulant pas contrarier Jac.

— C'est une mauvaise habitude, déclara Rob. Tedrick le reprenait tout le temps à ce sujet.

Jac ferma les yeux et redevint silencieux à la mention de Tedrick, émettant douleur et désapprobation.

— Alors… depuis combien de temps êtes-vous amis ? demanda Dana, se décidant pour une question relativement inoffensive.

— Depuis mes seize ans environ, Jac avait la vingtaine, je pense. C'était quand Tedrick, leur père et lui sont arrivés sur l'île.

Rob semblait à l'aise et prêt à parler, montrant le même niveau de confiance que Jac.

— Vous viviez déjà sur l'île ?

— Ouais, né et élevé, déclara-t-il fièrement. Quatre générations. Ça remonte à avant l'éclatement. Les vieux disent que c'était une place très importante alors. Île Saclamenty. Il y avait le Parole d'Honneur de l'US basé dessus.

— Waouh, dit Dana honnêtement impressionnée. Ça a dû être difficile pour vous de partir, alors.

— Ça l'était. Mais il le fallait.

Jac bougea sa main pour la poser sur la cuisse de Rob et se mit à la caresser doucement en un geste apaisant. Les yeux bleus s'ouvrirent brusquement et il regarda Dana pendant un moment avant de prendre cette expression tendue que l'Empathe avait déjà commencé à associer avec les tentatives du jeune homme pour parler clairement.

— Les gens mouraient. À chaque génération, moins d'enfants vivaient. Ils étaient des centaines avant l'Explosion. Quand nous sommes arrivés, une cinquantaine sur l'île, seulement. Beaucoup de malades. Beaucoup tordus. Enfin, Papa est mort, le bébé de Manda est mort.

Il serra la jambe de Rob avec sa main.

— Nous savions que nous devions partir. Pour vivre.

Il s'arrêta brusquement, l'air fatigué, comme toutes les autres fois où il avait parlé clairement et il se pencha en arrière contre Rob encore une fois, descendant un peu pour pouvoir nicher son visage contre la gorge de son ami. La main de ce dernier monta automatiquement pour se poser sur les cheveux emmêlés, les caressant doucement.

— C'est très difficile pour lui, déclara-t-il défensivement.

— Je peux le voir, déclara Dana, en dépliant ses jambes.

Puis, elle jeta un coup d'œil vers un coin de la pièce.

— Voulez-vous un peu d'eau ? Pour l'un ou l'autre.

— Ce serait bien, merci, dit Rob.

Dana se leva et versa un verre d'eau de la cruche posée dans le coin. Quand elle se retourna, elle s'arrêta net, surprise. Jac s'était légèrement tordu et les deux hommes s'embrassaient. Elle était tellement surprise qu'elle ne pût se résoudre à regarder ailleurs, et il lui apparut lentement que les baisers étaient tendres, doux, sans les feux de la passion. Rob ouvrit les yeux et rencontra le regard de Dana avec une expression un peu perplexe. Puis il murmura quelque chose à Jac qui reprit sa position d'origine.

— Bon, Dane ? demanda Jac, préoccupé.

— Oh…euh…oui, réussit-elle à dire.

Elle donna le verre d'eau à Rob qui en prit une petite gorgée puis l'offrit à Jac.

— Cela vous dérange de nous voir ensemble ? demanda Rob sur un ton légèrement déçu.

— Non, non, pas du tout, déclara Dana. Je ne suis pas habitué, aux… euh…aux contacts. À tous les contacts.

— Parfois, cela vous aide à vous sentir mieux, à tout simplement ne pas être seul, dit Rob, ses yeux sombres posés sur Dana. Vous devriez essayer.

Il prit le verre d'eau et le redonna à Jac qui en but environ la moitié.

— Je crains que ce soit aller à l'encontre de la politique, déclara Dana avec un sourire un peu tendu.

— Règles, dit Jac d'une voix traînante. Ne pas toucher. Tous-blancs. Laisse Observateurs toucher, mais pas les guérisseurs. Drôles de règles.

— Les Observateurs n'étaient pas censés vous toucher de cette façon, répondit Dana se sentant obligée de se défendre.

— Ont fait.

Et à nouveau, il n'y avait aucune possibilité réelle de se défendre contre un fait établi.

— Pourquoi sommes-nous ici ? demanda Rob, après avoir fini l'eau et avoir posé le verre à côté de lui. Pourquoi nous gardez-vous ? Sommes-nous arrêtés ?

— Non, bien sûr que non. C'était pour votre propre bien, pour la propre protection de Jac.

— Était fou, murmura Jac, obligeamment.

— Tu es fou depuis que tu es né, dit Rob avec un sourire torve, frottant le bras de Jac.

— Plus fou, modifia Jac, acceptant l'étiquette de fou sans objection.

— Pouvons-nous partir, alors, maintenant que le fou que voici n'est pas plus fou que d'habitude ? demanda Rob.

— En fait, dit Dana. Vous pouvez. Est-ce que demain vous ira ?

Charlie
11 h 45

CHARLIE TIRA le drap à travers l'ouverture derrière lui et franchit les trois derniers pas nécessaires pour atteindre la porte d'entrée maintenue ouverte dans l'espoir d'attraper une quelconque brise errante. Aucune chance, bien sûr. Même si une brise avait surgi, contre toute logique et grâce à Dieu, elle ne serait jamais arrivée à traverser le dédale de cabanes ici, à son domicile depuis au moins vingt-cinq ans. Il avait arrêté de compter

Il se tint juste à l'intérieur de la porte, restant à l'ombre, et il plissa les yeux pour regarder le rectangle de ciel douloureusement bleu dans l'allée au-dessus des cabanes. Les tours blanches de la Ville ponctuaient le bleu, éloignées et inaccessibles comme des étoiles.

Charlie sortit un cigare à moitié fumé de sa poche. Il l'alluma et prit une bouffée, essayant de se rappeler pourquoi il n'abandonnait pas tout simplement et se tuait. C'était l'option la plus simple.

Il y avait Eve, bien sûr, mais il pourrait tuer Eve aussi. Alors peut-être qu'ils pourraient trouver un peu de paix tous les deux. D'une façon ou d'une autre, quelque chose devait changer. Il devenait juste trop dur de rester en vie, ici, à l'Extérieur. Et sans moyen d'entrer en Ville, leurs options étaient simplement très limitées, voilà tout.

Il tourna la tête en entendant un bruit à l'intérieur de la cabane, un cri qui se transforma en gémissement puis qui disparut, et il se retourna pour regarder par la porte. L'état d'Eve empirait. Impossible de le nier. Elle avait été à peu près stable pendant cinq ou six ans après qu'ils l'avaient jetée hors de la ville comme un tas d'ordures. Mais au cours des deux dernières années, elle avait baissé. Maintenant, Charlie avait même du mal à la faire manger, quand il parvenait à trouver de la nourriture décente. C'était tout simplement trop. Non, en fait, son plan d'assassinat suicide commençait à sembler vraiment faisable. Alors, dans un caprice du destin digne d'une Hollyvidéo, une jeune coursière sur un scooter s'arrêta devant la cabane au moment où Charlie commençait à penser au moyen de se procurer une arme.

— Vous Charlie, demanda la jeune.

— Qui veut le savoir ?

— Vous avez un message. Pour Charlie, ami de Patrick.

— C'est moi. Remettez-le-moi.

— Combien suis-je payé ?

— Bien moins que tu l'espères, merde. Je n'ai rien à te donner, jolie demoiselle. Désolé.

Elle renifla, tira une enveloppe de papier fermé d'une poche et la lui tendit.

— Déjà payé. Ça valait le coup d'essayer.

— Besoin d'une réponse ?

— On n'en a pas demandé. Lisez-la.

Charlie leva une main vers elle, reculant dans le bidonville pour déplier le papier, curieux. Il lut la note courte une première fois, la relut et revint vers la porte pour regarder vers les sommets blancs de la Ville.

— Je ne pensais pas que vous arriveriez vraiment jusqu'à nous, murmura-t-il.

Il plia avec attention la note et la mit dans sa poche la plus profonde et la moins en lambeaux. Puis il tira son drap et se réinstalla sur le matelas avec Eve.

— Hé, Evie dit-il doucement en caressant le mince visage hanté aux cheveux noirs épais. Devine ! Nous allons partir d'ici. Demain. Est-ce que ce n'est pas super ? Allez ailleurs, peut-être voir quelque chose de différent.

Il se pencha en avant pour embrasser une joue creuse.

— Peut-être que quelqu'un pourra t'aider. Nous ne serons plus ici désormais.

Charlie s'allongea sur le dos et leva les yeux vers le plafond, essayant de réprimer le sourire qui voulait s'installer sur son visage.

— Oui, dit-il finalement et il se laissa aller à l'espoir.

12 h 30
Centre de Management des Talents
Département d'enquête
New Chicago

JULIA CHILDERS, l'enquêtrice sélectionnée, arriva précisément à l'heure pile dans sa robe blanche. Elle s'installa à sa place, au bout de la table de conseil sans instructions. Elle resta immobile, avec un sourire agréable, pendant que les Lecteurs seniors assis à la table examinaient superficiellement son esprit. Comme elle n'avait jamais eu d'écart significatif, cet examen était une question de routine et il fut bientôt terminé.

— Vous avez reçu vos ordres, confirma LS Devins de sa voix ronronnante.

— Oui Madame, répondit l'enquêtrice. Un illusionniste total non confirmé a été emmené au Centre Empathe de New Las Vegas et je dois lui faire une batterie complète de scans.

— C'est exact. Avez-vous des questions ?

— Madame… Je me demande pourquoi cet illusionniste n'a pas été confirmé par le personnel de Vegas.

— Voilà une très bonne question, railla LS Bamaya, le plus ancien lecteur encore en activité dans la ville. Cet illusionniste ne nous a pas été signalé par les voies appropriées, mais par les Observateurs. Et les bandes vidéo le confirmant semblent avoir disparu.

— Alors… il y a un problème potentiel au sein du personnel du Centre aussi ?

— Vous êtes une jeune femme perspicace, Lecteur Childers, déclara Devins avec un sourire.

— Peut-être devrais-je me pencher sur cette question ?

— Vous avez le plein soutien de la CMT pour gérer les problèmes rencontrés comme vous le jugerez nécessaire, dit Bamaya.

Childers prit une grande inspiration, hocha la tête et dit simplement :
— Compris.

— Merci, Julia, déclara Devins. Nous vous avons réservé un vol dans la matinée. Vous devriez être à Las Vegas demain en début de soirée.

— Oui Madame. Merci Madame, Messieurs.

Avec un vif hochement de tête à chacun d'entre eux, elle tourna les talons et se dirigea vers la porte, la laissant balancer derrière elle.

Les trois personnes à la table regardèrent la porte osciller jusqu'à ce qu'elle s'arrête avant que le jeune homme qui était resté silencieux jusque-là prenne enfin la parole.

— Sommes-nous sûrs que ce soit la meilleure idée ?

— Oh, cessez de vous inquiéter, Jake, déclara Devins en se levant et en se dirigeant vers un coin de la pièce pour se servir un verre. Vous savez que Vegas se laisse aller, ils ont besoin d'une piqûre de rappel. Et croyez-moi, Childers leur en fera une.

— Qu'est-ce qui vous en rend si sûre ?

Devins s'adossa au bar et regarda New Chicago par les baies vitrées. Un sourire amusé glacial s'afficha sur ses lèvres.

— Parce que Julia Childers est ambitieuse et qu'elle est une merveilleuse Lectrice à pleine puissance. Haut de gamme. Et elle le sait.

Elle jeta un coup d'œil aux deux autres.

— Avec tout ce que cela implique.

Elle fit une pause pour siroter sa boisson.

— Et elle va s'occuper d'un illusionniste complet, rit-elle doucement. Un illusionniste complet...que nous connaissons. Peut-être plus.

— Elle va être jalouse, déclara Bamaya hochant la tête en comprenant.

— Jalouse est un faible mot, déclara Devins. Elle va honnêtement tester cet illusionniste, mais elle va briser une porte ouverte. Elle ne sera pas capable de se retenir. Et peut-être qu'elle fera un peu plus, pendant qu'elle sera là-bas. Elle travaillera un peu sur le personnel. Au moment où elle le fera, Vegas se réjouira de rentrer dans les rangs simplement pour se débarrasser d'elle.

— Vous êtes une femme retorse, Ali, déclara Jake.

— Vous n'écoutez pas des esprits pendant toutes ces années sans apprendre quelques petites choses, répondit-elle impassible. L'un d'entre vous veut-il une boisson ?

XIV

Patrick
13 h 32

FINALEMENT, JE quittai ma chambre pour me rendre dans la leur, parce que c'était ma responsabilité et que je ne pouvais pas rester à l'écart. J'arrivai alors qu'un Observateur enlevait les restes de leur repas, me lançant un regard curieux. Qu'il garde son regard curieux. Les Observateurs étaient des citoyens mineurs, sans Talent, vivant dans la Ville seulement en raison de liens familiaux de longue date, ou à cause d'une absence totale de capacité psi ou les deux.

Quelque chose en moi me mettait en colère, et je ne pouvais ou ne voulais pas comprendre pourquoi. Je m'arrêtai juste devant la porte et je me stabilisai moi-même, prenant de grandes respirations pour un nettoyage en profondeur. Je me rappelai que les hommes à l'intérieur n'avaient rien à voir avec le fait que mon monde s'était mis à tourner à l'envers, sauf d'une manière totalement innocente.

Mon Dieu, qu'est-ce qui allait de travers avec moi ?

Enfin, je pris le clavier que j'avais apporté de mon appartement et j'entrai dans la pièce.

Rob me regarda de son nid d'oreillers contre le mur, en souriant. Mais il leva un doigt sur ses lèvres. Jac était recroquevillé sur le côté sur le matelas, la tête appuyée sur la cuisse de Rob, dos à la salle. Rob, de son côté, reposait doucement sur le bras de Jac.

Je n'avais jamais expérimenté la douleur qui me frappa. Je n'avais jamais été jaloux de personne, j'étais arrivé ici l'année de mes quatorze ans et il n'y avait évidemment pas de relations provoquant la jalousie. Je savais que le personnel avait ici même des amants, des partenaires et des enfants, mais ils étaient rarement aperçus dans le Centre. Je vivais une vie aussi pure que tout fanatique religieux d'avant l'Explosion et c'était mieux comme ça.

Il en avait été toujours ainsi.

Maintenant, je voulais vraiment que Jac m'embrasse une nouvelle fois, ainsi je pourrais me rappeler à quoi ça ressemblait après qu'il serait parti.

J'écartai cette pensée de mon sacré esprit dispersé et j'adressai un sourire silencieux à Rob, puis je m'assis à côté de ses jambes, face à lui, posant la boîte du clavier sur le sol à côté de moi.

— Serait-il possible que nous parlions, pendant que tout est calme ? demandai-je ?

— Probablement, dit Rob, jetant un coup d'œil vers le bas sur le visage endormi de Jac, son pouce caressant lentement le bras de l'autre homme. Il est assez fatigué. Il n'a pas bien dormi la nuit dernière.

— Ah bon ? Il y eut un problème ? J'étais ici et j'ai dormi comme un loir.

— Cauchemars, dit Rob en haussant légèrement les épaules. Il est très calme, mais il me réveille. J'arrive à me rendormir assez rapidement, mais il lui faut un certain temps. Parfois un long moment.

— Savez-vous de quoi il rêvait ? demandai-je d'une voix particulièrement basse.

— De ce qui nous est arrivé dans le canyon, je suppose, déclara le jeune homme tristement. Le truc qu'il ne peut tout simplement pas gérer.

Son regard dériva vers la boîte du clavier et retourna sur moi, mais il ne demanda rien.

— Dana a dit que nous partions demain.

— C'est vrai.

Je posai mes mains sur mes cuisses et insistai pour qu'elles restent tranquilles.

— Comment vous sentez-vous à propos de ça ?

— Je suis heureux de quitter ce lieu tout blanc, répondit-il honnêtement. Vous allez venir ?

Je les étudiai tous les deux. Ils représentaient tout ce que je n'avais jamais su vouloir, et ce par rapport à ma vie qui était tout ce que je n'avais jamais imaginé possible.

— Non, je ne pense pas. Ma place est ici.

— Jac sera triste. Il vous aime beaucoup.

— Je l'aime aussi. Mais ma maison est ici. Je ne peux pas la quitter.

— Il ne voudra pas vous quitter.

— Et bien, il va devoir le faire, rétorquai-je doucement, me surprenant moi-même. Il ne peut pas avoir tout ce qu'il veut.

— Oh ! dit Rob, très doucement en regardant le visage endormi. Il le sait.

Je poussai un long et profond soupir pour me stabiliser, me demandant si mon émotivité au cours de cette affaire m'avait déjà fait perdre ma position de Première Classe. Peut-être que ce cas, mon premier en solo, serait également mon dernier, une fois que les bandes auraient été examinées. Je pouvais presque haïr cet homme, ces hommes, de m'avoir mis dans cette position.

Presque.

J'enfonçai ce mélange curieusement troublant d'émotions dans un coin arrière de mon esprit et je me concentrai sur l'utilisation du peu de temps qu'il me restait avec ces hommes.

— Puis-je vous poser quelques questions, Rob ? Peut-être que vous pouvez m'aider à comprendre certaines choses qui me laissent perplexe par rapport à Jac.

— Je vais essayer, dit cordialement l'homme aux cheveux noirs. Comme quoi ?

— Et bien… par exemple, pourquoi est-ce qu'il parle comme il le fait ? Est-il né partiellement sourd ?

— Ah, bien… Jac a grandi dans une maison étrange. C'est Tedrick qui m'a dit ça, afin que je comprenne.

Rob gardait une voix douce et apaisante, sa main caressant le bras de Jac.

— Le père de Jac était pêcheur, mais il ne supportait pas le bruit. Il avait recouvert le pont de son bateau d'une couche de cordage afin qu'il soit moins bruyant, et il restait en mer autant que possible. Tedrick avait deux sœurs, toutes deux plus âgées que lui, mais toutes les deux tordues, et ils voyaient rarement leur père. La mère et les sœurs de Tedrick sont mortes de la fièvre sanglante quand il avait dix ou onze ans. Après, il a vécu un certain temps avec son père sur le bateau. Mais un homme se sent solitaire, dirait Tedrick et après un moment son père est allé dans quelques-uns des petits villages côtiers et il a trouvé une autre femme. Celle-ci était sourde et muette, ce qui la rendait parfaite, du moins aux yeux du père de Tedrick. Quelques années plus tard, Jac est né.

Je l'écoutai avec fascination, baissant parfois les yeux sur le dos de l'homme endormi, essayant d'imaginer cette vie, sans avoir vraiment aucun moyen pour ne serait-ce que commencer à comprendre.

— Le problème, c'est que Jac était bruyant. Il pleurait et criait et personne ne savait pourquoi. Sa mère, bien sûr, ne pouvait pas l'entendre. Alors il ne la dérangeait pas. Mais lorsque son père revenait de la pêche, le bébé lui tapait sur les nerfs. Il dut rester de plus en plus à l'écart. Enfin, alors que Jac était encore en bas âge, il commençait à peine à marcher, mais ne parlait pas encore, son père est venu à la maison, un soir, plein de Whisky Cactus. Cela a déclenché quelque chose chez Jac et il a commencé à gémir. Son père l'a giflé durement l'envoyant directement dans une table à travers la pièce. Tedrick était là et il a attrapé le petit garçon. Il est sorti avec lui dans les grands joncs de mer et il l'a bercé jusqu'à ce qu'il s'arrête de crier et s'endorme. Mais il saignait des deux oreilles, et après cela, il n'a jamais semblé être en mesure d'entendre correctement. Il a commencé à parler en retard parce que sa mère ne parlait pas du tout et que la seule personne qui lui parlait, c'était Tedrick quand il n'était pas sur le bateau de pêche. Il vient juste d'apprendre ça… qu'il parlait comme un bébé. Il n'a pas eu beaucoup de raisons de parler différemment jusqu'à ce qu'ils arrivent sur l'île. C'est vraiment difficile pour lui de parler normalement.

Je hochai la tête, assemblant librement le contexte de Jac dans mon esprit.

— Et je suppose qu'au moment où il vous a rencontré, il avait compris comment parler directement à votre esprit plutôt que de se soucier de la verbalisation.

— Oui. Il me parle presque toujours dans ma tête. Je dois lui rappeler de pratiquer, ou il ne le ferait jamais.

Je frottai mon menton, dévisageant Rob pensivement.

— Pourquoi l'appelez-vous petit frère ? Il est plus âgé que vous, n'est-ce pas ?

Rob rit doucement.

— Oui. C'est à cause de Tedrick. Il appelait Jac petit frère tout le temps et du coup, nous en avons simplement tous pris l'habitude. Le village entier l'appelait petit frère, en fait.

Je changeai de position, surpris de me retrouver si détendu, et je réfléchis à ce que j'allais demander ensuite.

— Pourquoi avez-vous décidé de quitter votre maison, votre île ?

— Tous les bébés mouraient, déclara Rob avec une expression triste et distante. Tedrick et Jac ont dit que c'était à cause du mauvais air de la partie continentale. Jac a vu de hautes tours en feu qu'il a appelé des *sanofres*. Il a dit que le vent au large du continent apportait le mauvais air des sanofres sur l'île. Et que cet air était à l'origine des enfants tordus et de la mort des bébés. Nous avons déménagé du côté mer et nous avons essayé de rester à l'intérieur quand le vent était au large du continent, mais la mort…

Il haussa les épaules avec fatalisme.

— Rien ne semblait arranger les choses. Jac a essayé d'aider les bébés, mais ils étaient trop cassés, a-t-il dit. Trop mal.

Il se tut et je touchai doucement son esprit.

Chagrin envahi de toutes les autres émotions de son esprit. Tristesse pour une fillette minuscule qui semblait parfaite, mais qui n'avait jamais vraiment pris la vie par la main. Chagrin pour Manda, des ondes rouge-or et tristesse pour Jac qui s'est battu si dur pour sauver cette petite vie, et finalement pour la perdre.

— Était-elle votre seule enfant ? demandai-je doucement.

— Oui.

— Je suis tellement désolé.

— Il y a des années. Mais je vous remercie.

Brusquement, Rob se pencha en avant et posa un tendre baiser sur le front de Jac.

— Merci, murmura-t-il à nouveau. Petit frère.

Je les regardai tous les deux et je voulais si férocement ce qu'ils avaient que mes os me faisaient mal. Je cachai tout de suite cette compréhension.

— Qu'est-il arrivé dans ce canyon, Rob ? demandai-je calmement. Qu'est-ce que Jac ne peut pas traiter ?

Rob se redressa et me regarda, m'étudiant intensément, le regard noisette fouillant le regard brun.

— Ils l'ont torturé, dit-il doucement. En premier. Je pense que c'est parce qu'il semblait faible. Et puis, ils m'ont torturé et il a dû regarder. Et puis, ils ont commencé sur Manda.

Sa voix se brisa, et il déglutit sans cesse pour recouvrer son sang-froid.

— En dernier, ils ont apporté Tedrick. Comme il était vieux, ils ont juste commencé à le découper. Doigts. Orteils. Poignets. Tout ça en riant. Prenant des paris sur combien de temps il durerait.

Il arrêta et secoua la tête. Il regarda Jac avec une expression d'amour et de peur mêlés, puis il continua si doucement que Patrick dut tendre l'oreille pour l'entendre.

— Jac perdait et reprenait connaissance, comme moi. Mais Tedrick a commencé à crier et ça a réveillé Jac ou peut-être pas. Il était confus. Mais Tedrick a crié, 'Jacky, arrête ça !' Et…il l'a fait. Je ne sais pas ce qu'il a fait. Ou comment. Mais ces gens ont commencé à hurler et à chuter au sol. Jac tremblait de la tête aux pieds et je ne veux plus jamais à avoir à le regarder comme ça à nouveau.

Je regardai Rob, puis je baissai les yeux sur l'arrière de la tête de Jac, notant que quelqu'un avait enfin brossé ses cheveux, puis je remontai sur Rob, les yeux écarquillés.

— Il les a tués…. ? murmurai-je.

— Je pense que oui.

Rob enlaça Jac d'une manière protectrice avec son bras.

— Il ne se souvient pas. Peut-être que ce n'est pas nécessaire.

Avec beaucoup de choses à digérer, je me levai et me dirigeai vers le coin pour verser un verre d'eau à Rob. J'étais sûr qu'il allait l'apprécier après tout cet entretien. Prenant mon temps, j'essayai de lister les Talents que j'avais vus ou entendus venant de Jac. Le premier et le plus évident, c'était un Illusionniste, apparemment un Illusionniste Complet, avec clairaudience et clairalliance de sons et de senteurs. Rien que cela en faisait en effet un Talent rare. Les Illusionnistes étaient rares, les Illusionnistes Complets étaient presque inconnus, moins d'un sur une génération.

Mais il avait aussi, de toute évidence, un bon degré de télépathie, en grande partie en diffusion. Je n'avais même pas de nom pour cette capacité à faire de l'auto-stop dans l'esprit d'une autre personne. Télépathie attachée ? En me basant sur ce que je venais d'entendre de Rob, il avait aussi clairement un degré de clairvoyance, s'il était en mesure de voir 'les tours sanofres rougeoyantes' sans y être réellement. Cependant, le plus fascinant de tous, était la suggestion qu'il pourrait posséder le controversé et le plus débattu des Talents, le chaman. Le Talent de chaman, s'il existait, donnait théoriquement à son porteur, le talent de guérir les blessures et de 'voir ce qui est caché'. Certains textes anciens proposent qu'un Chaman, avec le pouvoir de sauver la vie, soit également en mesure de prendre la vie avec son esprit.

Je n'ai jamais entendu parler qu'un Chaman ait été incontestablement testé. Certains cas avaient été proposés, mais largement discrédités.

Pouvait-il être non seulement un Illusionniste Complet mais aussi un Chaman ?

Je souhaitai avoir compris pourquoi Sam et Dana étaient tellement convaincus qu'il devait partir. Il me semblait qu'un grand bien pourrait venir de l'étude de son esprit.

Mais à quoi pensais-je ? Pour qu'il soit enfermé pour toujours dans une série de petites salles, constamment testé, évalué, mesuré, incapable de faire les choses que sa nature le pousse à faire. Ce serait une erreur, n'est-ce pas ?

Pourquoi tout devait-il être si difficile ?

Rob se racla la gorge doucement

— Est-ce que vous pensez partager une partie de cette eau ?

J'avais perdu la notion du temps, là, debout dans un coin, coincé dans le nœud de mes pensées. La meilleure chose à faire était d'apprendre ce que je pouvais, aider comme je le pouvais et ensuite dire au revoir. Je savais que je n'étais pas fait pour une histoire d'aventure d'enlèvement. Je voulais simplement rester ici et vivre ma vie. C'est tout.

Je versai un verre d'eau et je revins vers Rob.

— Désolé, dis-je avec un sourire. Vous m'avez donné beaucoup de choses à penser.

Il prit le verre et but peut-être un tiers de l'eau pendant que je faisais les cent pas dans l'espace étroit de la pièce. Pourquoi cette chambre était-elle si petite ?

— Saviez-vous où vous alliez ? lui demandai-je soudain.

Il m'étudia très soigneusement avant de répondre.

— Non. Nous sommes simplement partis. Pour un endroit où être libre.

— Libre. Libre…Jac parle toujours de liberté. Quel est l'avantage d'être libre ? Vous serez libres de mourir de faim. Libres d'être tués par… tout ce qu'il y a là-bas. Libres de mourir de soif. Libres d'être attrapés par… par des animaux comme ceux qui vous ont torturés. Pourquoi cette attirance ?

— Vous n'avez jamais été libre, Patrick, n'est-ce pas ?

— Bien sûr que si, je suis libre. Je suis un citoyen libre de la Ville. Je suis un Empathe Première Classe. Je peux aller où je veux, faire tout ce que je veux.

Y compris mentir à cet honnête homme qui n'avait aucun moyen d'en savoir un peu plus.

— Jac a dit que vous n'aviez jamais vu d'eau.

— Et bien, ce n'est aucunement un grand problème. Beaucoup de personnes vivent leur vie entière sans voir d'eau.

Je me rendis compte que je me mettais une nouvelle fois en colère et que je n'étais pas tout à fait sûr de savoir pourquoi. Et cela me contrariait plus que tout. Pourquoi ces hommes me faisaient-ils cela ?

Jac murmura et roula, s'étirant langoureusement avant de lever la main pour toucher le visage de Rob.

— J'ai endormi ta jambe ?

— Oui, tu l'as fait, tu es un bâtard. Et je te revaudrai ça plus tard, déclara cordialement Rob. Maintenant, redresse-toi. Paddy est ici.

— Parri ?

Jac se redressa en position assise et m'offrit un doux sourire ensommeillé et joyeux. Et cet accueil chaleureux envoya des picotements dans ma colonne vertébrale ?

— Bjour Parri, ronronna-t-il. Vous bien ?

Je sentis son contact, doux et léger dans mon esprit, réconfortant en quelque sorte. Et je me demandai à quel moment il était devenu celui qui soutenait et je devins confus.

— Je vais bien, Jac. J'ai juste parlé avec Rob.

— Bien de parler avec, opina-t-il. Rob.

Rob jeta un deuxième coup d'œil sur Jac, puis il rit.

— Je vous mets au défi de me dire quand on va m'enlever ce plâtre.

Et je savais qu'il ne riait pas à propos de ce que j'avais entendu.

Quelqu'un frappa à la porte et attira toute notre attention. Et un moment plus tard, un médecin et une infirmière arrivèrent avec un chariot plein de matériel.

— Nous sommes ici pour enlever deux plâtres, me dit le médecin en ignorant totalement les deux autres hommes dans la salle.

— Excellent, dis-je alors en souriant aux autres. Bonne nouvelle, les gars. C'est le moment de se débarrasser des plâtres.

Rob et Jac observaient le médecin et le chariot comme s'ils étaient des vipères venimeuses. L'infirmière prit une seringue et Jac pâlit, reculant vers un coin.

— Pourquoi est-ce ? demandai-je.

— Juste un tranquillisant pour les relaxer, dit l'infirmière ennuyée, observant passivement un de ses patients en train de s'éloigner d'elle.

— Vous n'avez pas besoin de ça, n'est-ce pas, Rob ? demandai-je, gardant ma voix aussi calme que possible.

— Je peux rester immobile, dit-il, sa voix tremblant seulement un peu.

— Jac, pouvez-vous rester immobile pendant qu'ils coupent votre plâtre ?

Il me regarda fixement, yeux bleus écarquillés et sauvages, et il inclina à peine la tête, lentement, en tremblant.

— Bien, alors. Pas de tranqs. Pas d'aiguilles. Compris ?

— Mais, c'est obligatoire, commença l'infirmière.

— Plus maintenant. Pas dans cette pièce, dis-je fermement.

— Mais les règlements…

— On s'en fout des règlements, criai-je et je m'épouvantai moi-même immédiatement.

D'un ton plus tranquille, plus stable, j'ajoutai :

— Enlevez simplement les plâtres. Je prendrai la responsabilité. Occupez-vous en premier du plâtre de jambe.

Rob, qui avait regardé tout cela avec un intérêt sagace, commença soudain à se tortiller pour enlever son pantalon. Le tee-shirt vert et or le couvrit suffisamment pour qu'il soit décent et il plia son pantalon proprement et le posa à côté de lui sur le matelas.

— Jac ? Viens me tenir compagnie, petit frère, dit-il.

J'aurais pu l'embrasser pour sa perspicacité instinctive. Encore pâle et légèrement recouvert de sueur, Jac s'avança vers Rob et il s'installa à côté de lui, saisissant automatiquement sa main.

Alors que le médecin coupait les plâtres, celui de Rob en premier puis celui de Jac, je m'assis à proximité, prêt à interférer si nécessaire. En attendant, je réfléchis sur les deux hommes. Rob était sorti depuis deux jours d'un coma de sept semaines. Il s'était réveillé dans un endroit totalement inconnu, entouré d'étrangers, sauf un visage familier et pourtant il se comportait comme s'il n'y avait aucun problème. Il était une combinaison inattendue de confiance et de méfiance. Est-ce que Jac aurait été comme ça sans le traumatisme en cours ? Sans les médicaments ? Sans la terreur d'être seul, le cerveau perturbé et sans la moindre idée de ce qui se passait ?

Peut-être. Peut-être pas. Rob avait semblé dire que Jac était perçu comme le plus faible des deux, même par leurs tortionnaires. Mais était-il vraiment faible ? Où est-ce que ses points forts étaient un peu moins faciles à voir ?

Je voulais vraiment savoir.

Je souhaitais vraiment en savoir plus sur lui, assis là, avec ses grands yeux bleus, mal à l'aise, en regardant l'enlèvement du plâtre de Rob. Je voulais savoir ce qu'il y avait dans son esprit. Quels étaient ses Talents ? Comment avait-il vécu ? Je voulais… Je désirais goûter à nouveau sa bouche, sentir ses doigts durs, mais son contact doux sur ma peau. Je voulais…voulais.

Tu peux avoir.

Je portai mon attention sur ses yeux et je le trouvai en train de me regarder pendant que le médecin commençait à couper le plâtre de son bras.

Tu sais que tu peux avoir tout ce que je peux te donner, Patrick.

Il n'avait tout simplement pas dit cela.

Si je l'ai dit.

— Arrêtez ça, dis-je, déstabilisé.

— Jac, le réprimanda doucement Rob. Est-ce que tu t'es encore immiscé ?

— Il a…appelé, répondit son ami, apparemment frustré.

Il m'étudia.

— Vous avez dit que vous vouliez…

— Ça n'est pas important, l'interrompis-je, me sentant rougir.

— Mais ça l'est, dit-il doucement.

Il reporta son regard sur son bras, où le plâtre était presque enlevé.

— Important.

Rob me regarda, clairement spéculatif, frottant sa jambe nue et pétrissant les muscles inutilisés.

— Il a eu assez de douleur pour un certain temps, me dit-il. Soyez clair dans vos…désirs.

Soudain, je ne pouvais plus rester là. Je devais sortir, au moins pendant un certain temps.

— Je dois vérifier certaines choses, mentis-je d'une façon peu convaincante. Je serai de retour dans un moment.

— Comme vous voulez, dit tranquillement Jac.

Le plâtre était ouvert sur son bras et il l'ôta.

— Revenez, déclara Rob.

Et je compris que ce n'était pas une demande.

Sam Hunter
16 h 30
Porte aux grains, Nullepart.

— CELA DEVRAIT être tout alors, dit Sam en laissant tomber sa tête entre ses mains et en frottant son visage. Répète-moi tout encore une fois.

L'homme assis à la table étroite de Sam prit simplement une profonde inspiration, passa une main dans une masse hirsute de cheveux noirs et commença à répéter les plans. Takehiko avait fait cela suffisamment de fois avant et il savait l'importance de la mémorisation puisque rien ne pouvait être écrit. Il savait aussi que ce serait probablement sa dernière course. Si

125

Sam quittait le réseau, il devrait probablement le suivre. Peut-être trouver un endroit pour s'installer. Fonder une famille. En attendant…

— Je m'approvisionne en provisions ce soir. Demain, 9 h 15. Je vous retrouve vous et trois personnes du Centre à la Porte d'Eau. Nous faisons un tour et retournons à l'Extérieur au Marché aux Viandes. Nous récupérons six autres personnes. Nous quittons la Ville par la sortie de secours la plus proche. Nous tournons au Nord après vingt kilomètres, prenons la troisième route pour Sparks.

— Parfait, approuva Sam en levant les yeux. Est-ce que je prends la bonne décision, Hiko ?

— Quitter la Ville ?

— Et mon travail. Et ma carrière. Et mes revenus. Et n'importe quelle possibilité d'avoir un avenir, poursuivit Sam avec un petit rire.

— Ouais. Tu fais bien.

Takehiko tendit la main à travers la table et il serra fortement l'épaule de son vis-à-vis.

— Toutes ces choses ne signifient rien si tu sais que tu détruis volontairement des gens. Et je pense que tu es à peu près rassasié de tout cela, mon ami.

— Probablement, soupira Sam.

— Aussi, est-ce qu'il y a autre chose que je dois savoir à propos de ce groupe ? Besoin de contraintes chimiques, au cas où ?

— Pas que je sache. Il serait probablement bien d'en avoir un peu cependant, pour parer à toute éventualité.

— Auras-tu la possibilité d'apporter un Kit médical.

— Je devrais pouvoir. Nous avons un gars qui est toujours sous certains médicaments. En sevrage, mais il a toujours une faible dose. Puisque je vais décrocher de toute façon, je peux bien effectuer un petit larcin.

— Tu vas t'arrêter à Sparks, Sam ?

— Tu sais que je ne peux pas te le dire, Hiko. Que les informations nécessaires.

— Très bien.

Takehiko bâilla et s'étira, balayant ses cheveux noirs et raides sur ses épaules.

— Je vais voir si je peux prendre quelques vêtements ce soir, poursuivit-il. Des hommes adultes pour la plupart, n'est-ce pas ? D'une taille à peu près moyenne ?

— Oui. Trois femmes, en comptant Yuki. Une relativement grande, une petite. Toutes les deux plutôt minces.

— Je te verrai demain matin, alors. 9 h 15 à la Porte d'Eau.

Il se leva, tendit la main pour gifler celle de Sam, puis s'éloigna en flânant dans la foule poussiéreuse de l'après-midi. Sam le regarda partir, se demandant s'il allait manger quelque chose, mais il avait honnêtement peur de vomir ce qu'il absorberait. Alors il se leva et retourna plutôt au Centre.

Il avait beaucoup à faire avant demain matin.

XV

Patrick
19 h 45

AU MOMENT où je revins, ils avaient déjà soupé et ils avaient eu beaucoup de temps pour parler et faire tout ce qu'ils faisaient quand ils étaient seuls. Ils avaient aussi, de toute évidence, eu le temps de se raser. Cela faisait si longtemps que je voyais le visage de Jac avec une barbe déguenillée et sale que je me sentis effrayé par cela, par ce visage aux lignes épurées maintenant que le pire de la maigreur avait disparu.

Rob était torse nu et il faisait des pompes sur le sol. Jac se déplaçait lentement, à quelques centimètres de lui, passant de pose gracieuse en pose gracieuse comme une plante à peine agitée par une brise. Je me tins près de la porte ouverte et je les regardai, puissance et grâce, avant que Rob me remarquant se laisse tomber au sol sur le ventre et se relève sur un bras avec un sourire.

— Nous n'étions pas sûrs que vous reviendriez, dit-il.

Jac s'arrêta et ouvrit enfin les yeux, m'offrant un petit sourire.

— Content, Parri. Pas beaucoup de temps.

— Non, acquiesçai-je, laissant la porte se refermer derrière moi. Pas beaucoup de temps.

J'avançai vers la zone la moins couverte par les caméras et je laissai tomber le paquet de tissu que j'avais amené avec moi.

— Des affaires pour vous. Il n'y a pas grand-chose, mais ça pourrait être utile.

J'étais tellement déchiré entre le désir de partir avec eux et la nécessité de rester chez moi que je n'avais pas été en mesure de manger ou de me reposer. À la place, j'avais erré dans ma chambre, puis j'étais allé à la Coopérative du quatrième étage prendre quelques petites choses qui pourraient être utiles.

Savon. Dentifrice. Brosses à dents. Rasoirs. Chaussettes. En achetant les chaussettes, il m'était venu à l'esprit qu'aucun d'eux ne possédait de

128

chaussures. Alors, j'avais pris deux paires de sandales ajustables et je les avais jetées aussi dans le panier. Je n'étais pas sûr de savoir pourquoi je m'en souciai. Mais l'idée de les savoir tous les deux au milieu de nulle part, de nouveau face à un possible enfer, me rongeait. Alors j'achetai des bonbons, des chewing-gums, de l'aspirine et des pansements et je jetai le tout dans le sac.

Comme si des bonbons et de l'aspirine allaient arrêter des gens dévoyés qui coupaient les doigts d'un vieil homme pour le sport.

Je ne voulais pas y penser.

J'avais pris en dernier une brosse à cheveux, une boîte de crayons ; deux petits carnets et plusieurs boîtes de concentré de jus d'orange. Peut-être que Jac pourrait avoir un peu de son jus d'orange chéri, quel que soit l'endroit où ils finiraient.

Je me rendis compte que je le regardai fixement et que d'une façon ou d'une autre, il se trouvait juste debout en face de moi. Rob poussa le sac dans un coin, puis il rampa sur le matelas et se coucha en nous tournant le dos.

Jac toucha légèrement ma tempe avec deux doigts et il dut avoir l'impression que la foudre crépitait partout en moi.

— Devrait venir avec nous, murmura-t-il, d'une voix si basse que même en étant si près, je dus me concentrer pour l'entendre.

— Je ne peux pas, dis-je. C'est ma maison. Je suis d'ici.

Je m'empêchai de le toucher, même si j'avais l'impression d'être un tas de limaille de fer à côté d'un aimant.

— Mal arrive.

Il s'était débrouillé pour se rapprocher encore et sa paume était sur ma joue, caressant lentement ma mâchoire, ma peau brûlante comme de la lave.

— Veut quoi, Parri ?

Ses yeux se fixèrent sur les miens, me noyant.

— Je ne sais pas, murmurai-je. Je ne sais pas.

— Veux ça ?

Il était si proche maintenant que la chaleur de son corps menaçait de mettre le feu à mon uniforme et je fus hypnotisé. Ses lèvres touchèrent les miennes avec la délicatesse d'ailes de papillon et j'eus tout à coup du mal à respirer.

Doucement, inexorablement, la pression monta et je frissonnai lorsqu'il prit mon visage entre ses mains, ses doigts glissant dans mes cheveux. Il m'embrassa avec une telle détermination à me plaire, que je tremblai de tout mon corps.

Ses lèvres s'éloignèrent de ma bouche soudain avide, et je sentis son souffle chaud dans mon oreille.

— Veux-ça Parri ?

Sa langue chaude et humide traça avec adoration le contour de mon oreille avant de glisser autour de mon lobe et de le tirer dans sa bouche chaude. Je sentis mes genoux faiblir et j'attrapai son épaule dans un pur geste d'autodéfense.

Puis sa bouche revint sur la mienne et cette fois, son baiser prit totalement ma bouche, mon corps, mon esprit, ma vie. Une partie de moi pouvait sentir mon corps pressé contre le sien, pouvait sentir un de ses bras sur mon dos et son autre main sur l'arrière de ma tête.

Mais la partie la plus importante de mon être était tout simplement perdue dans un océan de plaisir chaud et sensuel. Chacune de mes terminaisons nerveuses se contractait sous des étincelles de joie pure et je pouvais presque voir les marées d'endorphine fluer et refluer. Parfois, les sensations se liaient ensemble en un seul endroit et j'avais l'impression que mon cerveau allait exploser de plaisir. D'autres fois, elles se déroulaient toutes paresseusement et doucement comme le meilleur après-midi ensoleillé au monde. Finalement, je sus que j'y étais, et je pouvais dire qu'il était là aussi, dirigeant les marées, me faisant trembler et gémir, frémir et rire. J'étais perdu et pourtant je m'en fichais. Je voulais le suivre partout…

Je me réveillai en souriant sur le matelas que Dana et moi avions utilisé, ma tête sur la poitrine de Jac. J'eus du mal à retrouver ma mémoire, mais quand elle revint, je m'alarmai de plus en plus.

Seigneur ! Qu'avais-je fait ? Et devant les caméras de sécurité. J'allais perdre ma position certainement.

Je m'écartai de Jac et procédai à une évaluation minutieuse de mon corps. À part mes lèvres tendres, je ne ressentais aucune douleur… ?

Je n'ai pas touché ton corps.

Je levai les yeux et je croisai des yeux bleus assombris de sommeil me regardant. Un petit sourire dansa sur sa bouche.

J'espère que c'était bien. Je voulais te donner quelque chose, pour te souvenir.

— Je ne pense pas que je l'oublierai dans un avenir proche, murmurai-je timidement.

Je n'aime pas te laisser ici.

— Je sais.

Il soupira et leva les yeux vers le plafond. Blanc. Bas et blanc. Bientôt, il verrait à nouveau le ciel. Je savais que cela le rendait heureux.

Parri... si tu as besoin d'aide, si tu décides que tu veux partir après tout. Appelle-moi.

Il me regarda et tapota sa tempe.

Ça pourrait être difficile. N'abandonne pas.

— Jac.

Je posai ma main sur son estomac, sentant ses muscles durs, même après toutes ces semaines de captivité.

— Êtes-vous sûr que vous êtes suffisamment bien pour partir ? Nous n'avons pas eu la chance de pouvoir beaucoup vous aider.

Il posa sa main dure et chaude sur la mienne.

— Vous m'avez donné de la bonté, donné des souvenirs, donné Rob. Reste m'adapterait tout seul.

Il sourit brusquement, un de ses larges et lumineux sourires qui éclairaient la pièce.

— Et vous donnez jurange. Jamais oublié ça.

Je fermai les yeux luttant contre la tentation de pleurer, puis de rire, puis une autre qui était seulement d'ouvrir la porte et de partir avec eux, encore une autre de rester avec ce bijou inexplicable fait homme pour toujours.

— Veux quoi Parri ? demanda-t-il doucement.

— Embrasse-moi encore une fois, lui dis-je, et je touchai sa mâchoire du bout de mes doigts hésitants. Mais pas besoin de fin du monde cette fois-ci.

Il rit doucement puis il m'embrassa et le monde ne s'arrêta pas, mais j'étais sûr de le vouloir

Sam Hunter
8 h

SAM FIT une pause dans le couloir à l'extérieur de la chambre de Jac, par habitude, dans l'angle mort des caméras de sécurité et il inspira une dernière fois pour se calmer.

Ce n'était pas qu'il soit désolé de quitter cet endroit. Ce n'était même pas qu'il soit inquiet au sujet de sortir de l'immeuble. C'était tout simplement qu'il avait peur de l'inconnu. Il supposait que ce n'était pas quelque chose d'inhabituel. Il était ici depuis une longue période, après tout, emmailloté dans des routines et des règlements, occupé à saper le système avec ses petits moyens quand il le pouvait. Mais ça y était. Quand il ouvrirait la porte, ce serait terminé. Il serait devenu un criminel.

Eh bien, qu'est-ce que tu attends ? se demanda-t-il silencieusement. *Une fanfare ? Faisons sortir ces hommes d'ici avant que quiconque de Chicago ne vienne mettre le bazar ici.*

Il redressa son sac à dos et ramassa son barda. Il passa devant l'Observateur qui faisait la sieste et ouvrit la porte. Trois paires d'yeux se fixèrent immédiatement sur lui, noisette, bleu et brun. Patrick avait passé la nuit ici, ou alors il était venu immédiatement après le petit-déjeuner. Intéressant.

— Bonjour, messieurs, dit-il tranquillement. Sam Hunter. Je suis ici pour vous soustraire à nos tendres soins. Vous avez été libérés.

Il leur adressa ce qu'il espérait être un sourire amical, sachant qu'ils ne pouvaient pas imaginer le nombre de choses qu'il avait dû faire pour les amener à être officiellement libérés.

— Les gars, vous vous souvenez de ce que je vous ai dit à propos de Sam, déclara Patrick en sautant sur ses pieds. Il va prendre soin de vous.

L'homme aux cheveux noirs se leva et fit un pas vers Sam, la main tendue.

— Rob, dit-il. Paddy dit que vous êtes correct.

Sam prit la main tendue dans une poignée de main chaleureuse, touchant l'esprit de Rob et ne trouvant aucun Talent supplémentaire du tout après une analyse rapide.

— Je veux vous voir en sécurité, dit-il en le pensant.

— Il suffit de s'occuper de Jac. Je peux m'occuper de moi-même, déclara Rob.

Il recula et se positionna à côté du troisième homme qui semblait ressuscité et qui se tenait debout, à côté de Patrick, épaule contre épaule.

— Jac, déclara Sam en inclinant brièvement sa tête. C'est un vrai plaisir de vous rencontrer.

Et juste comme ça, il sentit un contact furtif à travers son esprit, rapide et glissant, sans laisser aucune trace.

Jac l'étudia pensivement, puis pencha la tête vers Patrick. Celui-ci murmura à son oreille et Jac hocha légèrement la tête.

— Plaisir renconté vous, Sam, dit-il alors, sa voix basse et rauque.

Sam sentit qu'il venait d'être jaugé et n'avait pas été pris en défaut, mais pas complètement accepté, non plus.

— Désolé, nous n'avons pas trop de temps pour discuter, Messieurs, nous devons nous mettre en route.

Patrick fit un pas en avant, tirant un morceau de papier plié de sa poche.

— Ceci est pour toi, Sam. Lis le plus tard, d'accord ?

— Mais…tu viens avec nous, n'est-ce pas ?

— Non, non, je ne viens pas. J'ai décidé de rester ici.

Le regard de Jac posé sur la nuque de Patrick était profondément triste. Il avait clairement fait de son mieux pour le faire changer d'avis, mais il avait échoué. Il lança un regard bleu mélancolique sur Sam, puis il regarda Rob.

— Prends les affaires, j'arrive.

Rob hocha la tête et ramassa un gros sac en tissu pelucheux et un long étui rigide. Il se dirigea ensuite vers la porte. Sam le suivit, jetant un regard en arrière pour voir Jac et Patrick s'avancer ensemble. Il s'arrêta juste devant la porte et sortit un petit bloc-notes de sa poche de poitrine. Il décrocha le stylo et écrivit quelques mots. Il détacha le papier du bloc et le plia aussi serré qu'il le put. Il regarda Rob qui avait l'air malade et triste.

— Je reviens tout de suite, déclara Sam.

Rob hocha juste la tête.

Sam poussa la porte lentement et constata que Jac était presque à la porte avec Patrick quelque pas derrière lui.

— J'ai presque oublié quelque chose, dit Sam simulant la gaieté.

Jac afficha un sourire qui n'atteignit pas ses yeux et il sortit pour rejoindre Rob. Sam avança et prit la main de Patrick, appuyant le carré de papier presque invisible à l'intérieur. Il mit son bras autour du jeune homme en rupture complète du protocole et il se pencha pour murmurer à son oreille.

— Cache ça. Ne le regarde pas avant que l'enquêteur en est fini avec toi, ou il le trouvera dans ton esprit. Une fois qu'il l'aura fait, si tu décides que tu veux partir, regarde ce document. Tu as compris ?

Patrick hocha la tête, abasourdi.

Sam lui tapota le dos et recula.

— J'espère que tu viendras, jeune homme. Ce sera un plaisir de t'avoir en vacances.

— Je…je suis mieux ici. Merci

133

Sam pouvait voir que le jeune Empathe avait déjà sangloté, et qu'il pleurerait probablement plus très bientôt. Il espéra que l'enquêteur ne le blesserait pas trop. Mais pour le moment, il avait des gens à sauver.

— À plus tard alors, dit Sam et il disparut par la porte.

Patrick regarda fixement la porte fermée, puis il se détourna ensuite et fixa les arbres crayonnés, l'herbe, la rivière et les poissons sur le mur. Il s'avança pour toucher les poissons, traînant les bouts de ses doigts lentement sur chacun d'eux.

— Tedrick, dit-il doucement. Manda, en caressant doucement le poisson qui sautait haut. Rob, continua-t-il et à la fin, cassé, Jac.

Il laissa ses doigts reposer dessus, alors qu'il regardait par la fenêtre barricadée la cour toujours aussi verte, toujours aussi minuscule et il espéra qu'il ne venait pas de faire la pire erreur de sa vie.

SORTIR DU Centre Empathe fut étonnamment facile, merci au temps que Sam avait passé à falsifier des rapports. Aucune alarme n'avait sonné, ils n'avaient déclenché aucun scanner alors qu'ils traversaient le labyrinthe de couloirs blancs et d'ascenseurs blancs.

Dans un premier temps, Sam essaya de faire la conversation, mais il était évident que ces deux-là étaient d'une humeur de chien. Leurs dossiers avaient montré qu'ils détestaient et craignaient les 'tous-blancs' et ils y échappaient peut-être maintenant, mais ils allaient dans un autre inconnu et cela n'était pas facile.

Quand ils passèrent enfin les dernières portes et se dirigèrent à l'extérieur vers le portail principal du Centre, il ralentit pour donner aux deux hommes le temps de s'adapter. Prudemment, ils firent quelques pas pour traverser le large portail en pierre puis ils s'arrêtèrent à mi-parcours. Puis, ils levèrent juste les yeux. Après une minute ou deux, Rob baissa les yeux et fixa Sam, Jac tremblait simplement, le visage tourné vers le ciel bleu impitoyable.

— Est-ce qu'il va bien ? demanda Sam à Rob, calmement.

— Il va très bien, répondit ce dernier. C'était pire pour lui que pour moi. J'ai seulement raté vraiment quelques jours de ma vie. Il a été dans une boîte blanche, continua-t-il en déglutissant, pendant près de deux mois. Je suppose que personne n'a pensé à le libérer, en fait.

— Non, dit Sam doucement. Non, personne ne l'aurait fait.

Rob hocha la tête, une sorte de jugement dans les yeux, puis il se déplaça pour se mettre à côté de Jac et il lui parla doucement. Bras dessus-dessous, ils commencèrent à descendre les marches, Jac soutenant partiellement Rob. Le plus jeune portait le sac de tissu, mais il ne pouvait pas porter en plus le grand étui rigide.

Merde, Sam avait oublié que Rob avait une jambe sérieusement cassée et qu'on venait juste de lui ôter son plâtre hier. Et maintenant, ils devaient traverser Nullepart jusqu'à la Porte aux Grains. Il ramassa l'étui et commença à se demander s'ils allaient avoir besoin d'un Vélotaxi…

Je m'occupe de lui, dit une voix douce dans sa tête. *De quel côté ?*

Surpris par l'introduction brutale d'un des Talents de Jac, Sam garda son calme et emprunta le chemin le plus court vers leur destination, en essayant d'éviter les zones métalliques et l'asphalte pré-Explosion plus difficile pour les pieds nus.

L'itinéraire les fit passer par quelques zones très congestionnées et il surveilla de près ses deux poulains, ne sachant pas s'ils avaient déjà eu l'expérience d'une foule de cette taille. Ni Rob ni Jac ne se plaignirent même si alors qu'ils approchaient de la porte, la respiration du plus jeune étant devenue laborieuse et qu'ils ruisselaient tous les deux de sueur.

La Porte d'Eau était bondée, comme toujours, ce qui la rendait parfaite pour les ramassages. Sam balaya du regard la foule à l'extérieur de la porte et il aperçut le camion de Hiko garé presque hors de vue.

Il poussa un soupir de soulagement. Il ne réalisait pas combien il avait compté sur la vue de ce camion pour croire que cela arrivait vraiment.

Avec un sourire rassurant, il guida Rob et Jac vers une des allées de sortie et il prit la file d'attente derrière eux. Une Patrouilleuse ennuyée passa un scanner à main sur Rob, sans résultat, sauf le bip unique attendu, puis, rien non plus sur son sac en tissu. Elle lui fit ensuite signe d'avancer. Elle répéta le processus sur Jac, obtenant à nouveau un bip, mais l'étui déclencha une courte rafale de bips.

— Ouvrez-le, soupira-t-elle.

— Impossible, dit Jac en s'appliquant. Promis.

Oh, oh, pensa Sam et il s'avança derrière Jac.

— Ouvrez-le ou je le ferai, déclara la Patrouilleuse, irritée cette fois.

— Excusez-moi, dit Sam. Peut-être puis-je aider ?

— Vous pouvez dire à ce décérébré d'ouvrir ça, rétorqua la Patrouilleuse en faisant claquer son scan à main sur le dessus de l'étui rigide.

— Pourquoi ne pouvez-vous pas ouvrir cet étui, Jac ? demanda Sam, en essayant désespérément de garder son calme.

— Promis, dit Jac, raisonnable. Pas ouvrir vant quitter Ville.

— Ah, vous n'êtes pas censé voir ce qu'il y a dans l'étui.

— Sprise.

— Messieurs ! aboya la Patrouilleuse. Je ne veux pas interrompre votre moment de tendresse, mais ouvrez ce putain d'étui ou je l'explose.

Elle tira un pistolet automatique de sa ceinture et dégagea le cran de sécurité.

— Jac, appela Rob, de l'autre côté de la Patrouilleuse. Il suffit simplement de ne pas le regarder.

— Il a raison, dit Sam, il suffit de ne pas regarder.

Il tira le jeune homme de façon à ce qu'il tourne le dos à l'étui et il tâtonna pour désengager les fermetures.

Le couvercle s'ouvrit et révéla un clavier électronique pré-Explosion à batterie, avec un chargeur et un adaptateur secteur. Sam et la patrouilleuse le fixèrent.

— Putain de merde, déclara la Patrouilleuse.

Sam déglutit.

— Il n'y a pas de contrebande. Pas de munitions. Pas d'argent.

— Nooon, fit la femme d'une voix traînante. Mais merde.

Sam se pencha pour refermer le couvercle de l'étui et il trouva Rob le soulevant avec un sourire étonnamment heureux. Il referma l'étui et toucha l'épaule de Jac…

— Si tout est clair, nous pouvons y aller maintenant ?

— Ouais, il peut passer, dit-elle. Qu'est-ce qu'il a, en fait, une sorte de retard ?

Jac ramassa l'étui et se dirigea vers Rob, touchant son front.

— Retard, dit-il doucement.

— Chut, déclara Rob, en lui caressant les cheveux. Chut.

— Il n'est simplement pas à l'aise avec les foules, dit sèchement Sam alors qu'elle le scannait.

Son sac à dos passa sans problème, mais il dut ouvrir son fourre-tout, comme il l'avait prévu. Il avait suffi qu'il explique qu'il était médecin pour faire sortir du Centre la valeur de plusieurs milliers de dollars en médicaments et petit matériel.

Ça, c'était amusant, pensa-t-il

Retard, en effet.

Se sentant plus possessif à leur sujet pour le moment, il rassembla ses deux chiens errants et il les conduisit à l'extérieur pour rejoindre Takehiko et son camion magique.

ROB S'ASSIT à côté à l'arrière du camion, gardant ses bras autour de Jac, son visage pressé contre ses cheveux. Regardant au-dessus de la tête de son ami, il observa le paysage de l'Extérieur alors qu'ils entraient plus profondément dans des rues étroites à peine assez larges pour le camion. Les visages dépassés se tournaient, curieux, comme des fleurs vers le soleil.

L'arrière du camion était ouvert au-dessus d'une haute grille, et un tissu flottant qui rappelait à Rob des voiles couvrait le dessus.

Rouler sur de bonnes routes avec un bon moteur était une sensation inhabituelle. Il aurait voulu partager toutes ces nouvelles choses avec Jac. Mais le jeune homme était ailleurs pour l'instant, retiré en lui-même, accablé par les trop nombreux esprits, trop de rêves et de peurs, trop d'amour et de haines amères.

Rob le tint et lui parla doucement sans cesse, lui disant ce qu'il voyait, lui racontant des histoires, des paroles de chansons, des poèmes d'enfance, tout ce à quoi il pouvait penser pour alimenter le flot de paroles. Dans le même temps, sa jambe lui faisait un mal de chien, il ne savait pas où ils allaient ou si sa vie aurait un jour une nouvelle valeur merdique.

Mais, il avait petit frère, et pour l'instant cela devrait suffire.

Ils roulèrent puis s'arrêtèrent au Marché de la Viande. Sam et Hiko sautèrent cette fois pour aider un petit groupe de personnes qui les attendaient. Pendant qu'Hiko saisissait l'assortiment hétéroclite de sacs en plastique, de boîtes et de seaux, et le rangeait sous les banquettes à l'arrière du bus, Sam installa chacun à sa place et les présenta un par un à Rob et Jac. Ou du moins à Rob, en fait, puisque Jac semblait dormir.

— Rob, Jac, voici Rosemary, dit Sam en aidant à monter une jeune femme brune qui leur sourit timidement.

Elle s'assit en face de Rob en triturant distraitement ses cheveux noués et elle regarda Jac avec une curiosité non dissimulée.

— Voici Yuki.

La voix de Sam prit une nouvelle tonalité, plus chaude alors qu'il soulevait une femme plus petite aux cheveux noirs qui semblait plus âgée que Rosemary.

Sa main se posa sur l'épaule de Sam un peu plus longtemps que nécessaire.

— Voici Wes.

Un grand jeune homme aux longs cheveux blonds vénitiens qui lui mangeaient plus de la moitié du visage monta dans le camion et s'assit à côté de Yuki, installée à côté de Rosemary.

Ses mains dansèrent sur ses cuisses et il regarda Jac.

— Quel est le problème avec lui, demanda-t-il sans ambages, sa voix étonnamment aigüe.

— Il dort, déclara Rob d'un ton égal.

— Non, il ne dort pas, dit Wes, fronçant les sourcils.

— C'est assez proche, rétorqua Rob. Laissez-le tranquille.

— Wes, dit Sam de là où il aidait un autre homme à accéder à l'arrière du camion. Laisse-le tranquille pour l'instant. Sortons de la ville avant de commencer quoi que ce soit.

— Peu importe, marmonna Wes et il se laissa retomber sur le banc, appuyant son dos sur le mur de toile.

— Voici Flash, dit Sam.

L'homme qui se hissait calmement à l'arrière du camion était tout sauf *flashy*, et de loin. D'une hauteur moyenne, trapu et solidement charpenté, il ressemblait à un lourd ouvrier. Il semblait jeune si on regardait son corps, mais son visage indiquait qu'il était plus âgé. Son épaisse chevelure était striée de gris. Quand il se dirigea vers le banc pour prendre la dernière place à côté de Wes, il marchait comme un vieil homme.

Les deux derniers membres du groupe s'aidèrent mutuellement à se lever et à monter dans le camion. Petits et jeunes, une avec des cheveux bruns noués en une tresse et l'autre avec une espèce de toupet blond miteux et des tresses qui en sortaient. Le bras de l'homme blond entourait la jeune femme et ils avancèrent ainsi.

Avec un signe de tête aimablement poli à Rob, le blond guida son amie à côté de Rob et Jac et ils s'assirent dans une position reflétant presque la leur.

— Charlie et Eve, dit Sam. Maintenant, je suis désolé de vous installer tous ensemble et de devoir vous quitter, mais nous devons sortir de la ville aussi vite que possible. Aussi… faites comme vous le pouvez. Nous ferons une courte pause quand nous aurons roulé au moins une demi-heure à l'extérieur de la Ville.

Il sortit, mais il revint un moment plus tard, vérifiant deux fois que la porte arrière était fermée puis il les regarda.

Brusquement, il sourit et cela transforma entièrement son visage.

— Je suis heureux que nous fassions enfin cela. Et je suis heureux que nous ayons pu tous vous emmener.

Il sourit à nouveau et hocha la tête, puis il disparut sur le côté du camion. Le moteur démarra et une fois de plus, ils roulèrent dans les rues étroites de l'Extérieur, cette fois vers les limites extérieures de la Ville, la voie de secours et la liberté.

PARTIE II : Évasion

XVI

Rob
11 h 25

TANDIS QUE le camion laissait les dernières baraques et les rues bondées, la poussière devint un problème plus grave. Surchauffant jusqu'à la chaussée elle-même. La route à surface lisse était étouffée par une couche constante de sable et de poussière qui entrait dans le camion par l'arrière ouvert, faisant finalement tousser les huit passagers. Jac s'était complètement recroquevillé sur le siège, la tête sur la cuisse de Rob. Il n'opposait aucune résistance à la poussière et il commença à tousser. Une toux profonde et rauque revenant en cycle. Rob se baissa pour fouiller dans une des poches extérieures du sac en tissu et il en tira le foulard marron, brun et vert de Paddy. Il l'attacha maladroitement autour de la bouche et du nez de son ami, tout en toussant doucement et continuellement pour dégager son propre nez et sa propre gorge.

— Êtes-vous son serviteur ? demanda la grande femme aux cheveux noirs

Elle tenait une large chemise sur le bas de son visage.

Rob ricana.

— Non. Je suis son ami.

— Est-il malade ? demanda-t-elle, semblant honnêtement concernée.

— Non. Il est…parti pendant un certain temps.

Rob passa un bras autour du dos de Jac.

— Il le fait parfois.

— Ahhh…il est un Talent, alors.

Elle l'étudia avec intérêt de ses yeux bleus légèrement injectés de sang à cause de la poussière.

— Je suis un Talent aussi, ajouta-t-elle en regardant à nouveau Rob, un sourire dans les yeux. Rosemary, Empathe classe Quatre. Pas assez bonne pour être en Ville.

— Vous ne ratez rien à ce que j'ai vu, déclara Rob crûment. Je suis Rob, au fait. Lui, c'est Jac.

Il s'arrêta pour tousser, puis il se redressa et regarda autour de lui alors que le camion ralentissait et tournait à gauche.

— Nous sommes censés aller au Nord, alors pourquoi est-ce que nous allons au Sud ?

Le poids froid de la peur qui s'était beaucoup allégé se remit à peser à pleine puissance. Il regarda le groupe hétéroclite de huit personnes autour de lui et demanda :

— Quelqu'un ici peut-il dire pourquoi nous allons vers le sud ?

Le garçon blond dégingandé ferma les yeux et posa ses mains agitées sur ses genoux, son visage grimaçant sous l'effort.

— Quelque chose à propos de… traqueurs…erronés, dit-il, et il expira bruyamment. Désolé, c'est tout ce que j'ai pu obtenir.

Rob intégra cela en souhaitant que Jac soit de retour. Il serait capable de trouver tout ce qu'ils avaient besoin de savoir. Mais il savait aussi que quand Jac se retirait, c'était parce qu'il avait besoin de le faire et que l'obliger à sortir n'amènerait rien de bon. Ils devaient simplement attendre et avoir confiance en espérant que Sam Hunter ne les emmenait pas seulement dans le désert pour mourir.

CMT enquêtrice Première Classe Julia Childers
11 h 25 en transit

CHILDERS AVAIT exigé d'avoir sa propre recette de vodka orange. Elle la dégustait lentement, en regardant d'un air absent par le hublot tandis que l'avion survolait les montagnes Rocheuses. Elle tambourinait régulièrement du bout des doigts l'accoudoir de son siège, sans précipitation ni énervement. Elle se vantait de ne pas se précipiter ou s'énerver. Elle approchait chaque travail méthodiquement avec un objectif à atteindre. Cette fois, son objectif était d'évaluer l'Illusionniste suspect jusqu'à son point de rupture ou jusqu'à son dépassement des limites connues.

Elle suspectait que le Talent romprait. Ils le faisaient presque toujours. Depuis neuf ans qu'elle faisait des évaluations, elle n'avait vu qu'un ou deux Talents qui ne s'étaient pas cassés. L'un d'entre eux était un Télépathe plus puissant que la norme, mais sans vraiment rien de spécial. Il ne s'était juste pas cassé, quoiqu'une semaine après la fin du test, il s'était pendu dans sa chambre. L'autre était un Chaman qui avait développé la capacité de manipuler les tests. Il avait été gardé à des fins expérimentales. Pour autant qu'elle le sache, il était toujours quelque part dans le Quartier général, probablement en bas dans les laboratoires du sous-sol avec les autres expériences.

Donc, elle n'avait pas de grands espoirs pour ce Talent. Elle avait compris, cependant, que ce travail avait un but secondaire. Elle devait essentiellement apprendre au Nouveau Centre de Vegas à craindre Dieu. Elle ne prévoyait pas non plus d'avoir quelque problème que ce soit avec cela.

Elle prit une autre gorgée de sa boisson et savoura le goût d'un matin lumineux du jus d'orange. Elle effleura du bout du doigt les notes soignées sur le pad posé sur ses jambes croisées.

Tout d'abord, rencontrer un Empathe Première Classe nommé Sam Hunter qui était superviseur du Centre Empathe depuis douze ans.

S'il était dans cette position depuis aussi longtemps, il était probablement un homme bon pour le CMT, totalement inepte et elle devrait juste prendre contact avec lui pour s'assurer qu'ils étaient sur la même longueur d'onde sur ce qui devait être fait. Une fois cette réunion assurée, elle rencontrerait un nouveau Première Classe Empathe du nom de Patrick Harvey qui avait eu la charge du cas de cet Illusionniste supposé. Cela ne devrait pas prendre de temps pour examiner les notes de Harvey sur le cas, poser toutes les questions nécessaires et puis l'écarter du chemin.

En troisième, elle rencontrerait le Talent lui-même. Vegas avait plus que la structure d'évaluation nécessaire, elle devait juste s'occuper d'arriver à lui et l'évaluer. S'il n'avait pas le Talent, elle le saurait en une demi-heure. S'il l'avait, elle pourrait le casser en deux heures.

En tout cas, elle programmerait un dîner avec tout le personnel du Centre de Vegas et elle leur ferait un discours propre à les effrayer et à les remettre dans le rang.

Sam
12 h 30

— QUE DIRAIS-TU de là-bas ? demanda Sam, en désignant une ouverture étroite dans un muret bas de mesa.

— Ouais. Ça devrait probablement être assez bon.

Hiko dirigea le camion vers l'ouverture, le garant près d'un côté de manière qu'un petit surplomb les protège. Il arrêta le moteur et il resta assis un moment, se contentant de respirer régulièrement.

— Jusqu'ici, tout va bien, déclara Sam.

— Nous devons encore nous déplacer rapidement, répondit Hiko en ouvrant sa portière pour sortir. Tu as besoin de ce sac, demanda-t-il, prenant le fourre-tout que Sam avait gardé sur le siège entre eux.

— C'est le seul.

Sam ouvrit sa portière et se dirigea vers l'arrière du camion qui ressemblait à un service de maladies respiratoires. Il prit soin de faire du bruit en arrivant à l'arrière, sachant que les passagers étaient nerveux presque au point de quasi-panique.

— Hé, les gars, dit-il calmement, en ouvrant la porte arrière. Désolé pour la poussière. Il y en aura moins…

Il jeta un regard sur Hiko qui lui adressa un geste couci-couça de la main.

— Du moins en partie, après cet arrêt.

— Pourquoi allons-nous vers le sud ? demanda Rob de sa place à l'avant du camion. Je pensais que nous étions censés aller au Nord.

— Et bien, nous allons essayer de jeter nos poursuivants sur une mauvaise piste, dit Sam avec un sourire qui donnait un peu l'impression qu'il s'amusait. Mais maintenant, nous devons nous occuper de certaines affaires importantes. Hiko ?

Celui-ci monta à l'arrière du camion. Il tenait une baguette en métal mince à la main et un fourre-tout qu'il posa sur le sol. Sam regarda leurs visages alors que Hiko apparaissait. La plupart d'entre eux ne montraient aucune alarme, mais Rob semblait méfiant. Jac était apparemment endormi.

— D'accord, nous devons nous assurer que nous nous sommes débarrassés de tous les traqueurs que nous transportons, dit Sam. Je suppose que tous ceux qui viennent de l'Extérieur ont fini par s'en débarrasser, mais nous devons vérifier pour être sûrs.

Hiko s'avança vers Flash qui se leva lentement. Il ne manifesta aucune inquiétude apparente lorsque l'homme passa la baguette tout autour de lui sans recevoir de réponse. L'analyse de Wes qui sembla juste l'ennuyer fut claire aussi. Yuki et Rosemary furent, elles aussi, testées claires tout comme Eve. Charlie, cependant, obtint un bip que Hiko réduisit rapidement à son avant-bras gauche. L'homme blond grimaça.

144

— Vous ne vous êtes pas débarrassé du traqueur ? s'exclama Sam, incrédule. Pendant tout ce temps, vous avez été traçable ?

— Il me permettait d'entrer dans la Ville, mec, répondit Charlie. Bons plans dans la Ville, si vous êtes prudent. Et je faisais attention.

Sam renifla, secouant la tête.

— Vous êtes un bâtard écervelé, Charlie.

— Désespéré. Le mot est désespéré.

Hiko passa à Jac et Rob qui, sans surprise, avaient tous les deux des traqueurs. Enfin, Sam fit courir la baguette sur Hiko qui ressortit propre et ce dernier fit de même sur Sam qui reçut un bip de traqueur.

— D'accccorrd, dit Sam en prenant une profonde inspiration puis soufflant lentement. Voici l'affaire. Nous devons trouver ces traqueurs et les enlever maintenant, ou il ne servira à rien d'essayer de partir. Ils nous suivraient juste par ce système.

— Comment ? demanda Rob. Je ne vois rien.

Il se tordit pour essayer de voir le haut de son bras et ne trouva rien d'inhabituel.

— Il va falloir ouvrir, dit Sam crûment. Ce n'est pas particulièrement difficile, mais c'est douloureux. Alors j'ai apporté de quoi engourdir la douleur.

Il se mit à genoux à côté du sac et commença à sortir ce qu'il fallait.

— Charlie, vous savez à quoi vous attendre. Voulez-vous passer en premier ?

— Pas particulièrement, murmura celui-ci, mais il ôta sa chemise à manches longues et retroussa la manche du tee-shirt en lambeaux en dessous. Allons-y.

Rob regarda avec un intérêt sombre et méfiant Sam qui palpait soigneusement le bras de Charlie, appuyant profondément sur les tissus jusqu'à ce qu'il trouve ce qu'il cherchait et fasse signe à Hiko qui marqua l'emplacement avec un stylo. Sam frotta ensuite un petit carré de tissu sur la zone, puis il sortit une seringue de la boîte sur le sol.

Rob inspira brusquement à la vue de la seringue, ramené brutalement à la dernière fois qu'il avait vu quelque chose comme ça et à l'enfer qui avait suivi. Sam jeta un regard sur lui et Rob essaya de garder une expression calme, mais il avait peur que ses yeux aient montré son effroi.

L'Empathe tourna son attention vers son travail, faisant une série d'injections rapides autour de la marque de stylo.

— Hiko ? murmura-t-il.

145

Et l'homme aux cheveux noirs se détourna de la porte ouverte pour s'agenouiller près de Sam. Celui-ci ramassa un petit couteau à lame mince et remit une paire de pinces miniatures à longs manches à l'autre homme.

— Regarde bien, parce que tu vas devoir me le faire, dit-il sèchement.

— Super, déclara Hiko. De la formation professionnelle.

Sam se positionna, puis il fit glisser la lame sur le bras de Charlie faisant une incision la plus petite possible. Il sonda attentivement pour trouver l'objet en silicium de la taille d'un ongle enfoui à deux centimètres dans le muscle.

— Ah…je l'ai. Hiko ?

L'homme se pencha en avant et fit descendre les pincettes sur le côté de la lame, cherchant soigneusement la dureté étrangère. Charlie grogna, son bras commençant à trembler.

— Là, dit Hiko, étreignant délicatement le traqueur et le tirant lentement par l'ouverture étroite. Aussitôt qu'il fut sorti, Sam saisit une compresse propre du sac, essuya les filets de sang sur le bras de Charlie et couvrit la coupure avec un pansement antiseptique.

— Désolé pour la douleur, fils, dit-il doucement à Charlie.

— Pas si mal, répondit ce dernier d'une voix légèrement tendue.

Il retourna s'asseoir à sa place sur le banc et enroula son bras valide autour d'Eve qui avait regardé tout cela, les yeux écarquillés et le visage exsangue.

— Qui est le prochain ?

— Moi, dit Rob, sachant qu'il devait le faire maintenant avant qu'il ait plus de temps pour y penser.

Et il ne voulait pas d'un morceau de la Ville dans son corps plus longtemps que nécessaire.

— Est-ce que cela pose un problème si nous descendons du camion ? demanda Wes.

— Ne vous éloigniez pas à plus de trente ou quarante mètres, déclara Hiko en bougeant pour se positionner près de Rob.

Celui-ci ôta son tee-shirt et libéra son bras gauche, laissant son bras droit toujours drapé sur Jac. Il détourna les yeux, regardant les personnes en train de sortir, alors que la seringue redoutée entrait en jeu. Il savoura presque le nettoyage, la douleur vive du couteau glissant dans le muscle. Sam et Hiko furent plus rapides cette fois et Rob eut à peine le temps de s'habituer à la douleur avant que l'opération soit terminée et que son traqueur rejoigne celui de Charlie dans le sac.

Sam jeta un regard spéculatif sur Jac.

— Nous devons accéder à son bras gauche. Pensez-vous pouvoir le tourner suffisamment ?

Rob approuva d'un petit signe de tête, puis il examina à nouveau la situation. Il ne savait pas dans quelle mesure Jac était entièrement absent, et s'il revenait au cours du processus, sans aucune idée de ce qui se passait, il pourrait réagir mal. Très mal même.

Sam lui laissa le temps, même s'ils devaient se dépêcher. Il avait compris que Jac était une donnée inconnue et que Rob était ce qu'ils avaient de mieux pour avoir un contrôle sur lui. Alors si Rob voulait gérer cela, c'est comme cela que ça allait se passer.

— Pouvez-vous le déposer au sol ? demanda enfin Rob.

— Bien sûr, dit Hiko.

Et ils se levèrent tous les trois et s'organisèrent jusqu'à ce que Rob soit assis sur le sol avec Jac quasiment sur ses genoux, la tête de son ami blotti contre sa mâchoire et ses deux bras enroulés autour de lui, laissant juste le bras gauche libre.

— C'est bon, dit Rob, quelque peu nerveux.

Puis il commença à parler, à voix basse et tendrement, racontant tout ce qui se passait à Jac. Sam utilisa la même procédure que pour Charlie et Rob. Le premier problème survint quand il essaya d'injecter l'anesthésiant. Il se retrouva soudain assis à plusieurs centimètres de l'endroit où il s'était tenu un instant auparavant. Il cligna des yeux et regardant Hiko l'air surpris, il murmura d'un ton impressionné :

— Putain de merde.

— Désolé, dit Rob toujours de la même voix basse et douce. Il déteste vraiment les aiguilles. Il faut le faire sans.

— Mais ça va lui faire un mal de chien, déclara Sam.

Rob resta silencieux pendant un moment, une expression lointaine sur le visage.

— C'est mieux que la douleur d'une aiguille, dit-il alors. Faites-le sans.

Sam revint à sa position précédente et frotta à nouveau la zone, puis il serra les dents et fit glisser la lame. Jac grogna et son bras trembla, puis il frissonna légèrement, mais il tenait toujours. Rob lui décrivait tout, de la couleur de la lame à la quantité de sang et Sam pensa brièvement que si Jac voulait savoir tout cela, il lui suffisait d'ouvrir les yeux et de voir.

Pas encore, dit la voix à l'intérieur de son esprit et il sursauta jusqu'à couper le bras pour rien.

Encore trop. Mais bientôt. La chose que vous cherchez est à votre droite.

Fixant l'incision, Sam fit glisser la lame légèrement à droite, et bien sûr, le traqueur était là. Il se racla la gorge.

— Hiko ?

Ce dernier se pencha pour enlever le traqueur. À un moment, Jac laissa échapper un gémissement de ses lèvres hermétiquement closes, mais à part ça, il ne se plaignit pas. Rob le tint, et commença à chanter des chansons que Sam n'avait jamais entendues auparavant. Et il recula, plus que jamais convaincu qu'il avait fait le bon choix en éloignant cet homme de la Ville.

Une fois que Hiko, assisté par Yuki, eût retiré le traqueur du bras de Sam, ils regroupèrent tout le matériel médical et le rangèrent dans le fourre-tout. Frottant doucement son bras, Sam se leva et tendit le sac de traqueurs à Hiko.

— Pose-les loin de nos traces quelque part sous un rocher par exemple, quoi que ce soit cela nous fera gagner du temps. Je vais faire embarquer les gens.

— D'accord, murmura Hiko.

Il prit le sac et sauta par l'arrière du camion.

— Bien, Messieurs Dames, dit Sam en se déplaçant vers l'endroit que Hiko venait de quitter. Il est temps de remonter. Allez.

Il regarda pendant un instant pour s'assurer que tout le monde semblait revenir puis il se pencha sur un des casiers construits sous la banquette, l'ouvrant pour sortir des sacs d'eau, du pain et des fruits.

— Vous devrez faire attention à l'eau, déclara Sam aux cinq personnes qui se trouvaient encore dans le camion. Nous devrions en avoir assez, mais nous n'en avons pas plus que nécessaire. Alors…vous savez…économisez-la.

Rob et Charlie hochèrent la tête. Jac et Eve étaient à peu près hors course à nouveau. Yuki se pencha en avant pour poser doucement une main sur l'épaule de Sam.

— Je m'occuperai de la nourriture, dit-elle doucement, sa voix basse et chaude.

Sam posa sa main sur la sienne pendant un instant, la serrant presque imperceptiblement.

— Merci.

Wes grimpa dans le camion et aida Rosemary, puis il prit un roulé et une petite pomme. Flash se hissait dans le camion quand Hiko arriva derrière lui et lui donna un coup de main. Sam attrapa un épais filet qui pendait au-dessus de l'arrière du camion et il le fit chuter en vrac derrière lui quand il sortit. Puis il ferma l'abattant.

— Quelqu'un doit l'attacher à la tige qui se trouve en bas de l'abattant et cela devrait vous épargner de la poussière, dit-il. Et c'est parti.

Deux portières claquèrent à l'avant et le moteur toussa, revenant à la vie. À l'arrière, personne ne bougea sauf Wes qui mordit dans sa nourriture. Finalement, Yuki se leva et se dirigea vers l'arrière pour attacher le filet.

— Merci, dit Rob quand elle revint.

Elle lui fit un sourire chaleureux.

— De rien.

Elle l'observa. Il était toujours sur le plancher, le dos adossé contre les sièges, Jac dans ses bras.

— Avez-vous besoin d'aide avec lui ?

— Ça va pour l'instant.

Le camion rebondit et cogna contre ce qui semblait être un terrain rocheux, mais il faisait demi-tour en direction du nord, nota Rob. Il avait toujours un bon sens de l'orientation, ce qui lui avait bien servi sur les bateaux de pêche. Qui aurait cru que cela se révélerait utile dans tout ce sable sec.

— Hé, ça fait combien de temps qu'il est comme ça ? demanda Charlie.

La tête d'Evie reposait sur sa cuisse et il frottait son épaule mince.

— Comme quoi ?

Rob n'était pas sûr de ce que Charlie voulait dire. Jac avait beaucoup de manières différentes d'être.

— Parti.

— Oh, il n'est pas parti. Il est juste retiré…en retrait, comme il dit. Il le fait quand il est surchargé. Il l'a toujours fait depuis que je le connais, quinze ou vingt ans.

— La chose, c'est que je me demande si c'est ce qu'Eve fait, hein ? Cela me fait peur quand elle est comme ça, je l'admets.

— Lorsque Jac sera de retour, peut-être qu'il pourra lui parler. Il est bon pour aider les gens à comprendre les choses.

Avec un cahot particulièrement difficile, le camion quitta les rochers et se déplaça sur une surface lisse. Rob ne savait pas ce que c'était, mais il savait que ses fesses espéraient que cela durerait un certain temps.

XVII

— QUE VOULEZ-VOUS dire par : il est parti en vacances ?

Julia Childers aboyait sur l'adjointe Empathe du superviseur, Dana Lewis, une femme érudite avec des yeux bleus larmoyants. Elle se tenait prudemment derrière le bureau de Hunter et regardait l'enquêtrice avec méfiance.

— Simplement cela, Madame. Il est parti ce matin pour un voyage de pêche de deux semaines.

La voix de Lewis tremblait légèrement quand elle ajouta :

— C'était prévu depuis des mois.

Childers jeta un coup d'œil à l'état émotionnel de Lewis, ne prenant pas la peine de dissimuler son sondage ou de l'adoucir.

Derrière la grimace de Lewis, tout ce qu'elle pouvait lire, c'était de la nervosité et de la confusion, et de l'attente, bon sang.

— Est-ce la politique, ici, dans l'ouest sauvage, de partir un peu en vacances quand on vous avertit que vous allez recevoir la visite de gens du siège ?

Childers prit beaucoup sur elle pour garder un ton bas, laissant sa voix glisser au travers de ses dents serrées. Sa valise reposait à ses pieds depuis qu'elle avait constaté qu'aucune disposition n'avait été prise pour son logement. Pour finir, ce petit voyage qui datait de moins de deux heures était en passe de devenir une sacrée épine dans le pied.

— Je suis sûre qu'il ne serait jamais parti s'il l'avait su, déclara Lewis. Nous n'avons reçu aucune notification. Je suis désolée.

À force de volonté pure, Childers se retint de grogner.

— Eh bien, je vous suggère d'utiliser la comm, le télégraphe ou les signaux de fumée ou n'importe quel foutu truc que vous avez ici pour communiquer et dites-lui de ramener son cul ici dès que possible.

Lewis se tassa visiblement, se déplaçant derrière la chaise de bureau et se raclant la gorge.

— Euh…euh… je ne peux pas faire ça, Madame.

Elle tressaillit en regardant le visage de son interlocutrice.

— Il fait chaque année ce voyage, et il ne prend aucun moyen de communication avec lui. Il dit qu'il ne veut pas être dérangé.

— Alors, servez-vous de ce foutu traqueur.

Childers frappa le bureau avec sa paume, faisant tout cliqueter dessus et envoyant un cadre directement au sol.

— L'implant traqueur, merde. Vous utilisez des traqueurs ici, non ?

— Ah…oui, Madame. Je vais vérifier ce point.

Lewis connecta la comm inter-bâtiments en conservant un œil attentif sur Childers. Puis elle commença une recherche dans la base de traçage des traqueurs. Childers l'observa pendant un moment tout en lui lançant des regards noirs puis elle aboya :

— Quel est le numéro de la chambre de ce damné Illusionniste ?

— Vingt-trois, mais…

— Je ne veux rien entendre. Trouvez ce traqueur pour commencer. Je vais jeter un coup d'œil au Wonder boy.

Childers ouvrit la porte et fit irruption dans le couloir en direction des salles de soins. Elle ne vit pas, bien sûr le doux sourire de Dana et le doigt d'honneur pas faible du tout qui accompagnèrent sa sortie.

Sam. 19 h 30
Silver Peak Range

Nous avons fait un temps convenable durant ce jour poussiéreux, mais pas extraordinaire non plus. Hiko nous a éloignés des vieilles routes majeures la plupart du temps. Nous avons rebondi sur des petites routes fracassées ou sur aucune route du tout, d'après les souvenirs de Hiko et une boussole. Il avait fait cette course des douzaines de fois, il pourrait retrouver son chemin de Vegas à Sparks les yeux bandés par au moins une douzaine de parcours différents. Pour moi, c'était totalement nouveau. Je n'étais pas allé à l'Extérieur de la Ville depuis très longtemps, et toute cette poussière, ce sable, le ciel infini et le néant étaient plus qu'un peu intimidants. Serait-ce ma vie dorénavant ? À l'arrière, en Ville, quand j'aidais des Talents 'à être libres', cela semblait être une chose si belle et si noble. Maintenant que j'étais assis là, un tas franchement écœurant de sueur et de poussière collante, le cul engourdi et avec un million de questions, je n'en étais plus si sûr.

C'était pire pour les personnes à l'arrière du camion, bien sûr. Ils ne disposaient même pas d'un siège à moitié rembourré comme moi et ne profitaient pas d'un semblant de brise arrivant par les fenêtres latérales. La dernière fois que j'étais allé les voir, ils étaient tous étendus sur le sol, ressemblant plus aux victimes d'un massacre qu'à des personnes se dirigeant vers la liberté.

Ils ne se sont agités qu'une seule fois, pour nous déranger à l'avant. Alors que nous contournions la vallée de la Mort par l'Est, un cognement soudain dans le mur entre la cabine et l'arrière du camion nous obligea à nous arrêter. Je sautai pour vérifier et je vis Rob qui passait la tête par le filet au moment où j'arrivais à l'arrière.

— Jac dit que nous devons aller vers l'ouest pendant un certain temps, dit-il en levant une main pour pousser ses cheveux noirs emmêlés de sueur de son visage.

— Il l'a dit, n'est-ce pas ?

Même si j'avais un certain respect envers Jac pour ses capacités, je ne savais pas comment elles s'étaient étendues à la navigation, d'autant plus qu'il n'était jamais venu ici.

— Oui, dit Rob, légèrement exaspéré.

Il était tellement habitué à accepter la parole de Jac comme la vérité qu'il s'interrogeait rarement.

— A-t-il dit pourquoi ?

Jac montra son visage derrière le filet, juste derrière Rob et je regardai son doigt glisser longuement sur l'épaule de celui-ci.

Son ami écouta en silence, puis reporta son regard sur moi.

— Il y a un mauvais endroit appelé Yucca devant, vers l'est. Il a l'air mauvais comme les sanofres. Nous devrions rester aussi loin de lui que nous le pouvons.

Je regardai le visage de Jac pendant que Rob parlait, les yeux bleus sincères et si bizarrement d'un autre monde à la fois.

— Mal beb, dit Jac brusquement de cette voix râpeuse et douce. Mal Yuki beb.

Rob le regarda, les yeux écarquillés, puis par-dessus son épaule dans le camion. Mon cœur hésitait entre sauter ou tomber, alors il s'agita juste sur place comme un prétendant nerveux.

— Bébé…de Yuki ? répétai-je doucement.

Jac inclina simplement la tête, puis il fit une pause et m'adressa ensuite un fabuleux sourire.

— Est fille.

Je déglutis difficilement et clignai des yeux pour éloigner une humidité soudaine.

— Le sait-elle ?

Il inclina la tête.

— Maman sait toujours.

Rob baissa les yeux, un sourire en coin.

— Félicitations, mec.

— Allez plein oues, déclara Jac. Restez loin de endroit Yucca.

Je hochai simplement la tête, hébété.

— Nous irons.

Et nous l'avons fait. Hiko ne contesta pas beaucoup et finalement je lui dis ce que Jac m'avait dit. Il m'offrit un grand sourire et des félicitations. Je suppose que nous étions de la famille maintenant, puisqu'Yuki est sa sœur. Un enfant, une petite fille…

NOUS NOUS arrêtâmes pour la nuit, trouvant un endroit pour cacher le camion et sortant des couvertures de sous les sièges pour fabriquer des couchages sous l'énorme ciel. Personne n'eut assez de nourriture, mais personne ne mourut de faim. Nous étions tous endoloris et tous contusionnés par la journée cahotante et les secousses. Mais, un peu plus tôt dans la soirée, Jac avait ouvert l'étui qui contenait le cadeau de Patrick et il avait joué pour nous. Je n'avais reconnu aucun des airs simples alors qu'il s'habituait au clavier. Mais je fus fasciné par les larmes lentes qui coulèrent sur son visage alors qu'il jouait.

Après quelques airs, il commença une nouvelle mélodie et un chatoiement se forma dans l'air au-dessus du clavier. La ritournelle était calme, mélancolique, presque triste et le miroitement grandit et prit forme pour devenir un paysage, une vue qui prit toute sa place devant nos yeux. La musique se tut et roula. Soudain, l'eau déferla massivement d'un des côtés de l'image, roulant vers un rivage sablonneux, s'éclatant dessus dans une ruée sifflante et refluant dans un murmure. Des oiseaux, des oiseaux blancs piaillaient, un son fort et rauque s'intégrant parfaitement dans la mélodie.

Sur la plage, de grandes zones herbeuses claquaient comme des épées, en réponse à la mer.

Et ensuite, miracle des miracles, je pus le sentir. Une odeur épaisse, pointue, salée sur une nouvelle fraîcheur qui vous brisait le cœur. L'odeur terreuse du sable. La forte odeur de l'herbe verte, presque médicinale. La musique, les images, les sons et les odeurs de l'océan suffisaient presque pour vous transporter dans un autre monde. Un monde différent où les hommes pouvaient faire de la magie avec leur esprit et leurs doigts, et où la liberté était à la portée de chaque âme.

Cela prit fin, bien sûr. Cela devait. Doucement, soigneusement et aussi avec délicatesse, puis nous sommes tous allés nous coucher. Que pouvions-nous dire vraiment ? Merci était si peu.

Jac ferma soigneusement l'étui et laissa Rob le conduire vers leurs couvertures et je pense l'avoir entendu pleurer doucement, mais je n'osai pas demander. Je m'allongeai avec Yuki dans mes bras et regardai l'immensité des étoiles et je savais que oui, il en valait la peine. Sans aucun doute.

CMT. Enquêtrice Première Classe Julia Childers
19 h 12
New Las Vegas Centre Empathe

— Il n'est pas là ? Où diable est-il ?

Julia Childers venait d'arriver à la chambre de soins 23 et l'avait trouvée vide. Elle était carrément déconcertée. L'Observateur le plus proche en poste lui offrit uniquement la réponse la plus neutre.

– Il n'est pas là.

— Il a été libéré ce matin, continua l'Observatrice, une femme mince aux cheveux gris, comme s'il s'agissait d'un fait que l'enquêtrice eût du savoir.

— Comment peut-il avoir été libéré ? Je suis venu de Chicago pour le tester !

— D'après les dossiers, il n'y avait aucune raison de le retenir, déclara l'Observateur en regardant un écran sur son bureau. John Doe 439 a été jugé sans intérêt ou utilité pour le centre et laissé libre de s'en aller, informa-t-elle en levant les yeux sur Childers. Nous n'avons pas de prise sur les sorties.

Julia serra ses dents si fort qu'elle put presque sentir des petits morceaux d'émail se détacher.

— Où a-t-il été relâché ?

— À la porte d'entrée, Madame. Là où toutes les personnes inutiles sont libérées.

Patrick
19 h 40
Centre Empathe

J'ATTENDAIS.

Il semblait qu'il n'avait pas grand-chose à faire pour moi. Je nettoyai ma chambre, empilai mes quelques effets personnels sur mon bureau. Puis je me couchai sur mon lit, mon pull bleu sur la poitrine et je fixai le plafond, me demandant quand la personne du siège viendrait.

La journée avait été interminable. Je m'étais entretenu avec Dana deux fois et elle avait semblé presque heureuse de l'arrivée imminente de cet enquêteur. Je n'aurais jamais deviné que Dana pouvait avoir autant de mal en elle. Je suppose que nous ne nous connaissons pas très bien les uns les autres ici. Une autre chose à laquelle je n'avais jamais vraiment pensé. Nos vies sont-elles aussi stériles que notre environnement ?

Je me surpris à penser au sable et à l'eau. À de la boue et à des plantes, et à des choses dans lesquelles vous pourriez plonger vos mains ou les saisir. J'avais abandonné ces choses quand j'étais entré dans la Ville et elles ne m'avaient jamais manqué.

Maintenant, je me demandai si j'avais abandonné quelque chose d'important. Mais je ne devais pas me laisser aller à ces pensées. Je devais m'occuper de ses affaires, m'endurcir pour ma réunion imminente avec l'enquêteur. Une partie de moi espérait que cela n'arriverait pas avant le lendemain, mais je savais que je ne dormirais pas de la nuit si c'était le cas. Une autre partie espérait que ce serait pour bientôt.

Je reçus l'appel à dix-neuf heures quarante-cinq. Rendez-vous à la Salle de Lecture Trois. Immédiatement.

Salle de Lecture ?

Je déglutis, me disant qu'on ne me ferait pas de mal et je sortis pour faire face à l'avenir.

PATRICK HARVEY était un Première Classe Empathe qui avait obtenu John Doe 439 pour son premier cas en solo. J'en avais vu des dizaines comme lui au cours de ma carrière, impatients et facilement intimidés. J'avais scanné ses notes officielles de haut niveau pendant le vol et je pensais qu'il n'y aurait aucun problème pour l'interroger. C'était son jour de chance puisqu'il était la première personne que j'avais réussi à trouver.

Il entra précipitamment dans la pièce, telle une vidéo vacillante du temps jadis. Une seconde immobile, bougeant rapidement la seconde suivante. Je l'observai. Il ressortait grand, les yeux bruns, sur les murs pleins d'équipement et d'instruments. Les Salles de Lecture avaient été conçues pour intimider et bien que je sache qu'il y était venu plusieurs fois auparavant, il était clairement toujours intimidé. Son regard se fixa finalement sur moi au fond de la pièce et il tressaillit visiblement.

— Patrick Harvey, Madame. Vous m'avez fait demander ?

Il se mit en position de repos, les mains croisées dans le dos, les pieds en dehors.

— M. Harvey

Je me penchai en arrière dans le fauteuil que j'avais réquisitionné et je l'étudiai lentement.

— Savez-vous qui je suis ?

— Oui, Madame. Ils me l'ont dit avec la comm de venir ici.

— Savez-vous pourquoi je suis ici,

— Non, Madame.

Sa voix était tremblante, mais il n'y avait aucun moyen de savoir si c'était parce qu'il mentait ou parce qu'il avait peur. Il était connu que les gens avaient peur des enquêteurs du Haut Quartier.

— Je voudrais vous poser quelques questions sur un de vos patients. John Doe 439.

— B…Bien, Madame.

— J'ai cru comprendre que John Doe 439 a été libéré aujourd'hui. Est-ce vrai ?

— Oui, madame.

— Était-ce sur votre recommandation ? Avez-vous émis un avis contraire ?

— Je n'ai pas du tout été consulté.

— Si vous aviez été consulté, auriez-vous recommandé la libération de John Doe 439 ?

Harvey se figea, pendant un court instant, mais assez pour que je le vois.

— Il était en grande partie insensible au traitement.

— largement insensible.

— oui.

— Aucun signe de Talent latent qui aurait pu donner envie de le tester avant de le libérer ?

— Pas…pas vraiment, madame. Rien à signaler.

Je regardai le dossier dans ma main, le feuilletant. Je l'écoutai tousser, souffler, émettre tous les petits bruits trahissant la nervosité.

— Rien qui ne vous est familier ? Qui que soit John Doe, il n'est pas juste un quelconque vagabond. Il devait avoir un Talent d'un certain genre.

Je levai les yeux sur lui juste pour le voir pâlir sous sa peau olivâtre.

— À propos de celui-ci ? Il n'est pas seulement un Talent, il est un trésor. Si jamais il y a eu quelqu'un avec ces trois capacités ainsi que de la télépathie que j'ai trouvée en lui plutôt. Je n'en ai jamais entendu parler.

Je l'étudiai de l'autre côté de la pièce en lui adressant un large sourire.

— Vous êtes un très bon preneur de notes, Patrick. Vos formateurs peuvent être fiers de vous.

Je me levai lentement, posant le fichier sur la table à côté de moi. Je m'étirai, puis je traversai la pièce vers lui. Il tremblait comme un chien effrayé et je marchai droit vers lui dans sa zone de confort et je me réjouis, notant que j'avais la même taille et même que je le surplombai un peu, et je laissai tomber un bras sur ses épaules minces.

— Maintenant Patrick, ronronnai-je de ma meilleure voix menaçante. Voulez-vous changer quelque chose à ce que vous avez dit sur ce John Doe qui n'a pas de Talent valant la peine d'être mentionné.

XVIII

Rob GISAIT sur une mince couverture sur le sable, et l'immensité de velours noir du ciel piqué d'étoiles scintillantes comme des bijoux le réconfortait. Il pouvait presque prétendre être chez lui. Les étoiles étaient les mêmes, le sable ressemblait un peu au sable de la plage, l'air se refroidissait de la même façon dont il le faisait toujours quand le soleil se couchait. Mais il n'y avait aucun bruit de ressac, constant et apaisant à l'arrière-plan et aucune humidité omniprésente dans l'air. Donc, peu importe combien il essayait, il n'arrivait pas à s'en convaincre.

Ce n'était pas chez lui. Pas sa maison, il l'avait toujours su, de toute façon. Peut-être que la seule maison qu'il aurait à partir de maintenant serait là où cet homme serait, cet homme recroquevillé contre son flanc.

Il ne comprenait pas vraiment ce qui l'attachait si fortement à Jac. Il y avait le fait qu'ils étaient presque frères, bien sûr. Ils avaient passé plus de la moitié de leurs vies respectives ensemble, le bon comme le mauvais, le paradis et récemment l'enfer. Mais il y avait plus que cela, il le savait. Il ne savait simplement pas l'exprimer.

Il n'était pas doué pour l'introspection. Mais il savait que si Jac avait besoin qu'il parle pour lui, il le ferait. Si son ami avait besoin de sa force physique, il serait là. Si son presque frère avait besoin de puiser dans son esprit pour n'importe quel besoin, c'était très bien aussi. Parce qu'il savait que Jac donnait toujours en retour autant qu'il prenait et même plus. Et il y avait aussi autre chose sur lui. Il ne ressemblait à personne que Rob avait pu rencontrer.

Tedrick l'avait compris. Avant de quitter l'île, le frère aîné de Jac l'avait pris à part et il lui avait parlé sérieusement du voyage qu'ils s'apprêtaient à entreprendre.

— Jac doit se rendre dans un endroit sûr, lui avait-il dit. Si cela coute la vie à certains…

Il avait haussé les épaules.

— Fais-moi une promesse, Rob. Si tu dois faire un choix, tu devras garder Jac en sécurité.

— Je ne peux pas promettre ça. Tu sais que je ne peux pas promettre de laisser Manda ou toi, ou même…

— S'il te plaît.

Tedrick avait prié, supplié même, des larmes brillant dans ses yeux bleus féroces.

— Promets-moi que tu le protégeras. Emmène-le dans un endroit sûr. Encourage-le à travailler ses dons.

— Tedrick…

— S'il te plaît.

Alors, il avait promis et l'enfer était tombé sur leur voyage. Et dans la foulée, il avait fait tout son possible pour sauver Jac, à moitié en l'encourageant, à moitié en le tirant à travers le sable brûlant vers les tours blanches qu'ils pouvaient à peine voir au loin. Et quand ils avaient finalement été séparés par la soif, la douleur et le délire, il s'était effondré sur le sable sec, persuadé d'avoir échoué à satisfaire la dernière demande de Tedrick.

Se réveiller dans ce lieu blanc étrange dans l'étreinte de Jac avait été un des plus beaux jours de sa vie. Et maintenant, ils étaient là, de nouveau en fuite, cette fois dans un autre inconnu et Jac était toujours cassé. Peut-être que les gens de l'endroit tout-blanc avaient pensé qu'il était réparé, mais il savait. Il pouvait le dire. Il était ce qui s'approchait le plus d'un frère pour Jac et il savait que son ami était encore cassé.

Comme si cela avait été un signal, Jac commença à chuchoter, marmonner juste à la limite du compréhensible, tout en croisant ses bras, il se serra plus fort contre le flanc de Rob. Celui-ci leva la main pour la reposer tendrement sur les cheveux sable rugueux et emmêlés, ne voulant pas l'effrayer.

À quelques pas, une silhouette se dessina dans l'obscurité et la douce voix de Rosemary retentit à peine dans les oreilles de Rob.

— Quelque chose ne va pas ?

— Mauvais rêve, peut-être, répondit-il également tranquillement.

Le reste du groupe était dispersé par un ou deux autour du petit foyer qu'ils avaient eux-mêmes construit. Personne d'autre ne semblait réveillé. Takehiko ronflait doucement sous sa couverture et Wes était une machine à mouvement perpétuel, mais tous les autres étaient immobiles et silencieux.

Rosemary resta silencieuse pendant un moment, la tête penchée de côté.

— Je ne pense pas qu'il dort, dit-elle prudemment. Il est très inquiet. Au sujet d'une personne ?

Rob fit rouler sa tête pour essayer de voir le visage de Jac et assurément ses yeux étaient ouverts.

— Jac ?

Rob leva sa main libre jusqu'à toucher le visage de son ami, se méfiant des cauchemars avec les yeux ouverts. Ils étaient rares, mais étaient toujours un problème. Jac ne semblait pas conscient de son toucher et il continuait simplement à marmonner de manière incohérente, les yeux dans le vague.

— Jac ?

Il lui tapota légèrement la joue. Pas de réponse.

Mâchonnant sa lèvre inférieure, Rob se dégagea doucement, laissant Jac reposer sur la couverture. Il ne réagit à rien et continua simplement à murmurer, regardant fixement les étoiles.

— Nous pourrions avoir un problème, dit Rob.

CMT Enquêtrice Première Classe Julia Childers
Soirée
New Las Vegas Centre Empathe.

— Vous les avez aidés à partir, en fait ?

— Non. Je n'ai rien à voir avec leur départ

— Mais vous saviez qu'ils partaient.

— Non, madame, je…

— Vous leur avez apporté un sac à dos de fournitures, n'est-ce pas ?

— Je Je…

La voix de Harvey se brisait, et sa tunique collait à sa poitrine et à son dos. La sueur coulait sur les côtés de son visage, écrasant encore plus les boucles brunes déjà aplaties. Childers debout et appuyée contre le mur l'étudia pendant un long moment, souriant un peu intérieurement en entendant grogner l'estomac du jeune homme.

— Affamé, M. Harvey ?

— O...Oui, madame, un peu.

— Vous n'avez pas beaucoup mangé, aujourd'hui ?

On frappa à la porte de la Salle de Test rendant toute réponse impossible. Childers ouvrit la porte, irritée, prenant presque Dana Lewis qui entrait dans la pièce dans le visage.

— Que voulez-vous ? aboya l'enquêtrice.

— Vous donner des nouvelles du traqueur, Mme Childers, dit Lewis faiblement. Nous... euh... savons que Hunter et 439 ont tous les deux quitté la Ville par la Porte d'Eau tard ce matin, à peu près au même moment. À pied.

Elle s'avança prudemment vers une petite table sur un des côtés de la salle et posa une carte, la maintenant en place d'une seule main.

Childers se déplaça et se pencha pour regarder la carte, et Lewis risqua un coup d'œil dans son dos sur Patrick. Le jeune homme avait un aspect horrible. Il était enfermé depuis des heures dans cette pièce avec l'enquêtrice et seuls les dieux savaient, pour quel genre d'interrogatoire.

— Allez-vous m'expliquer cela ou rester planté là comme une idiote ? demanda Childers.

— Oh, oui madame. Bien sûr.

Lewis se retourna vers la carte qui était, intentionnellement, une carte plus ancienne, moins précise.

— Les Planeurs les ont tracés sortant de la Voie de Secours ici où ils ont tourné vers le sud. Ils se sont apparemment arrêtés pour la nuit quelque part dans cette zone.

Elle tapota un endroit encerclé et regarda Childers.

— Excellent.

Childers se redressa.

— Envoyez une petite unité de Marines pour les récupérer immédiatement et faites-les amener ici dès qu'ils seront revenus.

— Marines ? glapit presque Lewis.

— Vous avez des Marines ici, non ?

— Ah...oui, mais...euh...je ne peux pas donner des ordres aux Marines, rit presque Lewis. Je n'ai pas ce genre de pouvoir.

— Et bien, trouvez quelqu'un qui le peut.

Lewis la dévisagea un moment, la bouche légèrement entrouverte, puis elle la referma.

— Je vais voir ce que je peux faire.

— Non, ne voyez pas ce que vous pouvez faire, faites-le.

Soirée

PARRI...PARRI...écoute-moi. Est-ce que tu peux m'entendre ?

Parri, je suis avec toi. Je suis ici avec toi. Je voudrais pouvoir t'aider. Je ne sais pas ce que je peux faire.

Peux-tu...essayer de me répondre, Parri. Je sais que tu ne peux pas parler à haute voix ou cette femme entendra. Mais pense à moi. Pense à moi. Concentre-toi. Pense.

As-tu l'image que je t'ai envoyée ? L'eau, le sable et la brise ? Dis-moi si tu l'as reçu. Je peux t'envoyer plus. Parri...Non...Non...Ne fais pas ça...Pas de cette façon. Ne pas...

Parri, tiens... je reviendrai et je te montrerai. Attends. Juste... attends...Je dois penser...comment...à...

TMC Enquêtrice Première Classe Julia Childers
Fin de Soirée
New Las Vegas Centre Empathe.

HARVEY AVAIT du mal à maintenir son attention. Idiot de la classe. Il n'avait rien mangé de toute la journée, n'avait peut-être pas beaucoup dormi la nuit dernière. Childers pouvait le briser à cet instant, mais est-ce que cela valait le coup ? Tout ce qu'elle avait trouvé jusqu'ici, c'était que le garçon savait que 439 avait du Talent et qu'il l'avait laissé partir pour toujours du Centre. Mais il n'avait pas l'autorité nécessaire pour ignorer l'ordre qui était clairement passé par le bureau de Hunter.

— M. Harvey ! aboya-t-elle quand Patrick s'effondra dangereusement près de tomber sur sa chaise.

Le garçon ne répondit pas.

— Harvey, asseyez-vous. Saints.

Dégoûtée, Childers traversa la pièce et secoua son épaule humide. Elle sursauta quand le jeune homme commença à glisser de sa chaise, mou.

— Lewis ! hurla-t-elle, saisissant Harvey pour éviter que sa tête frappe le sol.

— Observateur ! Venez ici maintenant !

22 h 15
Le désert

ROB ÉTAIT agenouillé à côté de Jac, frappant son visage toujours plus durement sans aucune réponse. Rosemary avait quitté ses couvertures et s'était blottie de l'autre côté de Jac, ses bras enroulés autour de ses genoux, son visage montrant une profonde préoccupation.

— Je ne suis pas… Il ne dégage rien pour l'instant, dit-elle d'une voix légèrement tremblante. Aucune émotion. C'est comme s'il n'était même pas là.

— Il est là, déclara Rob fermement en le giflant durement cette fois.

Puis il se pencha pour grogner contre son visage.

— Réveille-toi, triste bâtard. Ne me fait pas ça. Pas maintenant.

Rien. Pas de réponse.

Rob attrapa les épaules de l'homme en l'arrachant du sol et il le serra aussi fort qu'il le put contre lui.

— Bon sang, réveille-toi Jac, cria-t-il déclenchant l'enfer dans tout le reste du camp. Réveille-toi !

Empoignant les épaules de Jac, il attira le corps inerte contre lui et il le secoua, insistant sur le fait qu'il devait se réveiller, se lever, parler, faire quelque chose, faire de mauvaises blagues, chanter faux, simplement faire quelque chose.

Les gens se réveillaient autour d'eux. Hiko s'était levé un fusil à la main et il scannait les environs. Et Sam s'était approché du foyer en trébuchant. Il s'agenouilla près de Rob et posa une main sur son épaule.

— Qu'est-ce qui ne va pas ?

— Il ne veut pas se réveiller, répondit Rob, les dents serrées. Mais il ne dort pas.

— Je peux regarder ? demanda Sam doucement, respectueux de la relation entre les deux hommes.

Rob arrêta de se balancer et laissa Jac reposer dans ses bras, la tête pendante en arrière, les yeux ouverts et fixés sur les étoiles.

— Depuis combien de temps est-il comme ça ?

Sam prit un des poignets de Jac et vérifia son pouls, le trouvant légèrement irrégulier, mais fort.

163

— Je ne sais pas exactement, répondit Rob, regardant Rosemary avec un air interrogateur. Dix minutes, peut-être quinze ? Il a marmonné au début. J'ai pensé qu'il était juste en train de rêver. Il fait des cauchemars…

— Il était inquiet, l'interrompit Rosemary. C'était très fort. Impossible de dormir. Il était inquiet à propos de quelqu'un. Un jeune homme aux cheveux noirs.

— Paddy, dit Rob affirmatif et il regarda son petit frère. Jac, qu'as-tu fait ?

— Qu'est-ce qu'il aurait pu faire ? questionna Sam en se rasseyant sur ses talons et essayant de réfléchir à cela.

Si Jac était inconscient, il y avait quelques techniques qu'il pouvait essayer pour le faire revenir à lui. Mais s'il s'agissait de quelque chose de différent, une chose unique en rapport avec les Talents, tout ce qu'il pourrait faire risquerait d'empirer les choses.

— Est-il un Télépathe ? demanda timidement Rosemary comme si cela ne la regardait pas.

— Oui, assura Sam. Il n'a jamais été testé, alors je ne connais pas sa force.

— Avez-vous une idée de son rang ? continua-t-elle moins hésitante.

Sam secoua la tête à regret, aidant Rob à rallonger Jac sur la couverture.

— Il est loin, je pense, dit la voix de Wes derrière eux. Cette personne pour laquelle il est inquiet est retournée dans la Ville, c'est ça ?

Il continua après avoir reçu trois hochements de tête affirmatifs.

— Je l'ai entendu plutôt dans la soirée. Il parlait à quelqu'un nommé Paddy.

— Vous l'avez espionné ? gronda Rob.

— Pas…du tout. C'était vraiment très fort. Je n'ai pas pu m'en empêcher. J'imagine qu'Eve l'a entendu aussi. Il a vraiment dû pousser son esprit.

— Seigneur, Jac, murmura Rob, en repoussant la tignasse blonde emmêlée du visage de son ami. Où es-tu ?

— Et bien, dit Sam en réfléchissant à une approche. Nous devons le trouver. Wes, pouvez-vous l'entendre en ce moment ?

— Désolé.

Le gamin paraissait vraiment désolé, assis seul, enveloppé dans sa couverture pour se protéger du froid de la nuit du désert.

— Je peux, dit faiblement une voix dans l'obscurité. À peine.

— Tu en es sûre ? questionna une autre voix douce. Ne te force pas, bébé.

— Je peux l'entendre, Charlie, répondit Eve, levant légèrement la voix. Il est coincé. Il ne peut pas revenir.

XIX

Fin de soirée
New Las Vegas, Centre Empathe.

— IL SEMBLE qu'il se soit tout simplement évanoui, informa Lewis, en prenant le poignet de Patrick avec trois doigts alors que deux Observateurs installaient le jeune homme sur une civière. Savez-vous s'il a mangé ?

— Comment pourrais-je le savoir ? grogna Childers de l'endroit où elle était accroupie sur un tabouret trop petit. Je suis juste son gardien.

— Bien sûr, bien sûr, rétorqua Lewis en plaçant la main de Patrick sur son ventre. C'est seulement qu'il est extrêmement prédiabétique. Il se régule bien en autotraitement, mais s'il manque des repas, eh bien…

Lewis haussa les épaules.

— Je dois l'emmener au Centre Médical pour un bilan rapide.

— Comment peut-il avoir du diabète, que vous le sachiez et que rien n'ait été fait à ce sujet ?

Childers semblait complètement abasourdie. Furieuse, mais stupéfaite.

— Comment fonctionne cet endroit ? Avez-vous tous perdu la tête ?

— Nous fonctionnons très bien, Mme Childers. Quand on nous laisse gérer nos propres horaires et nos affaires.

Il était clair que le brusque changement de calendrier était la cause de tous les problèmes.

— D'accord.

Childers se leva si vite qu'elle renversa le tabouret.

— Nous verrons cela plus tard.

Elle avança jusqu'à Harvey qui gisait, pâle et silencieux, sur le brancard, les cheveux en épi après que la sueur avait séché.

— Très bien, emmenez-le et il doit être revenu ici demain à sept heures, compris ? Nourris. Je ne veux pas qu'il s'évanouisse une nouvelle fois.

— Oui, Madame, accepta Lewis avec un hochement de tête. Comme vous voudrez.

Elle hocha la tête en direction des Observateurs et fit sortir le petit cortège de la Salle de Tests. Puis ils traversèrent rapidement les couloirs vers les ascenseurs les plus proches.

Childers arpentait la Salle de Tests, maudissant Harvey, Lewis, Hunter, John Doe 439, toute la population de New Las Vegas et même ses patrons pour l'avoir envoyée ici. Ce travail était délirant. Totalement délirant. Elle ne trouvait personne. Impossible d'obtenir des informations. N'arrivait même pas à conserver un sujet conscient pour l'interroger. Qu'est-ce qui allait de travers dans cet endroit ?

Brusquement, elle s'arrêta en regardant une hotte lumineuse de laboratoire sur le mur. Impossible de trouver quelqu'un. Que se passait-il avec les Marines qui cherchaient Hunter ? Lewis n'avait pas parlé d'eux et maintenant, elle avait disparu. Bordel de merde ! Quelle petite fouine fuyante. Et elle ne lui avait même pas dit où elle devait s'installer pour la nuit.

Saisissant son sac, elle claqua la porte de la salle et partit à la recherche de la première personne qu'elle pourrait intimider, secouer ou matraquer pour obtenir des réponses à ses questions. Elle espérait presque croiser quelqu'un. Elle éprouvait le besoin de se colleter avec quelques malheureux trous du cul.

Dans un ascenseur du Centre Médical.

— Pré-diabéte ?

La voix stupéfaite de Patrick était à peine audible, ses lèvres bougeant à peine, les yeux toujours fermés.

— C'est ce que j'ai trouvé de mieux en si peu de temps, murmura Dana en retour, poussant seule la civière. Laisse-moi te trouver une chambre pour te cacher et je te trouverai un peu de nourriture.

— Tu ne dois pas faire cela, Dana.

— Je sais. C'est ce qui est amusant.

Centre Médical
Unité de court séjour

Dana poussa le brancard jusqu'à la station des Observateurs et demanda où Georges Spencer travaillait. Après les explications, elle trouva son vieil ami dans un centre pharmaceutique, comptant des comprimés dans des gobelets en papier.

— Georges ! Transféré à nouveau ?

Georges leva les yeux avec un sourire endormi.

— J'ai juste besoin de me nourrir, chérie. Qu'est-ce qui t'amène ? Tu ne te sens pas bien ?

— Non.

Dana regarda autour d'elle distraitement afin de situer les caméras de sécurité et se positionna pour que son visage soit hors de visée.

— J'ai besoin que tu rendes malade quelqu'un pour moi, dit-elle à voix basse.

Georges haussa un sourcil.

— Voilà qui sort un peu de la gamme de services normaux, tu ne trouves pas ?

— Ah ! Mais tu sors aussi de l'ordinaire, Georgie, sourit Dana. Allez, juste quelque chose de simple. Je dois simplement lui donner quelques vertiges et le rendre malade pour deux jours. Rien de fort. Et rien qui peut brouiller son esprit.

Georges regarda le jeune homme pâle en uniforme sur la civière.

— Il ne semble déjà pas en grande forme.

— Il est juste fatigué. Et affamé.

Dana continuait à parler à voix basse.

— Je dois le mettre dans une salle de soins et lui trouver un peu de nourriture. Et puis… allez, de quoi te soucies-tu ? Seulement un truc pour lui faire tourner la tête, ce sera bien.

— Qu'est-ce que je gagne là-dedans ? demanda Georges, soupçonneux, en grattant ses cheveux courts et gris.

Dana se pencha plus près.

— Tu baises le système, chuchota-t-elle.

— Ohhhh, dit Georges lentement, puis il sourit. Pourquoi n'as-tu pas dit cela plus tôt ? Mets-le en salle de soins 7. Elle est hors service. Moniteurs systèmes cassés. Je regrouperais tout ce dont tu as besoin.

— Je t'en dois une.

— Oui, en effet, mon amie.

— Oui, marmonna Patrick, s'attirant un regard préoccupé de Dana qui le dirigeait et le tirait à moitié de la civière au lit étroit. À peine.

Puis :

— Jac ? Jac ? murmura-t-il, sa voix devenant plus douce et plus inarticulée. Est-ce que tu vas bien ? Jac ? J'aurais dû t'écouter. Je suis désolé. Je suis désolé.

Georges poussa la porte avec un plateau-repas et une boîte de seringues, et Dana l'arrêta juste après. Patrick était arqué sur le lit, levant un bras tremblant comme s'il essayait d'atteindre quelque chose, ou de le retenir, les yeux fermés et des larmes coulant sur son visage.

— Je ne peux pas t'entendre, pleurait-il. C'est trop faible. S'il te plaît. Reviens.

Un silence tendu régna pendant un long moment dans la pièce, puis Patrick s'effondra, comme désossé, sur le lit. Dana inspira profondément.

— Ben merde, fut tout ce qu'elle dit.

Le désert.

— QU'EST-CE QUE vous voulez dire par 'il est coincé' ? s'inquiéta Rob, accroché à Jac comme s'il pouvait ancrer l'homme plus âgé par pure volonté.

— Il n'est nulle part, dit la voix douce d'Eve. Pas ici. Pas là. Juste… perdu.

— Seigneur, murmura Sam, en regardant autour de lui dans l'obscurité presque totale, se sentant absolument inutile. Que pouvons-nous faire ? Rob ?

— Je ne sais pas, dit Rob sèchement, la voix tremblante. Jamais perdu avant, pas même…jamais.

Il caressait compulsivement les cheveux de sable avec sa main, son autre bras enroulé autour de Jac, le maintenant près de lui.

— Rob, déclara Rosemary en se rapprochant de lui. Rob, réfléchis. Calme-toi et pense. Que faisait-il ?

Rob prit une profonde inspiration, regarda autour de lui vers le groupe qui s'était rapproché dans l'obscurité.

— Il essayait probablement de parler à Paddy. C'est ma supposition.

— Bien. Et à ma connaissance, Patrick est très faible en Télépathie, aussi Jac a-t-il dû faire presque tout le travail.

Sam mâchouilla l'ongle de son pouce pendant un moment puis il regarda Eve blottie dans sa couverture avec Charlie.

— Pouvez-vous encore l'entendre, ma belle ?

— à peine.

— Bien. D'accord. Réfléchis, Sam, réfléchis. Nous devons en quelque sorte…nous devons stimuler le signal d'Evie afin qu'elle puisse atteindre Jac. Est-ce faisable ?

Il fut dévisagé par une collection d'expressions vides. *D'accord, essaie encore.*

— Nous devons augmenter la puissance d'Evie. Est-ce que quelqu'un sait comment faire cela ?

Voilà, c'était plus simple et plus court.

— Je suis le partenaire de Jac, déclara Rob comme si c'était la chose la plus naturelle au monde. Evie, qui est votre partenaire ? Est-ce Charlie ?

— Partenaire ? demanda Charlie, parlant pour la première fois. Un truc personnel, pas vrai ?

Rob cligna des yeux et pencha la tête, passant ses doigts dans les cheveux de Jac.

— Eve obtient-elle de la force de vous ? demanda-t-il lentement.

— Pas que je sache, répondit-il.

— Parfois, assura Eve.

Charlie se tourna vivement pour regarder son amante.

— Tu le fais ?

— Parfois. Pas beaucoup.

— Et bien, pouvez-vous vous appuyer sur lui maintenant ? demanda Sam avec impatience.

Il ne voulait pas spécialement interférer dans une querelle amoureuse entre eux deux, mais le temps était précieux.

— Ce n'est pas facile, dit Eve tremblante. Cela demande de la concentration. J'ai peur de perdre Jac.

— Utilisez-moi, dit brusquement Rob, semblant désespéré. Je peux vous alimenter. Je… simplement…nous devons nous toucher.

Il essaya de se lever sans lâcher Jac, la peur le faisant chanceler.

Sam posa une main sur son épaule et l'empêcha de se lever.

— Ce sera plus facile pour Eve de venir vers toi, fils. Installe-toi, prépare-toi pour ce que tu dois faire.

L'homme hocha la tête et appuya son visage contre les cheveux de Jac, murmurant trop doucement pour que quiconque puisse entendre. Rosemary se rapprocha de l'autre côté de Jac et toucha en hésitant une de ses mains, la trouvant étonnamment fraîche. Elle croisa le regard sombre de Rob par-dessus la tête de Jac et lui offrit un sourire encourageant.

— Peut-être que je peux aider, dit-elle. Je n'interviendrais pas, cependant.

Rob hocha simplement la tête, puis il regarda pendant que Sam prenait Eve dans ses bras pour l'amener près du foyer et posait la mince jeune femme près de lui. Rob prit une profonde inspiration et passa un bras autour d'Eve, laissant l'autre autour de Jac, les tenant tous les deux contre lui.

— Je peux faire autre chose pour aider ? demanda Sam au-dessus d'eux.

— Nous garder au chaud si cela dure pendant un certain temps, dit Rob avec un sourire nerveux et incertain. Et peut-être me trouver quelque chose sur quoi je peux m'appuyer.

— Appuie-toi contre moi, déclara immédiatement Rosemary.

Elle bougea pour se mettre derrière Rob. Elle s'installa, genoux écartés, et enroula ses bras autour d'eux.

— Merci, dit Rob.

Et Sam partit pour rassembler des couvertures.

— Prête ? s'assura Rob auprès d'Eve qui se trouvait assise entre lui et Charlie.

— Dites-moi juste ce que je dois faire, répondit-elle doucement. Il s'affaiblit.

— D'accord, dit-il. Je vais me taire et puis juste ouvrir mon esprit pour vous, d'accord ? Je ne sais pas comment vous verrez l'énergie. Jac voit de la couleur. Mais il suffit de laisser couler en vous tout ce que vous voyez ou entendez ou goûtez. Il suffit de le toucher et de le laisser couler en vous. Je prendrai soin de lui après. Vous comprenez ?

— Oui, dit Eve d'une voix tremblante.

— Je suis ici mon amour, murmura Charlie.

— Allons-y, dit Rob.

Il ferma les yeux, prit une profonde inspiration et il s'ouvrit avec une parfaite confiance, comme il l'avait toujours fait avec Jac.

Sam s'arrêta à un mètre du petit groupe, les bras chargés de couvertures, et il les regarda avec quelque chose approchant de la crainte. En plus d'être un Première Classe Empathe, le Talent sur lequel il avait choisi de se concentrer, Sam était aussi un Deuxième Classe Psychique Générale, capable de détecter les forces non physiques. Il n'avait jamais entendu parler d'un travail tel que celui que Rob faisait actuellement au cours de ses années au sein du TMC. Peut-être que c'était quelque chose

171

de si fondamental, donc non-Talentueux, qu'aucun chercheur n'y avait pas encore pensé.

Mais quand Rob ouvrit sa force, alors que Sam réfléchissait, la flambée psychique qui se mit en place était étonnante. Lorsque Sam regarda psychiquement, Rob flottait dans une mer de flammes erratique. Eve, en comparaison, était une tache amorphe de couleurs entrelacées, déroutante et presque écœurante à regarder. Mais un brin bleu-vert commença à sortir de la masse et lécha le bord du feu.

En un battement de cœur, le vert-bleu s'épaissit, s'assombrit, ralentit sa torsion et commença à monter en une spirale fragile. Les flammes grimpèrent le long du brin, parfois vacillantes, parfois montant rapidement sur la longueur entière. Mais elles restaient la majeure partie près du point de contact original, alimentant en énergie la spirale.

— Veux-tu que je les couvre ? demanda Hiko derrière l'épaule de Sam qui faillit laisser tomber les couvertures.

— Quoi ?

Sam cligna des yeux et fronça les sourcils vers Hiko.

— Tu es debout à les observer depuis près d'une demi-heure, rétorqua ce dernier, en hochant la tête vers le groupe de travail. Ils commencent à trembler.

— Merde. Bordel. Une demi-heure ?

Sam passa environ la moitié des couvertures à Hiko.

— Occupons-nous de les couvrir.

Il s'installa calmement à côté de Charlie et étendit une couverture sur Evie et lui, puis en ajouta une autre en plus.

— Alors, ça marche ?

— Evie dit qu'elle peut l'entendre plus fort, mais elle a du mal à ce qu'il se concentre.

Charlie haussa les épaules, des épaules minces qui dansaient sous la couverture.

— Il se pourrait qu'il se disperse, quelque chose comme ça.

Non Non Non Non Non Non. Pas après tout ce qu'ils avaient fait. Sam tapa doucement son épaule contre celle de Charlie.

— Merci pour tout ce que tu fais, fils.

Il changea de côté, entendant Hiko qui parlait doucement à Rosemary, et posa une couverture sur Rob et Jac. Ces derniers étaient tête contre tête et Sam s'assit pendant un moment pour étudier le visage de Jac, les yeux bleus vides qui clignaient seulement lentement maintenant et sans aucune indication de vie.

— Est-ce qu'il vaut cela ? demanda-t-il doucement à Jac. Je sais où tu es allé. Et maintenant, tu pourrais être en train de te tuer, en fait. Alors est-ce qu'il en vaut la peine ?

Les yeux vides ne lui répondirent pas évidemment. Seulement un clignement lent... blink blink... Et brusquement, Sam sentit son esprit bouillir, ce qui lui donna l'envie de se frapper la tête de frustration. Qu'est-ce qui pourrait distraire Jac de Patrick ? Bien sûr, bien sûr.

— Eve, dit-il tranquillement, mais avec une certaine urgence. Dites-lui que Rob a besoin de lui. Dites-lui qu'il ne peut pas le quitter. Qu'il doit se ressaisir et lui revenir.

— D'accord, murmura-t-elle.

Sam regarda brièvement les connexions et il vit la spirale vert-bleu lumineuse croître et forcir. Les flammes la nourrissaient encore et encore et...peut-être qu'elles commençaient un peu à diminuer. Il n'avait aucune idée du temps pendant lequel Rob pourrait fournir de l'énergie à une autre personne sans se drainer dangereusement, mais il ne voulait pas vraiment le savoir.

Il regarda autour de lui le reste du petit groupe qui s'était rassemblé à proximité, de l'autre côté du foyer, observant et somnolant.

— Wes ?

— Ouais ?

L'adolescent bâilla légèrement et tira sa couverture autour de ses épaules.

— Pourriez-vous vérifier et voir si vous récupérez Jac maintenant ?

— Il était parti assez loin.

— Mais peut-être qu'il est plus proche maintenant, déclara Sam patiemment. Vérifiez, d'accord ?

— Très bien, soupira Wes.

Et il laissa tomber sa tête entre ses mains. Après quelques minutes, il regarda Sam à nouveau et secoua la tête.

— Désolé, encore trop loin. Il ne se passe rien.

Merde, c'était foutu. Sam fit des va-et-vient entre le groupe et l'alimentation du foyer, essayant de sortir une autre idée de son esprit fatigué. Rien ne venait. Il était déjà si loin de son ancienne expérience qu'il n'arrivait pas à comprendre ce qui se passait et encore moins penser à autre chose. La chaleur d'une main sur son bras l'arrêta et il baissa les yeux pour croiser le regard mordoré de Yuki.

— Le contact semble important, dit-elle doucement. Peut-être que Wes a besoin d'un contact, ajouta-t-elle en hochant la tête vers le groupe.

— Oh ! Merde, murmura Sam et elle sourit doucement.

— Tu es fatigué, constata-t-elle doucement.

— Même pas, grommela-t-il. Wes ? Viens ici mon garçon et touche ces gars-là.

— Je dois faire quoi ?

— Le contact physique, déclara Sam impatient en se dirigeant vers lui. Il semble aider. Viens ici.

— D'accord.

Semblant aussi excité que dubitatif, Wes posa une main sur une jambe mâle musclée et sur une autre féminine et mince. Il respira profondément à plusieurs reprises puis contacta Rob avec précaution.

Sam lut avec inquiétude le groupe, regardant la télépathie de Wes se courber en hésitant au-dessus de la flamme de Rob. Il se mordit la lèvre pour ne pas presser le garçon sachant que cela n'amènerait rien de réellement bon et pourrait causer bien des catastrophes. Juste au moment où il pensait qu'il ne pourrait pas se contrôler plus longtemps, Wes puisa en Rob et sa pâle lueur éclata en un feu de joie doré.

— Meeerde, dit Wes, la voix tremblante d'émotion.

Sam l'attrapa par les épaules.

— Concentration, concentration. Pas le temps de jouer. Peux-tu atteindre Jac ? Evie le tient. Peux-tu le voir ?

— Euh…

— Là, chuchota Evie. Là, voir ?

— Oh…oh ouais…

— Dis-lui que Rob a besoin de lui, dit Sam à l'oreille de Wes. Dis exactement ça. Rob a besoin de toi. Reviens maintenant.

Sam se remit à les lire et il regarda les couleurs dansant entre les trois, inquiet de la rapidité avec laquelle la flamme de Rob perdait sa force.

— Là ! dit Eve triomphalement. Viens maintenant, viens maintenant.

Wes marmonna indistinctement, mais cela semblait répétitif. Sam portait la plus grande partie de son attention sur le monde réel et seulement une petite partie sur la lecture lorsque la flamme de Rob jaillit brusquement. L'homme aux cheveux noirs se détendit simplement et il glissa partiellement loin de Jac sur le sol, son corps devenant trop lourd pour que Rosemary puisse le soutenir.

Eve gémit et Charlie l'attrapa immédiatement. Wes se rassit vivement sur le sable, confus et clignant des yeux. Rosemary rampa pour s'éloigner du groupe. Et soudain, Jac se redressa, puis il se pencha et toussa, les yeux pleurant en continu. Il fit une pause d'un quart de seconde seulement avant de se jeter à côté de Rob. Il colla ses mains sur le visage de l'autre, déposa des baisers sur ses joues avant de se figer joue contre joue avec lui.

— Est…est-ce qu'il va bien ? demanda Rosemary avec hésitation.

— Il ira, coassa Jac.

— Est-ce que vous allez bien ? questionna-t-elle les yeux écarquillés.

— Je ne sais pas, dit-il, et il reporta son attention sur Rob.

Sam regardait simplement chacun des autres, dispersés tout autour sur le sable et il se rendit compte qu'il pouvait faiblement voir chacun de leurs visages. Le ciel à l'Est était devenu d'un gris fragile et Sam se sentait vieux, abattu et fatigué comme s'il n'avait pas eu assez de sommeil. Hiko finissait de s'occuper du camion, transportant des bidons d'essence sur son dos et remplissant le réservoir.

— Nous aurons beaucoup de choses à discuter les gars, déclara finalement Sam. Une grande quantité à comprendre. Mais d'abord, nous devons bouger. Petit-déjeuner rapide, puis on charge le camion. Avec de la chance, nous devrions être à Sparks avant la tombée de la nuit.

Ou pas, pensa-t-il en lui-même. Mais il allait essayer de rester positif.

XX

New Las Vegas
Centre Empathe

— Bonjour, Mme Childers.

— Bonjour, Lewis, c'est ça ?

— Oui, madame.

Dana prit poliment un siège en face de Childers dans le bureau de Sam Hunter que cette dernière avait revendiqué comme le sien pour son séjour ici.

— Est-ce que Harvey est toujours en retard ?

L'enquêtrice n'avait pas l'air d'avoir retrouvé tous ses esprits après une nuit de sommeil, mais Dana supposa que la femme avait dû beaucoup réfléchir

— Ah, non. Harvey serait plutôt en avance. Mais il est au Centre Médical ce matin. Je suis venue pour vous aider avec…

— Au Centre Médical ?

Childers se pencha en avant dans son fauteuil et fit claquer ses deux mains sur le bureau.

— Qu'est-ce qu'il fait là-bas ?

— Il est en traitement.

Ça lui brûlait les lèvres d'ajouter : Et pourquoi d'autre, idiote ? Mais elle résista.

— Traité pour quoi ? Pour son prédiabète ?

— Exactement. Il semble qu'il n'ait pas mangé régulièrement depuis quelques jours et son taux de sucre est complètement déréglé. Quelques jours de repas réguliers et un peu de médicaments, et cela devrait être bon.

— Donc, il est indisponible. Merde. Eh bien, qu'avez-vous à dire sur Hunter et 439 ? Est-ce que les Marines les ont amenés ici ?

176

— Pas la nuit dernière, Madame, non. Les commandos ne sont pas sortis après la nuit noire et... euh... ils ont décidé de simplement veiller sur les traqueurs et d'attendre jusqu'au matin, sauf si les traqueurs se déplaçaient.

Childers passa ses deux mains dans ses cheveux hérissés et donna l'impression qu'elle envisageait de sauter par la fenêtre à courte distance du bureau.

— Ai-je raison d'espérer qu'ils sont sortis en reconnaissance ?

— Oh oui, Madame. Une unité d'élite est sortie ce matin à l'aube, se dirigeant directement là où se trouvaient les traqueurs.

— Et ?

— Il n'y avait personne, Madame.

Childers ouvrit la bouche, la referma aussitôt et prit une longue inspiration avant de parler.

— Et pourtant ils sont allés à l'endroit où étaient les traqueurs.

— Oui.

— Ont-ils trouvé les traqueurs, au moins ?

— Non, pas vraiment, madame.

— J'ai peur de demander.

— Ils étaient apparemment quelque part sous le sable. Le vent était lourd à l'ouest, hier. Le commandant a déclaré que les traqueurs pouvaient être enterrés à plus d'un mètre en dessous.

—Et bien sûr, le vent a anéanti toutes les pistes.

— J'en ai bien peur.

Childers considéra le visage d'innocente de Lewis par-delà le bureau et elle pouvait presque sentir un ulcère en progression.

— Avez-vous une idée, à quel point, je commence à détester votre belle ville ? demanda-t-elle les bras croisés.

— Cela doit être difficile, répondit Lewis avec une fausse compassion.

Childers la détestait. Elle fixa le visage candide sachant très bien qu'il cachait des choses. Il était temps de cesser d'être sympathique.

— Faites venir trois Observateurs avec nous maintenant, dit-elle tranquillement.

Lewis ouvrit les yeux en grand durant un bref instant. Elle ne s'attendait pas à cet ordre.

— Oui, madame. Si vous voulez bien m'excuser un instant.

— Un instant, dit la Lectrice. Ensuite, je veux que vous reveniez ici.

Le désert.

LE DEUXIÈME jour à l'arrière du camion fut pire que le premier. La température grimpait encore plus haut que la veille, tout semblant de route intacte avait disparu et tout l'intérieur du camion était étouffant de chaleur sous une couche de plus en plus épaisse de poussière. Plus personne n'essayait de s'asseoir. Ils s'étaient tous allongés sur le sol en essayant de se tenir à l'écart les uns des autres pour un peu de fraîcheur et en même temps ils restaient près de ceux qui leur étaient nécessaires. Personne ne parlait. Ils ruminaient tous les événements de la veille dans leurs propres têtes et essayaient de saisir toutes les implications.

Ils essayèrent de dormir, pas la chose la plus facile avec la sueur creusant des lits de rivière dans la poussière sur leurs corps.

— Dites-moi que là où nous allons il ne fait pas aussi chaud, murmura Wes sèchement à un moment donné.

Personne ne répondit.

Rob se réveilla au milieu de la matinée, amenant une brève vague de bonne humeur. Jac et lui s'embrassèrent légèrement sous une vague tiède de huées et de sifflements desséchés. Alors Rob salua chacun d'entre eux et Jac sourit avec lassitude puis ce fut le retour à une quasi-inconscience pour tout le monde.

Quand le soleil fut haut dans le ciel, Hiko sortit le camion de la route fracassée et se dirigea vers un morceau de verdure qui se révéla être un petit lac entouré d'arbres et de broussailles. Une fois le camion garé à l'ombre, la température à l'intérieur commença à baisser de façon mesurable, mais ils étaient déjà tous à l'extérieur. Ils se dirigèrent vers l'eau, sentant une brise faible.

— Ce lac est sûr ? demanda Sam, inquiet.

— Il l'était la dernière fois que je suis passé ici, dit Hiko. Il est sur ce qui était autrefois des réserves et il est resté assez propre.

— Tout de même, dit Sam et il les appela pour le dire : ne buvez pas l'eau du lac. Il pourrait être contaminé, mais pas suffisamment pour ne pas vous asperger.

— Oh, mon Dieu, dit Yuki et Rosemary commença à rire.

Sam se retourna pour voir ce qui attirait leur attention juste à temps pour voir Jac et Rob enlevant leurs vêtements en un tas désordonné sur le rivage et courir côte à côte directement dans l'eau.

— Hé, attendez ! Nous ne savons pas...

Mais ils disparurent tous les deux sous l'eau pour réapparaître plusieurs mètres plus loin, s'aspergeant et souriant. Ils remontaient à la surface seulement assez longtemps pour reprendre leur souffle et se railler avant de plonger à nouveau.

— Seigneur, dit Hiko presque respectueusement. Ils ressemblent à des poissons.

— Ils ont grandi près de l'eau, lui dit Sam presque distraitement, observant les éclaboussures brillantes et les coups de pieds dans l'eau.

Puis il se tourna et vit des expressions allant de l'étonnement à la jalousie sur les visages des autres spectateurs.

— Comment peuvent-ils faire cela ? demanda finalement Charlie, exprimant la pensée de tous les autres. N'importe qui peut-il le faire ?

— Ça s'appelle de la natation, dit Sam. Et je pense que n'importe qui peut le faire, mais il faut avoir un professeur. Vous devez apprendre.

— Je veux apprendre, dit Wes fermement et il commença à enlever ses vêtements tout en se dirigeant vers le lac.

— Non...attends, attends.

Sam partit derrière lui, l'attrapant alors qu'il était sur le point de mettre un pied dans l'eau.

— Si tu ne sais pas nager, aller dans des eaux profondes est dangereux. Tu pourrais mourir.

— Je n'irai pas où c'est profond, dit Wes en libérant son bras et en avançant dans le lac.

À cent mètres ou plus de distance, Rob refit surface, observant avec intérêt. Il appela Jac quand celui-ci réapparût à son tour pour respirer.

Jac replongea dans l'eau et coupa tout droit vers Wes, émergeant en éclaboussant tout avec ses cheveux mouillés. Wes rit quand l'eau éclaboussa sa poitrine et son visage. Dans son enthousiasme, il repoussa ses cheveux de son visage, révélant une vision de cauchemar de cicatrices de brûlure striées et tordues.

Jac avança jusqu'à se tenir à côté de lui. Il pencha la tête et leva les mains jusqu'à toucher le visage de Wes.

— Wes blessé ?

— Il y a longtemps, répondit-il en rougissant et en levant immédiatement la main pour tirer ses cheveux sur la moitié abîmée de son visage.

Jac repoussa délicatement les cheveux en arrière et sourit au garçon.

— Pas avoir honte.

Il toucha sans hésitation les cicatrices épaisses d'une main aux longs doigts. Cela commençait sous la racine des cheveux et courait sur tout le côté du visage de Wes, des traces épaisses et rouge sang, tournant juste à côté de sa bouche et de son nez puis continuant jusqu'à son menton et griffant le coin de son œil.

— Comment ? demanda doucement Jac.

— Je préfère ne pas en parler, répondit Wes voulant se reculer de la main.

Mais il se sentait si bien et personne n'avait jamais touché son visage. Jamais.

Jac ferma les yeux et sentit le visage endommagé, la peau tendue, le tissu cicatriciel épais, les nerfs endommagés. Tout doucement, il envoya une vague verte, apaisante et cicatrisante, sur le visage. Il savait qu'il ne pouvait pas le réparer, du moins pas rapidement. Mais il pouvait être en mesure d'apaiser un peu la douleur s'il pouvait juste glisser du vert assez profondément dans tout ce circuit et sous ce paquet de nerfs.

Wes restait debout, son visage ravi tourné vers le soleil, les mains de Jac le berçant. Rob, soupçonnant fortement ce qui arrivait, traversa le lac chaud et il bondit le corps ruisselant pour venir se tenir derrière son ami. Il l'entoura de ses bras, pressa sa poitrine contre le dos familier et posa son visage contre les cheveux de Jac.

— Ne va pas trop loin, dit-il doucement. Nous avons encore besoin de nous reposer tous les deux.

La voix familière traversa le monde vert dans lequel Jac avait disparu et il en comprit le sens. Lentement, il laissa la guérison verte se diffuser, se dissiper dans la blessure et disparaître lentement. Quand tout fut parti, il se pencha sur Wes et l'embrassa doucement sur la joue.

— Est mieux ?

L'adolescent porta la main à son visage, surpris.

— Ça ne fait plus mal. Les tensions, la…douleur cinglante…elles ont disparu.

— Est encore cicatrices. Désolé, je ne peux pas résoudre ce problème. Pas maintenant, en tout cas. Peut-être avec le temps.

— Merci, mec.

Brusquement, Wes enveloppa Jac dans une étreinte de tout son corps et celui-ci éclata de rire. Rob, qui se retrouvait avec un bras coincé au milieu du câlin, pouffa longuement et les spectateurs médusés sur le rivage regardèrent simplement.

— Est-ce que Wes vient de l'embrasser ? demanda Rosemary en clignant des yeux. Wes n'aime jamais personne.

— Est-ce que Jac est en train de rire ? demanda Sam.

— J'aurais aimé que nous trouvions l'eau plus tôt, dit Hiko.

Et il se dirigea vers le camion pour sortir un peu de nourriture.

New Las Vegas
Centre Empathe

— VOUS NE devriez vraiment pas faire ça, madame, dit Dana. Il existe des lois sur la vie privée…

— Je ne m'en soucie pas vraiment, Mme Lewis, rétorqua Childers appuyée contre l'embrasure de la porte ouverte dans la chambre de Patrick Harvey. J'ai des raisons de croire que M. Harvey pourrait être impliqué dans des affaires de trahison. Une fouille de sa chambre est autorisée dans ce cas.

— Mais… commença Dana en regardant les trois Observateurs démolir méthodiquement la chambre et les effets de Patrick. Que cherchez-vous ?

— Je le saurai quand nous l'aurons trouvé, répondit l'enquêtrice.

Et elle continua à contrôler, rejetant chaque élément potentiellement intéressant que les Observateurs lui soumettaient.

Dana, consternée, regarda le champ de ruines qui était auparavant la chambre de Patrick. Ils avaient fouillé dans tous les lieux imaginables jusqu'à, semblait-il, fendre la couette pour vérification et passer une lumière le long des plinthes.

Childers se tenait debout, tapotant un stylo contre ses lèvres, réfléchissant clairement à ce défi. Ce devait être quelque chose de petit pour pouvoir le cacher. Ce devait être petit quoi qu'il en soit. Ne veux pas que ce soit suffisant pour attirer l'attention d'une caméra de sécurité sur une chose inhabituelle. L'attention de la femme fut attirée de nouveau sur un pull bleu jeté sur un tas d'objets déjà fouillés.

— Apportez-moi cette…chose bleue, ordonna-t-elle à l'un des Observateurs, en indiquant le chandail.

L'Observateur, invité à chercher, pas à penser, le saisit promptement et le tendit à la Lectrice.

Childers mit son stylo dans sa poche et commença à palper le pull en commençant par l'extérieur. Harvey n'aurait sûrement pas caché quelque chose d'important dans un endroit aussi simple qu'une poche.

Dans une poche, en dépit de tout bon sens et contre toute attente, elle trouva un petit carré de papier, bien plié. Ça ne pouvait sûrement pas être aussi simple. Pas après avoir mis tout l'appartement du gamin en l'air.

Elle le déplia et lut la petite écriture soignée sur le papier :

Sparks, Nevada. Sanctuaire des Anges.

Childers sourit, replia le papier et le mit dans sa poche.

— Lewis, aboya-t-elle. Prévoyez un transport et une petite escouade de Marines. Et sortez Harvey de sa fausse salle de soins. Nous partons en voyage dans…

Elle vérifia sa montre.

— … une heure, ou plus tôt.

— Quoi ? Mais où ? sursauta l'autre femme.

— Que fait-on pour la chambre ?

— Laissez-la. Harvey aura besoin de quelque chose pour l'occuper quand il reviendra.

XXI

En route depuis New Las Vegas,
En direction du Nord par hélicoptère.

— OÙ ALLONS-NOUS ? cria Dana.

Elle gardait Patrick droit, attrapant sa tête chaque fois qu'il s'écroulait en avant. Merci, Mon Dieu, pour les ceintures de sécurité, sinon elle supposait qu'elle aurait dû le tenir sur ses genoux.

— Vous voulez savoir Mme Lewis, dit Childers. Et vous ne saurez pas.

Dana refusait catégoriquement de regarder les neuf Marines qui remplissaient le reste de l'hélicoptère. Elle n'avait jamais rien entendu de particulièrement bon sur ces hommes et ça lui convenait très bien que l'armée ait son propre quartier en ville, éloigné des simples mortels comme elle. Elle les trouvait tout simplement effrayants. Ils étaient choisis, en partie, en raison de leur absence totale de Talent... ou presque par un manque négatif de Talent. Ils étaient forts, courageux, bien disciplinés, hautement qualifiés et ils avaient à peu près autant de présence psychique qu'une morgue remplie de cadavres.

On disait qu'ils ne désobéissaient jamais à un ordre.

Elle constatait que c'était tout à fait crédible.

— Jac ? murmura Patrick d'une voix à peine audible par-dessus le bruit des hélicoptères.

Dana regarda rapidement Childers, mais elle ne semblait pas avoir entendu.

— Chut, avertit-elle Patrick. Ne parle pas. Nous allons sortir de là. Mais ne parle pas.

Patrick se força à ouvrir les yeux et lui adressa un regard interrogateur noyé de larmes.

— Dors, c'est tout, le rassura Dana. Tout va bien.

Et elle espéra ne pas trop mentir, alors que le désert du Nevada défilait sous les oiseaux noirs, et que la mort potentielle s'invitait dans un endroit appelé Sanctuaire des Anges.

Le désert.

— L'EAU EST bonne à boire ?

Sam posa sa question en l'air, regardant son troupeau qui pataugeait avec hésitation dans le lac, se demandant comment il allait les faire remonter dans le camion. Même Hiko avait craqué et avait ôté ses sandales pour barboter dans les eaux fraîches et peu profondes au bord de la rive.

— Jac a dit non, l'informa Rob, juste derrière son épaule.

Sam se téléporta presque en se retournant sur l'homme souriant.

— Comment êtes-vous arrivé ici ? demanda-t-il soupçonneux et plissant ses yeux verts.

— À pied, répondit tranquillement Rob.

Il désigna un sentier desséché un peu plus loin de l'endroit où il se tenait et où apparaissait des traces de pas humides.

— Je suis assez silencieux.

— On peut dire ça, murmura Sam à lui-même. Vous m'avez fait perdre une année de vie.

Rob se contenta de rire.

— L'eau est sûre pour jouer, peut-être pour une gorgée ou deux par accident, mais il ne faut pas la boire. Il a fait sortir Yuki de l'eau à cause du bébé.

Sam se retourna vers leurs pairs sur le bord du lac et il remarqua bien sûr que Yuki était sortie de l'eau et qu'elle tordait ses vêtements pour les essorer.

— Comment faites-vous avec lui ? demanda Sam, d'une façon presque rhétorique.

— Il n'est pas si effrayant, répondit Rob.

Il s'avança pour s'asseoir sur le hayon baissé du camion. Il faisait carrément bon à l'ombre et le camion avait refroidi jusqu'à une légère chaleur. Rob se sentait bien, avec ses vêtements frais et sa peau humide.

— J'ai le sentiment de l'avoir connu toute ma vie et pourtant il me surprend. Mais il n'a jamais fait de mal à personne.

Rob réalisa brusquement que c'était un mensonge alors que lui revenait en mémoire la mort horrible des membres de la bande violette. Mais c'était si affreux, si éloigné de n'importe laquelle de leurs expériences qu'il n'arrivait presque pas à croire que c'était réel.

Ils sursautèrent en entendant un cri soudain provenant du lac.

— C'est Flash, dit Sam. Il a dû voir quelque chose. Il devient presque aveugle quand il a une vision.

— Jac ! cria Rob en glissant hors du camion.

Il pensait que Flash avait simplement besoin d'aide pour sortir de l'eau.

Dans le lac, Jac remonta et nagea sans hésitation vers Flash, saisissant l'homme en difficulté et le tirant avec lui vers le rivage. Sam et Rob coururent vers le lac et Wes coupa à travers le bord du rivage peu profond pour aider Jac à soutenir Flash.

— Quel est le problème, Flash ? demanda Sam alors qu'il s'arrêtait en face de l'homme.

Flash ne tressaillit pas devant l'apparition soudaine de plusieurs personnes, mais il s'entoura de ses bras et dit :

— Tout le monde sous les arbres. Maintenant.

Ses dents claquaient et ses mots se télescopaient dans sa bouche, mais il réussit à le dire.

— Ne discutez pas, aboya Sam à la cantonade. Tout le monde va sous les arbres, près du camion, hors de vue.

Alors que le groupe quittait le lac et empruntait la petite zone découverte avant l'orée des arbres, Sam posa une main douce sur le bras de Flash. Avec Wes, ils marchaient aussi vite que Flash pouvait le supporter vers le camion. Jac et Rob suivaient de près.

— Peux-tu me dire ce que tu vois ? demanda doucement Sam.

L'homme trébuchait et il serait tombé à de nombreuses reprises si Sam et Wes ne l'avaient pas en grande partie soutenu.

— Danger dans le ciel, révéla Flash, claquant des dents. Devons être sous les arbres ou la mort vient.

— Où se trouve la divergence ? demanda Sam alors qu'ils arrivaient dans l'ombre des arbres et rejoignaient le reste du groupe apeuré et confus qui les attendait et voulait savoir ce qui se passait.

— Les arbres, déclara Flash. Si, sous les arbres, probablement à l'abri. Les arbres ne révèlent pas la mort certaine.

Hiko se déplaça derrière le groupe, murmurant qu'il pourrait être préférable se monter dans le camion. Dans l'air chaud, leurs vêtements humides pouvaient sécher rapidement.

Sam mordit l'intérieur de sa joue, inquiet et faisant plan après plan seulement pour les écarter l'un derrière l'autre.

185

— Peux-tu voir plus loin que les arbres, demanda-t-il enfin, pas très sûr de vouloir vraiment savoir.

— Mort, murmura l'homme. Chaque route mène à la mort.

— Même si nous restons sous les arbres, dit Sam sans autoriser le désespoir à transparaître dans sa voix.

— Les arbres arrêtent la mort maintenant. Mais la mort est encore là plus tard.

Jac fronça les sourcils en écoutant attentivement et Rob enlaça son aîné. Puis il murmura à son oreille, clarifiant les choses qu'il n'arrivait pas à entendre clairement.

— Danger dans le ciel ? demanda finalement respectueusement Jac à Flash.

— Maintenant oui, répondit ce dernier. Le danger est dans le ciel maintenant. Nous devons rester hors de vue.

Jac approuva d'un hochement de tête et regarda autour de lui pour voir si tout le monde était bien regroupé sous l'auvent épais du petit bosquet.

Sam se demanda combien de temps il faudrait avant que le danger du ciel ne soit sur eux.

— Bientôt, dit Flash. Très bientôt. Que tout le monde se cache lui-même.

Sam ouvrit la bouche pour lui demander ce qu'il voulait dire, mais en regardant autour de lui il s'aperçut que tous les Talents qui avaient vécu à l'Extérieur de la Ville s'étaient débrouillés…pour s'assourdir d'une façon ou d'une autre. Il pouvait à peine sentir la présence de quelqu'un d'autre que Hiko et Rob, bien que ses yeux lui prouvent qu'ils étaient là. Jac et Rob se tenaient l'un et l'autre par la taille sur le bord du groupe tous les deux tournés vers l'extérieur en direction du sud. Flash était recroquevillé sur le sol, les mains sur la tête, Wes et Rosemary le flanquant de chaque côté. Charlie et Eve étaient restés à l'intérieur du camion, les yeux de la femme écarquillés et d'un bleu étrange.

Sam glissa un bras autour d'Yuki et écouta le silence.

Et puis vint le bruit. Le staccato indubitable des hélicoptères, à peine audible au sud, mais de plus en plus fort à chaque instant.

Sam eut un mauvais pressentiment et il se justifia quelques minutes plus tard quand les hélicoptères surgirent, volant haut et vite. Trois hélicoptères des Marines. S'il s'agissait d'un transport de troupes normal, cela faisait trente-six Marines. Vers le Nord, vers Sparks. Cela ne pouvait pas être une coïncidence. Patrick avait dû regarder la note trop tôt, puis il avait dû craquer lors d'un interrogatoire.

Merde, merde, merde.

Les trois hélicoptères rugirent au-dessus du lac et des arbres, apparemment fixés sur leur destination et ne prenant pas la peine de regarder le paysage.

Sam sentit un frisson glacé descendre le long de sa colonne vertébrale et il commença à calculer à quelle distance ils se trouvaient du prochain sanctuaire possible et s'ils pouvaient y arriver avec les provisions qu'ils avaient avec eux.

Alors que les hélicoptères continuaient leur route vers le Nord, Sam regarda le groupe avec une expression d'excuse.

— Il semblerait que…commença-t-il.

Puis Jac l'interrompit avec le seul mot qui pouvait en théorie tout changer.

— Parri, dit-il, regardant vers le nord, nu et ses cheveux dressé en épis. Parri.

XXII

Patrick,
En transit.

JE ME réveillai dans un monde devenu noir et brumeux, et tout ce à quoi je pouvais penser, c'était Jac, mon John Doe. Où était-il ? Où étais-je ? Et pourquoi avais-je l'impression d'être dans un énorme cœur actif ?

Je sursautai en sentant une main sur mon visage et je clignai des yeux sur Dana Lewis émergeant du brouillard. Avant que je puisse dire quoi que ce soit, elle posa un doigt sur mes lèvres et se pencha sur mon oreille droite en murmurant :

— Chut. Ne parle pas. Nous allons sortir de là. Mais ne parle pas.

Je me concentrai fortement sur son visage et essayai à nouveau, mais elle appuya son doigt plus fermement et murmura à nouveau.

— Dors, c'est tout, déclara-t-elle. Tout va bien.

Mais ce n'était pas vrai, évidemment. Si tout allait bien, le monde ne serait pas en noir et blanc et je n'aurai pas de mal à me concentrer. Pourtant si elle me disait de me taire, c'est qu'elle devait avoir une raison, alors je m'affalai sur mon siège et je me concentrai pour essayer de donner un sens à ce qui m'entourait. Il ne me fallut pas longtemps pour comprendre que le monde n'avait pas, en fait, viré au noir et blanc. La lumière blanche du soleil flamboyant à l'extérieur rendait l'intérieur de ce véhicule bruyant relativement sombre. En louchant beaucoup et en clignant des yeux, je réussis finalement à visualiser que deux étrangers se tenaient sur les deux sièges à l'avant du véhicule. Non, attendez…celui sur la droite me semblait familier comme quelqu'un que j'aurais vu dans un rêve.

Ou dans un cauchemar.

Et avec cette image, la mémoire me revint. Et avec elle, des nausées. J'attrapai le bras de Dana en murmurant :

— Malade, malade.

— Oh, merde, sursauta-t-elle doucement en regardant frénétiquement autour d'elle et en marmonnant quelque chose à propos de Georges.

En fait, cela n'avait pas d'importance qu'elle se presse, mon estomac ne plaisantait pas. Je me traînai loin d'elle et me pressant contre un ensemble de ceintures qui me maintenait en place, je réussis à me tourner suffisamment pour m'épargner avant de vider une petite partie de mon estomac sur le sol à côté de moi.

— C'est quoi ce bordel ? hurla l'enquêtrice Childers depuis le siège à côté de moi lorsqu'un bruit d'éclaboussures et une odeur nauséabonde l'atteignirent.

Elle se tourna vers moi et me regarda alors que j'essayai d'essuyer ma bouche sur ma manche. Sur ma manche blanche.

— Dieu tout puissant Harvey, gronda-t-elle dégoutée. Pourriez-vous être plus pathétique ? Pas étonnant que vous ayez vendu vos amis.

Quoi ?

Je quoi ?

Je tournai un regard interrogateur frénétique sur Dana qui secoua à peine la tête négativement. Quand je regardai à nouveau Childers, elle souriait.

— Vous êtes le pire des enfoirés, Harvey, cria-t-elle presque par-dessus le bruit avec un sourire qui n'atteignait pas ses yeux. Mais grâce à vous, avant aujourd'hui je devrais poser les mains sur un véritable et vivant Talent Majeur que je pourrai tester à volonté. Alors peut-être que je vais être un peu souple. Que diriez-vous de m'aider ? Vous pouvez être mon assistant. La talentueuse Mme Lewis dont je suis devenue très friande et vous. Que pensez-vous de cette idée ?

— Dana ? demandai-je, mon cœur tapant sourdement dans mes oreilles presque aussi fortement que le staccato sourd du véhicule. Où sommes-nous ?

— Nous volons vers le nord, répondit-elle à contrecœur. Avec un détachement de Marines. Vers Sparks, Nevada.

Mais pourquoi ?

Et puis je me souvins du petit papier carré de Sam. Je me rappelai l'avoir pris en me sentant si perdu et étourdi, et le mettre dans ma poche... dans la poche de mon pull bleu. Et quand j'étais rentré dans ma chambre...

Je...l'avais oublié. Mon Dieu, je voulais le cacher, mais je l'avais laissé dans ma poche. Je ne l'avais pas regardé, comme Sam me l'avait demandé, mais je les avais trahis de toute façon. En étant un idiot. Un abruti étourdi et indigne de confiance. Et... Je me souvins vaguement d'autre chose. Jac m'avait parlé, m'avait averti de ne pas essayer trop durement de l'atteindre et ensuite… après cela, tout était brumeux.

Je regardai avec effroi par la fenêtre, prenant enfin conscience du paysage qui filait en dessous de nous. Je n'étais jamais sorti de la ville. Cela aurait dû être passionnant. À la place, je voulais seulement pleurer, ramper dans un trou et m'enterrer dans le sable.

J'avais trahi Sam. Trahi Rob. Trahi Charlie et Eve.

Trahi Jac.

Rob.
Le désert

— MERDE, MERDE, merde, ils se dirigent vers Sparks, dit Sam avec ce qui ressemblait à du désespoir. Montez, tout le monde, on monte.

Il courait déjà vers l'avant du camion quand il cria l'ordre.

Après une brève bousculade furieuse pour récupérer les vêtements et aider les uns et les autres dans le camion, je m'installai sur le banc à côté de Jac. Il finit de s'habiller en enfilant sa chemise et puis il se retourna et passa ses bras autour de mes épaules, la tête contre mon cou. Je passai, à mon tour, mes bras autour de lui. Et le camion se mit en mouvement au moment où Wes et Charlie fermaient le hayon et descendait l'écran anti-poussière.

— Qu'est-ce qui se passe, Jac ? murmurai-je frottant doucement son dos qui était tendu et dur sous mes mains.

— Méchants hommes, marmonna-t-il, son souffle chaud contre mon cou. Avoir Parri. Blesse personnes au lieu sûr. Tous-blancs. Tous blancs et canons.

— L'endroit sûr où Sam nous emmène ? demandai-je, accablé par tout ce qui s'était passé en quelques minutes.

— Oui.

Je regardai à l'arrière du camion. Yuki et Rosemary, assises côte à côte, se tenaient par la main, l'air effrayé. Je me souvenais vaguement de la sensation chaleureuse de Rosemary dans mon dos la nuit dernière. J'espérais passer plus de temps avec elle. Mais maintenant, nous pouvions tous mourir et tout aurait été pour rien.

La mort de Tedrick, la mort de Manda… tout ça pour rien.

Jac ronronna presque contre mon épaule essayant, je le savais, de me consoler. Il devait être lui-même inquiet si Paddy se trouvait à l'intérieur des grands oiseaux, mais il ne pensait qu'à me réconforter. Je le serrai contre moi et regardai Charlie et Eve, presque collé l'un à l'autre, clairement terrifié. Wes était blotti contre Flash, son regard posé sur Jac avec toujours ce qui ressemblait à de la crainte.

— Nous n'arriverons pas à temps, déclara tranquillement Flash, tout seul avec ses visions. Nous n'arriverons pas à temps.

— À temps pour quoi ? demandai-je quand il devint évident que personne ne le ferait.

— Pour arrêter le massacre, dit-il et il posa ses mains sur ses yeux comme si cela pouvait bloquer ses visions.

Je m'attendais à ce que Jac dise quelque chose, mais il resta silencieux, blotti contre moi et immobile.

Sam

— COMBIEN DE temps avant que nous arrivions ? demanda Sam en essayant garder son calme. Le camion rebondissait sur les cailloux durs du désert.

— Quatre ou cinq heures, cria Hiko par-dessus le rugissement du moteur, luttant de son mieux sur la vieille route en terre battue.

Trop longtemps pensa Sam. Trop loin et bien trop longtemps. Il regarda dans le désert et essaya d'envelopper son cerveau autour de quelque chose, n'importe quoi. Ils devaient prévenir le Sanctuaire des anges, mais il ne savait pas comment le faire. Ils n'avaient pas de comms dans le camion pour des raisons évidentes. Un des télépathes pourrait être en mesure de joindre quelqu'un là-bas, mais seulement s'il avait une cible connue. Tous ceux dans le camion étaient nouveaux. Ils ne connaissaient personne. Sauf eux. Jac pouvait contacter Patrick, mais est-ce que celui-ci aurait les moyens de prévenir Angel ? Sam soupira et repoussa l'espoir qui était réapparu durant un instant. Non, Patrick n'aurait aucun moyen, quel qu'il soit.

Le paysage désertique qui défilait n'offrit aucune possibilité de solution. Le temps passa. Un temps frustrant.

— Que dirais-tu de prendre les vieilles routes ? demanda soudain Sam.

— Un moyen sûr de se faire prendre, souligna Hiko.

— S'ils se dirigent sur le Sanctuaire d'Angel, ils savent déjà que nous sommes en route, lui répondit Sam. Sinon, pourquoi iraient-ils là-bas ?

Hiko haussa les épaules et le regarda hésitant.

— Ta décision, Sam. Tu es le patron.

— Y a-t-il des routes à proximité ?

— Il y a un vieil échangeur est-ouest peut-être à quinze ou vingt kilomètres au nord. Nous pourrions le prendre jusqu'à la grande autoroute au nord. Il est assez bien entretenu.

— Combien de temps pourrions-nous gagner ?

— Suivant les routes, cela diminuerait le temps de moitié. Peut-être plus.

Hiko regarda les yeux noirs concentrés, puis de nouveau la route rude à venir.

— Mais ils sauront que nous arrivons.

— Ils le savent de toute façon. Cela pourrait même grandement les surprendre que nous arrivions par la grande porte, tu sais ?

— Peut-être.

Hiko semblait dubitatif.

Sam regarda le désert et pensa à la petite communauté du Sanctuaire des Anges. Ce n'était pas un très grand groupe puisqu'il s'agissait juste d'une étape, mais toute vie était précieuse dans ce monde fou. Flash avait vu la mort cependant et il ne se trompait pas. Jamais. Peut-être que changer de route, changerait le résultat. Peut-être. Peut-être. Peut-être.

— On prend les routes, décida Sam. Allons-y aussi vite que nous le pouvons.

Patrick
Sparks

SPARKS RESSEMBLAIT à un croisement entre Nullepart et l'Extérieur, une ville pré-Éclatement qui n'avait pas survécu. La poussière de sable enrobait tout, des rues aux bâtiments. Les quelques immeubles restés relativement intacts depuis l'explosion semblaient bizarrement hors de propos parmi les parcelles clôturées, endommagées où les gens vivaient en réalité. En supposant que qui que ce soit vivait réellement ici.

Le silence régnait dans les rues visibles. Je n'avais pas vu âme qui vive depuis que les hélicoptères avaient atterri dans une zone nue qui avait peut-être été un parc autrefois. Childers nous fit signe de ne pas bouger tandis qu'un groupe de Marines s'engageaient dans les rues et faisaient une reconnaissance rapide des constructions visibles. Les portes s'ouvrirent seulement quand notre pilote murmura dans la radio et inclina la tête vers Childers.

Bon sang, il faisait chaud. J'avais toujours pensé qu'il faisait chaud à Vegas, particulièrement à Nullepart, mais c'était une chaleur pénétrante. L'air donnait l'impression de ne jamais avoir été frais. Au moment où nous nous éloignâmes de l'ombre de l'hélicoptère, je dégoulinais déjà de sueur. Je regardai curieusement autour de moi, légèrement appuyé sur Dana, mais aussi loin que je pouvais voir, l'endroit était désert. Alors, pourquoi Sam m'avait-il dit de venir ici ?

— Pourquoi étiez-vous censé venir ici ? demanda Childers apparaissant si vite devant moi que je reculais instinctivement.

— Je ne sais pas, lui répondis-je honnêtement. Il m'a juste remis ce papier et m'a dit de ne pas le regarder avant votre départ.

— Vous me prenez pour une idiote ? rétorqua Childers

Elle était déjà en sueur elle aussi, ses vêtements blancs passant un mauvais quart d'heure.

— Je sais que Hunter a réussi à dérober un Talent Majeur juste sous mon nez et je sais que ce Talent était votre patient et que vous étiez un peu trop impliqué. Je sais que Hunter vous a indiqué cet endroit. Qui est le contact ? Comment êtes-vous censé les atteindre ?

— Je ne sais pas, répétai-je, frustré et effrayé, la mort dans l'âme d'avoir réussi à mettre en danger des gens qui ne le méritait en aucune façon.

La soudaineté de l'attaque mentale me fit tomber à genoux. Childers frappa mon esprit avec l'équivalent télépathique d'une tronçonneuse et je pense que je m'entendis crier avant qu'un brouillard gris béni n'embrouille tout.

Quand je repris connaissance, j'étais sur le sol à côté d'un des hélicoptères, dans l'ombre à peine utile, appuyé contre Dana.

— Qu'est-il arrivé ? demandai-je, presque effrayé de le savoir.

— Cet âne stupide a failli te tuer, voilà.

Dana tremblait encore, je pouvais le sentir contre mon dos.

— Oui, j'ai remarqué, répondis-je, essayant de paraître nonchalant et échouant lamentablement. Combien de temps ai-je été inconscient ?

— Environ une heure ou deux, dit Dana tranquillement, balayant la zone autour de nous. Il ne s'est pas passé grand-chose. Sauf que je pense que cette femme est sur le point de commencer à tuer les Marines s'ils ne trouvent pas un truc bientôt.

— A-t-elle obtenu quelque chose ?

J'avais presque peur de savoir.

— De moi ?

— Je pense qu'elle a eu une assez bonne idée de ta vie sexuelle, déclara la femme pensivement.

Je tapai une de ses jambes

— Ce n'est pas drôle.

— Hé, la vie est drôle. Si tu n'apprends pas à voir ainsi, cela te tuera.

Elle avait l'air brave et nonchalant, mais nous étions tous deux des Empathes, aussi savais-je qu'elle était aussi terrifiée que moi. Nous restâmes assis comme ça pendant un temps infini, regardant les Marines tourner en rond comme des fourmis, écoutant les cris et les ordres occasionnels. Sparks était apparemment une ville fantôme et quiconque ou quelque soit le Sanctuaire des Anges, il ne se révélait pas de lui-même à toutes les forces d'invasion.

Plus le temps passait, et en dépit de la tension, plus j'avais envie de dormir à cause de la chaleur. Dana et moi transpirions l'un sur l'autre et nous essayâmes de temps à autre de distraire nos soucis sur autre chose. Mais cela ne fonctionnait pas. Je somnolais profondément lorsque deux choses se produisirent en même temps.

Un cri retentit soudain, rejoint par plusieurs autres et je vis Childers surgir comme une flèche de l'ombre profonde d'un immeuble où elle avait trouvé refuge. Un Marine arriva en courant dans la rue poussiéreuse, il stoppa en dérapant face à l'enquêtrice et lui rapporta quelque chose avec enthousiasme.

Et au même instant, le plus merveilleux des sons que je pouvais imaginer, et le plus effrayant, fleurit doucement dans mon esprit.

Je suis en route, Parri. Nous nous verrons bientôt. Regarde la route principale, vers le sud.

XXIII

Patrick
Sparks

JE NE savais pas si je voulais crier ou pleurer quand les Marines commencèrent à amener les 'rebelles' de partout où ils les avaient trouvés.

Deux hommes, trois femmes et trois enfants – tous assez jeunes pour avoir besoin qu'on leur tienne la main – arrivaient en trébuchant dans la rue poussiéreuse. Ils étaient poussés en avant par les coups et les piques des Marines impassibles. Leurs vêtements n'avaient rien de spécial et auraient parfaitement convenu à Nullepart. Mais au bout d'un moment, je réalisai qu'ils ne portaient pas de blanc. Pas de blanc du tout.

— Ils ne semblent pas dangereux, n'est-ce pas ? demanda doucement Dana de derrière mon épaule gauche.

— À quoi sont-ils censés ressembler ? fut tout ce que je pus répondre. Que sont-ils censés être, en fait ?

— Je ne sais pas, murmura Dana, observant alors que nous restions dans l'ombre de l'hélicoptère. Je suppose que nous allons le découvrir.

Mais elle savait. Je pouvais le sentir.

Le petit groupe fut parqué près de Childers qui se tenait rigide pour mieux les intimider. J'essayai d'entendre ce qu'elle disait, mais sans succès. Un des hélicoptères était resté en fonctionnement, à un faible niveau d'énergie apparemment, et le grondement monotone du moteur masquait ce que nous aurions pu entendre. Tout ce que nous vîmes, c'était Childers interrogeant clairement les deux hommes et devenant de plus en plus contrariée par les réponses courtes qu'elle recevait.

Brusquement, Childers releva la tête et un Marine frappa durement un des hommes dans son flanc. L'homme s'écroula et une des femmes se mit à hurler et se précipita vers lui avec le deuxième homme. Childers essuya délicatement son visage avec un mouchoir blanc et commença à parler.

— Je ne savais rien à propos de cette filière d'évasion, admis-je devant Dana sans quitter la scène du regard. Mais je suis convaincu.

195

— Ce sont de braves gens.

Je pouvais sentir la souffrance et la douleur irradier d'elle et je vis en jetant un regard par-dessus mon épaule qu'elle gardait un visage plus ou moins impassible.

— Henry et sa famille ont rejoint le mouvement il y a deux ans. Ils ont commencé par le Sanctuaire des Anges.

— Henry ?

J'étudiai le petit groupe. Un des hommes était de taille moyenne et corpulent, avec des cheveux noirs et une moustache pimpante. L'autre était court et sec, avec des cheveux châtains rares tombant sur sa nuque, un visage rugueux mal rasé et nerveux.

— Les cheveux châtains, dit Dana. Le sac de boxe.

L'amertume rejoignait la douleur et le mal dans sa voix.

— La femme enceinte avec la tresse blonde est la sienne. Deux des enfants sont les leurs.

Je me retournai pour la regarder, déconcerté.

— Tu m'as dit que tu ne savais pas ! Depuis combien de temps fais-tu cela ?

Elle m'adressa un sourire espiègle qui monta jusque dans ses yeux bleus.

— Bien avant que tu ne saches lire, gamin.

— Mais je ne savais pas. Je n'avais jamais remarqué, commençai-je avant de me taire.

Dana regardait le petit groupe qu'on interrogeait et elle grimaça. Je me retournai pour regarder et vis l'homme brun, Henry, se tordre sur le sol.

— La plupart des gens voient ce qu'ils s'attendent à voir, répondit-elle d'une voix chancelante. C'est incroyablement facile de se cacher aussi longtemps que vous n'attirez pas l'attention sur vous-même.

Encore une fois, je compris une nouvelle vérité. Je ne savais pas. J'avais été content de ma chambre meublée, de mon indemnité de représentation et de mon travail. Et je n'avais jamais vu quelque chose que je n'attendais pas.

Jusqu'à Jac.

Un Marine sortit de l'hélicoptère tournant au ralenti derrière nous sans même nous jeter un coup d'œil au passage. Il se précipita sur la route poussiéreuse vers Childers et il lui dit quelque chose que nous ne pûmes, bien sûr, pas entendre. Mais Childers rit. Elle se regarda et nous regarda, Dana et moi, et rit une nouvelle fois. Puis elle aboya un ordre.

Le Marine parla à son poignet et quelques secondes plus tard, des Marines se ruèrent vers l'hélicoptère au ralenti, embarquant en un rien de temps. L'hélicoptère avait décollé et se dirigeait plein sud avant même que Childers soit parvenue à l'endroit où nous nous trouvions.

— Nous avons localisé votre patron et votre petit ami, gronda-t-elle joyeusement quand elle nous rejoignit.

Elle ôta le pire de la sueur et de la poussière en se frottant délicatement à plusieurs reprises.

— Les Marines devraient les avoir pris et être de retour ici dans une demi-heure. Ensuite, nous pourrons organiser une joyeuse réunion.

Je n'avais jamais compris l'envie de tuer.

Jusque-là.

Sam
Quarante kilomètres au sud de Sparks.

Nous nous rapprochions de Sparks plus rapidement que je l'espérais quand un martèlement brutal sur la cloison entre la cabine et l'arrière du camion amena Hiko à s'arrêter brutalement. Il resta au milieu de la route couverte de poussière. Ce n'était pas comme s'il pouvait y avoir tout autre véhicule roulant.

Avant même que notre poussière soit retombée et alors que j'atteignais la poignée de la porte, Wes se montra à la vitre, son visage abîmé marqué par l'urgence.

— Flash dit que la mort vient à nouveau, du nord cette fois.

— Putain, aboya Hiko.

Il regarda immédiatement autour de lui pour trouver une cachette. Il n'y avait rien. Un coup d'œil rapide ne montra rien dans le voisinage hormis l'autoroute, le désert plat, des rochers sur le côté de la voie et aussi sur elle, et de la poussière, de la poussière, de la poussière et de la poussière.

— Quand, questionnai-je en sautant du camion pour rejoindre Wes qui retournait vers l'arrière du camion.

— Tout ce qu'il a dit, c'est bientôt, répondit Wes, alors que nous arrivions à l'arrière.

Ah, que le Seigneur nous pardonne. Ils ressemblaient à un groupe de fantômes épuisés. Huit humains apeurés et éreintés, confiés aux soins de Hiko et aux miens, et nous ne faisions pas un très bon travail avec ça.

Réfléchis vite. Sam. Réfléchis vite.

— Même mort que la dernière fois ? demandai-je à Flash qui tremblait et qui hocha simplement la tête. D'accord, hélicoptères. Peux-tu voir combien ? Combien d'hélicoptères ?

— La plupart…j'en vois un, déclara Flash tremblotant. Quelquefois deux.

D'accord, un. C'était mieux que, et bien, deux. Ce n'était pas beaucoup mieux que toute autre chose.

— Jac, peux-tu demander à Patrick ce qui se passe ?

L'homme aux cheveux blonds hocha la tête et ses yeux chutèrent immédiatement dans ce vide vaguement lointain que nous commencions tous à reconnaître comme étant sa manière de travailler avec son esprit. Rob l'enlaça malgré la chaleur.

Je regardai dans l'arrière du camion la seule personne à laquelle je ne voulais rien demander. Yuki était assise à côté de Rosemary, leurs mains jointes. Elle était Télékinétique et était la seule d'entre nous à posséder ce qui semblait le plus proche d'une capacité d'attaque. Plus de la moitié d'entre nous étaient Empathes ou Télépathes, de belles capacités c'est sûr, mais pas des plus utiles dans les situations dangereuses.

Elle me regarda et sourit. Malgré l'absence de capacités télépathiques, elle semblait toujours savoir ce que je pensais.

— Paddy dit un hélicoptère avec douze Marines, rapporta Rob, sans hésiter sur les mots inconnus. Ils sont en route pour nous chercher, de sorte qu'ils ont une idée d'où nous sommes.

Avant que Rob ait fini de parler, Jac recommençait déjà à murmurer dans ce mélange bizarre de parler bébé et de presque la langue des signes. Le regard noisette foncé de Rob croisa le mien alors qu'il écoutait Jac. Il discuta brièvement et inclina ensuite la tête.

— Jac dit qu'il peut nous cacher, indiqua-t-il, semblant un peu dubitatif. Il dit qu'il peut projeter une image de la route vide sur le camion.

Je clignai des yeux et fixai Jac. Je n'avais pas envisagé cette possibilité. Ça devrait être une grande illusion, mais d'autre part, cela pouvait être un peu simple. Juste une route couverte de poussière. Pas comme si nous avions beaucoup de choix.

— Yuki, viens t'asseoir ici, dis-je en tapotant le bout du camion. Fais connaissance avec les petits rochers là-bas. Jac, de quoi as-tu besoin ?

198

Jac regarda à nouveau son ami et Rob répondit.

— Il dit qu'il devra être à l'extérieur du camion, mais que tous les autres doivent y rester. Sauf moi.

— Autoritaire, intervint Jac.

— Il ne pourra pas m'en empêcher, dit Rob confiant. Est-ce cela que vous voulez faire ?

— C'est réellement notre seule option, dus-je admettre.

Je restai dehors assez longtemps pour les aider à descendre et j'entendis par hasard le murmure de Rob.

— Cette conversation est finie, l'affaire est close, Jacson.

Je trottinai jusqu'à la fenêtre du conducteur pour informer rapidement Hiko et j'eus juste le temps de sauter m'asseoir à côté d'Yuki avant que nous n'entendions les premiers bruits de moteur au loin.

Jac s'installa en tailleur à environ trois mètres du camion avec Rob derrière lui prêt à lui offrir de la force si nécessaire. Ils travaillaient naturellement comme une équipe. Je me laissai aller pendant un instant à l'espoir que nous pourrions tous survivre afin qu'ils puissent enseigner ce genre de coopération aux gens libres.

— La mort, la mort, déclama Flash, la voix chancelante. Presque ici.

Jac laissa tomber sa tête contre l'épaule de Rob et il sembla presque qu'une légère brume commençait à se déposer sur le camion. L'hélicoptère venait en rugissant vers nous sur la route, mais la brume s'épaissit et resta translucide. Je n'étais sûrement pas le seul à avoir peur. La clameur devenait de plus en plus forte et je dois admettre que je n'étais pas convaincu que cela allait fonctionner. Comment cela pourrait-il fonctionner ?

Mais alors Flash, assis derrière moi, sa jambe pressée contre mon dos, exhala fortement et murmura un truc que j'espérais être bon alors que l'hélicoptère passait au-dessus de nous sans même ralentir.

— Oui.

Doux Seigneur. Je fixai Jac, avachi dans les bras de Rob, et fut de nouveau surpris.

— Il revient, déclara Flash. Il revient et nous allons le briser.

— Nous le faisons ?

Flash sourit, d'une façon totalement inattendue.

— Madame Yuki, dit-il. Elle les abat avec un rocher.

Je regardai Yuki alors qu'elle regardait Flash. Puis elle se tourna lentement et me sourit. Flash avait vu cela arriver. Elle pourrait le faire.

— QU'EST-CE qu'elle crie, maintenant ? demandai-je à Dana comme si elle pouvait avoir une meilleure écoute que moi.

— Je ne sais pas, grommela-t-elle en se déplaçant afin de se retrouver assise à côté de moi. Mais elle n'a pas l'air heureux. Cela ne peut pas être bon.

— J'ai dit à Jac que l'hélicoptère allait arriver, l'informai-je, inquiet. Tu ne penses pas que quelque chose a mal tourné ?

— Peut-être que cela dépend de la façon dont tu le regardes, murmura-t-elle. Oh, oh. Et les ennuis arrivent.

Childers prit d'assaut leur position à l'ombre.

— Avez-vous parlé à ces gens, hurla-t-elle.

— Quoi ? demandai-je les yeux sans expression, n'étant honnêtement pas sûr de savoir de quelles gens elle parlait.

Elle se pencha vers moi et me frappa d'un revers si fortement que je craignis, pendant un instant, qu'elle m'eût brisé le cou. Elle était anormalement forte. Je pouvais entendre Dana au loin se plaindre, mais je m'égarai quelque temps dans une explosion de lumière blanche puis dans un voile gris persistant.

— Avez-vous parlé à ces gens ? demanda-t-elle à nouveau, son visage tout près du mien.

— Je...je ne sais pas où ils sont, dis-je honnêtement. Je ne peux pas les atteindre.

— Et bien, un hélicoptère a été atteint par une sorte d'arme, au sud-est d'ici. Trois Marines sont morts et les neufs autres sont blessés et au sol. Et je veux savoir si ce sont ces gens qui l'ont fait. Quel genre d'armes ont-ils ? Et pourquoi viennent-ils ici ?

— Je. Ne sais. Pas ! criai-je presque à la femme. Vous avez percé mon esprit hier soir. Est-ce que je savais quoi que ce soit ?

— Ne faites pas l'idiot avec moi. J'ai décoré mes murs avec des petites merdes comme vous. Je trouverai ce John Doe. Et quand je l'aurai fait, il souhaitera ne jamais être né.

Je ne pensai pas que c'était le bon moment pour lui dire que Jac pensait déjà probablement ça.

XXIV

Rob
Quarante kilomètres au sud de Sparks

JE N'AVAIS pas été vraiment surpris que quelqu'un puisse soulever un rocher avec son esprit. J'avais passé la plus grande partie de ma vie avec Jac, après tout. Après un certain temps, vous vous habituez un peu à l'inattendu.

Mais je n'aurais pas parié que la jolie jeune femme enceinte pouvait être la leveuse de rochers.

Pourtant, avec Sam assis à ses côtés lui murmurant ses instructions et Rosemary de l'autre côté peut-être pour lui apporter de la force, Yuki leva une roche de la taille d'une tête sur le bas-côté de la route et la maintint stable en attendant que l'hélicoptère revienne. Jac maintenait l'illusion sur le camion, mais je pouvais sentir qu'il commençait à trembler un peu dans mes bras. C'était généralement un signe qu'il n'allait pas pouvoir continuer quelque chose pendant beaucoup plus longtemps.

Quand l'hélicoptère revint, il allait beaucoup plus lentement et volait beaucoup plus bas qu'au premier passage. Yuki coinça le gros rocher en haut des rotors arrière au moment où l'hélicoptère arriva à notre niveau même s'il était plus sur le désert que sur la route. L'engin vacilla, fit un bruit ressemblant à une chose en train de mourir douloureusement et il vira en s'éloignant dans le désert, tourbillonnant follement. Quelques instants plus tard, nous entendîmes un bruit sourd et un fracas tonitrua juste hors de notre vue.

— Nous devrions aller voir. Ils pourraient être blessés, s'inquiéta Rosemary.

— Es-tu folle ? aboya Sam les yeux écarquillés. Ils essayaient de nous tuer. Remontez dans le camion. Tout le monde.

Je frottai mon visage contre les cheveux de Jac.

— Tu peux laisser l'illusion s'en aller maintenant, petit frère. Tu as besoin de te reposer.

— Parri, dit-il. Besoin de parler à Parri.

— Pas encore, lui dis-je en me levant et le tirant pour le mettre debout. Repose-toi d'abord. Viens. Nous allons nous reposer pendant un moment et nous calmer. Tu devras être fort quand nous parviendrons jusqu'à Parri.

— Dccord, accepta-t-il facilement.

Ce qui n'était pas toujours un bon signe avec lui. Avec l'aide de Sam et de Wes, nous retournâmes vers le camion. Puis Sam retourna à l'avant avec Hiko.

Une légère secousse et le camion roula à nouveau.

Jac était affalé contre moi et je pouvais presque sentir sa tension nerveuse et sa fatigue.

— Nous serons bientôt libres à nouveau, petit frère, lui promis-je. Bientôt, nous serons loin des tous-blancs. Bientôt, tu pourras te reposer et redevenir fort, nous le pourrons tous les deux, comme nous étions avant. Souviens-toi comme nous avions l'habitude de parcourir toutes les plages sans jamais être fatigués. Nous allons retrouver cela.

Il attrapa le devant de ma chemise avec sa main et s'y accrocha comme un enfant.

— Désolé pour Manda, murmura-t-il contre ma poitrine.

Je caressai ses cheveux et je regardai les autres alors que nous cahotions sur la route.

— Tu n'as pas à être désolé, frère, lui dis-je après un moment. Tu n'avais pas plus de chance de la sauver que moi.

Je pouvais presque l'entendre discuter sur le fait qu'il aurait dû faire quelque chose, faire plus, mais il ne dit rien. Ce seul fait donnait la mesure de l'énormité qui occupait son esprit.

— Je t'aime Rob, chuchota-t-il, toujours accroché à moi. Pas sparé core. Semble ?

— Ensemble, acceptai-je, le serrant contre moi, espérant que je ne mentais pas.

Dana
Sparks

JE ME souviens encore du jour où j'ai découvert le mouvement Liberté. Je travaillais au Centre Empathe depuis presque deux ans et Sam, mon patron, me demandait de plus en plus souvent de me joindre à lui pour des déjeuners toujours plus personnels. Nous avions commencé dans la salle à manger du Centre. Puis lentement, au cours des semaines, nous nous étions retrouvés pour déjeuner le plus souvent à Nullepart. Finalement, quelques fois intéressantes, nous étions allés à l'Extérieur pour déjeuner.

Rétrospectivement, je me rends compte qu'il essayait de me découvrir, lentement, attentivement. Il voulait tout savoir de moi, connaître mes opinions sur tout, de la soupe à la crème d'oignons nouveaux aux vidéos de vacances, du Centre de Management des Talents dans son ensemble à la politique, tels qu'ils étaient. Je dois admirer sa subtilité et ses compétences parce que je ne savais même pas que j'étais interrogée jusqu'au jour où il mentionna pour la première fois Liberté.

Nous mangions un plat chaud et épicé de ragoût de chèvre et des petites assiettes de waterbread doux sous une tente en lambeaux dans l'Extérieur lorsque Sam me demanda ce que je pensais des personnes vivant dans la nature. Je lui fis la réponse standard sans la penser véritablement. À savoir qu'ils étaient dégénérés, évoluant à rebours vers l'état animal et qu'on devait à tout prix les éviter.

Ce fut alors qu'il m'ouvrit les yeux sur la réalité. Il m'expliqua que les gens vivaient dans la nature depuis l'Éclatement et que, oui, certains avaient dégénéré. Mais d'autres, me dit-il, avaient tranquillement reconstruit une forme de civilisation post-Éclatement en petites communautés éparpillées dans des zones abandonnées et désolées. Certains d'entre eux étaient des Talents, m'informa-t-il. Plus, en pourcentage, que dans les Villes.

Il fit une pause à ce moment-là, pour me donner la possibilité de l'interroger ou de revenir à une autre conversation, mais j'étais devenu accro. J'avais toujours rêvé de plus. Qu'il y avait plus dans le monde que la vie fade de mouton dans les Villes et la dégradation terriblement misérable de l'Extérieur. Je voulais en savoir davantage.

Alors, prudemment il me présenta la vérité sur le CMT, à savoir qu'ils ne s'intéressaient pas à identifier et à aider les Talents, mais à les identifier et les trier. Les non-Talents étaient totalement sans importance. Les gens avec des Talents mineurs facilement catégorisables – comme nous, fillette, avait-il dit tristement – étaient mis au travail dans les Villes. Et les gens avec d'autres Talents, ou des Talents plus forts étaient emmenés et testés avant d'être cassés. Cela semblait si stupide. Pourquoi quelque chose d'aussi utile que des Talents devrait-il être détruit ?

— Parce qu'ils ne veulent pas que des personnes lambda les possèdent, expliqua Sam. Tous les principaux Talents deviennent automatiquement la propriété de l'armée et sont testés jusqu'à la rupture, pour aider le gouvernement à en comprendre plus sur leurs possibilités et leurs limites, ou ils sont testés jusqu'à ce qu'ils prouvent que leur Talent ne peut être rompu. À ce moment-là, ils sont mentalement entravés et ils travaillent pour le gouvernement et pour les militaires.

— Mais cela est faux, protestai-je. C'est horrible. Es-tu en train de me dire que pendant tout le temps où je pensais que nous aidions ces personnes, nous les mettions juste entre les mains des militaires ?

Et ce fut alors qu'il me parla de Liberté.

Je devins, ce jour-là, un combattant clandestin de Liberté avec Sam. Depuis, au fil des années, nous avions réussi à sauver des centaines de Talents brisés de l'Extérieur, les mettant en contact avec Liberté et simplement en les faisant partir. Nous ne pouvions avoir aucune information sur l'endroit où ils allaient, et nous n'entendions jamais parler d'eux à nouveau parce que le risque était trop grand. Grâce à d'habiles tours de main et des mensonges tranquilles, nous avions même réussi à en libérer quelques-uns de la Ville avant qu'ils puissent être identifiés et testés trop durement.

Pour autant que je le sache, nous n'avions jamais eu au cours de cette période une personne aussi douée que Jac et il était absolument nécessaire qu'il soit libre. Peu importe combien cela couterait.

Alors nous en étions là, Sam et moi faisant tout notre possible pour offrir la liberté à un autre petit groupe de personnes et cette femme, Childers, salissant tout. Mais tel que je connaissais Sam Hunter, il ne renoncerait pas sans combattre. Étant donné qu'un camion chargé de Talents désarmés venait apparemment de descendre un hélicoptère de Marines, je dirais qu'il était prêt à se battre.

— Devrais-je essayer de communiquer avec lui ? murmura Patrick à côté de moi, ses yeux bruns écarquillés et son visage commençant déjà à changer de couleur au soleil.

— Je ne pense pas, lui dis-je en regardant Childers avec les Anges.

La femme était frustrée au point de perdre tout sens commun si elle ne l'avait jamais eu. Je l'avais vu envoyer un deuxième hélicoptère plus loin sur l'autoroute, cette fois avec des instructions différentes, avais-je supposé.

— Mieux vaut ne pas le déranger. Il pourrait avoir besoin de se concentrer.

Paddy resta simplement assis et regarda Childers, bronchant chaque fois qu'un des Anges était blessé. Il avait l'air hagard, comme s'il venait de se réveiller d'une sieste et se retrouvait dans un monde tout à fait nouveau.

Peut-être que c'était le cas.

Sam
Près de Sparks.

DEPUIS QUE nous avions recommencé à rouler vers le nord, ni Hiko ni moi n'avions rien dit. Qu'y avait-il à dire, après tout ? Nous nous dirigions très certainement vers un piège total. Après que nous ayons abattu l'hélicoptère, Flash avait dit tristement :

— Mort, encore. Plus tard.

Il serait facile d'être fataliste, de céder au désespoir. Mais bon sang, je n'avais pas fait cela pendant toutes ces années simplement pour courber l'échine devant la première psychopathe à venir du CMT.

— Nous allons nous battre, bon sang, murmurai-je en regardant la poussière.

— Et si nous mourons ? demanda Hiko pensivement

Nous sautâmes sur un nid-de-poule qui dut meurtrir les personnes à l'arrière du camion.

— Alors, nous mourrons libres, lui répondis-je.

Qu'est-ce que je pouvais dire d'autre ?

Nous étions peut-être à quinze kilomètres à l'extérieur de Sparks quand le deuxième hélicoptère vint à notre recherche. Celui-ci resta en hauteur et ne se mit jamais complètement au-dessus de nous. C'était bon à savoir que les méchants apprenaient aussi, je suppose. Avec l'hélicoptère pour escorte, nous parcourûmes les derniers kilomètres jusqu'à Sparks et Hiko se dirigea directement vers le Sanctuaire. Pas la peine d'avoir peur maintenant. Ils nous tenaient.

Effectivement, lorsque nous nous arrêtâmes dans la rue déserte à l'extérieur du Sanctuaire, une douzaine de Marines avancèrent vers le camion. Hiko marmonna doucement :

— Personne ne manque à l'appel.

Je vis d'abord Henry et sa famille. Henry recroquevillé au sol, Sharon en pleurs, leurs deux enfants accrochés à elle et l'air terrifiés.

Il y avait un troisième hélicoptère plus loin dans la rue, éloigné de l'immeuble du Sanctuaire, et debout en dessous je vis avec un choc inattendu une silhouette aux cheveux roux. Dana. Comment avait-elle atterri ici ? La réponse la plus probable se trouvait debout à côté d'elle : Patrick Harvey.

Je hochai la tête vers Hiko et j'ouvris lentement la porte. Je sortis les mains en l'air et Hiko fit de même de son côté.

— Je dois parler à ceux qui sont dans le camion, dis-je au Marine à l'air impassible le plus proche. Ils vont avoir trop peur pour sortir. Ils ne vous feront pas de mal. S'il vous plaît.

Je parlais fort, espérant que ceux à l'arrière du camion pourraient m'entendre et pourraient agir ou s'arranger pour faire pitié et sembler sans défense.

Toute cette situation pouvait potentiellement se terminer tellement mal, et tout ce que je pouvais entendre en écho dans ma tête, c'était les prédictions de mort de Flash.

XXV

Jac
Sparks

TOUT CE que je pouvais voir d'où je me trouvais, c'était l'arrière de l'épaule de Rob et la poussière soulevée par la machine volante qu'ils appelaient un hélicoptère. Dès que le camion s'arrêta, Charlie et Yuki, qui semblaient en quelque sorte avoir plus d'expérience que le reste d'entre nous, se hâtèrent de nous demander de sortir et d'avoir l'air apeurés et sans défense.

Ce ne fut pas difficile à faire.

Rob me poussa du camion sur la surface dure, poussiéreuse. Le soleil était trop fort. Je ne voyais rien. Mais Parri était là, si fort, si brillant. Je saisis l'épaule de Rob et contactai Parri, doucement, doucement. Une brise fraîche et l'odeur de l'eau, le bruit des mouettes et une cloche sonnant au loin.

Jac ici, Parri. J'avais dit que je viendrais.

Je voulais fuir. Machines… Je n'aime pas les machines. Et les armes. Tellement d'armes, toutes pointées sur nous. Pensaient-ils que nous étions si dangereux ? La seule chose qui m'aida à me calmer un peu, c'est que les hommes avec des armes à feu n'étaient pas en blanc.

Une fois que la poussière se fut un peu dissipée, je jetai discrètement un regard derrière Rob qui était rigide et tremblant. Outre les hommes avec des fusils, un petit groupe de personnes se blottissaient entre elles, apeurées et dans la peine. Derrière les hommes armés se tenaient deux silhouettes familières toutes en blanc, l'une avec des cheveux roux et l'un… Parri. Il était pâle, malade et effrayé et cela me fit mal de le voir ainsi.

— Parri, murmurai-je.

Et je bougeai pour aller vers lui, mais Rob m'arrêta en mettant un bras en diagonale en travers de mon corps.

— Attends.

Il respirait difficilement sans jamais poser son regard sur moi.

Puis je vis ce qu'il regardait, une troisième tout en blanc. Elle était grande et large d'épaules avec des cheveux noirs ondulés, qui me rappelait

Parri, mais elle ne lui ressemblait pas du tout. Non pas du tout. Elle sentait comme le cactus et le bitume et elle avait le goût du lait caillé. Elle me rappela brutalement les violets, ceux qui avaient tué Manda et Tedrick et nous avaient blessé Rob et moi. Je ne pus m'empêcher d'avoir l'air terrifié.

— Mauvais, murmurai-je. Mal

— Sans blague, petit frère, murmura Rob en réponse et nous regardâmes Sam et Hiko s'avancer pour rencontrer la femme en blanc.

— Mauvais, murmura Flash du côté où il se trouvait. Tellement mince, tellement de sang.

Wes calma l'homme plus âgé et je pus sentir la peur ricocher dans notre groupe, les esprits sensibles ramassant la frayeur et le transmettant à nouveau. Un circuit fermé de la terreur.

Patrick

DE LÀ où je me tenais, je pus voir Sam et un autre homme que je ne connaissais pas conduire les… je n'étais pas sûr de savoir comment les appeler. Évadés ? Fugitifs ? Simplement des gens ? L'hélicoptère planant au-dessus entretenait le tourbillon de poussière et il était difficile de voir clairement ce qui arrivait. Je regardai du coin de l'œil le camion, retenu par la poigne ferme de Dana sur mon épaule. Rob était là, indubitablement, et juste derrière lui, Jac, l'air effrayé et les yeux écarquillés. Mon cœur se mit à cogner durement quand je le vis et il le fit encore plus quand je vis Charlie et Eve descendre du camion. Charlie soutenait Eve avec l'aide d'une grande jeune femme que je n'avais jamais vue. Un jeune homme avec des cheveux roux ébouriffés aida un homme plus âgé à sauter du véhicule et en dernier arriva une femme petite et solide qui avait l'air prête, soit à prendre le monde, soit à fondre en larmes

— Sont-ils tous des Talents ? demandai-je à Dana, perdu dans les banquises résultant de l'éclatement de mon monde.

— À un degré ou à un autre, oui, dit Dana si doucement que je pouvais à peine l'entendre par-dessus l'hélicoptère qui heureusement avait repris un peu d'altitude.

— Qu'est-ce qui va se passer ?

— Aucune idée.

Mais son emprise sur mon épaule se resserra. J'aurai des ecchymoses demain. Puis, il remplit mon esprit. Une brise fraîche et l'odeur de l'eau, le bruit des mouettes et une cloche sonnant au loin. Pendant quelques secondes, je pus voir, entendre et sentir ça, et je m'avançai.

Jac ici, Parri. J'avais dit que je viendrais.

— Oh, mon Dieu, murmurai-je alors que Dana me repoussait en arrière.

Secoué comme je l'étais, je n'arrivais pas à me concentrer suffisamment pour lui envoyer un message mental. Je ne pouvais qu'espérer qu'il sût pour mon cœur, qu'il savait pour tout.

— Il me parle.

— Soit heureux qu'il aille bien, dit Dana fermement.

Et je la regardai pour voir que son attention était rivée sur l'endroit où Childers s'était arrêtée, laissant Sam faire les derniers pas pour la rejoindre.

— Trou du cul, dis-je à Childers, souhaitant avoir le culot de le lui crier.

Dana, que Dieu la bénisse, rit.

CMT. Enquêtrice Première Classe Julia Childers.

VOIR, IL m'était impossible de les voir tous d'où je me trouvais. Ma décision d'avancer vers eux, hors de la protection des Marines, fut basée sur deux choses : la poussière tourbillonnante qui rendait la visibilité ridiculement nuageuse, et pour être honnête, le fait que j'étais très énervée et que je voulais que ce tas de fugueurs pathétiques le sache. Ils avaient violé le code de conduite standard et ils avaient également spécifiquement violé celui des Talents Émergents. Je voulais les avoir à ma main, en forme et enfermés pour la nuit. Et j'allais commencer par Hunter.

— Lequel d'entre vous est Hunter ? hurlai-je par-dessus le bruit quand deux hommes s'approchèrent.

Le blond hocha la tête et leva les yeux vers l'hélicoptère. Irritée, je levai la main et fit signe à l'hélicoptère de s'éloigner assez pour rendre la conversation possible.

— Vous êtes un Empathe Senior, n'est-ce pas, Hunter ? demandai-je au blond à l'air maussade.

— Je le suis, comme je suis sûr que vous le savez.

Je laissai ma colère sortir, la dirigeant pleinement contre lui.

— Je suis très mécontente de vous, Hunter.

Il hésita face au rugissement de l'émotion, mais resta sur ses positions et il ne dit rien.

— Nous allons vous ramener, vos passagers et vous, à New Las Vegas maintenant, l'informai-je. Vous êtes tous en état d'arrestation pour violation du Code des Talents Émergents. Vous serez interrogé, affecté à de nouvelles places et dépouillé de tout rang. Est-ce clair ?

— Très, grogna Hunter, puis il désigna de la tête l'homme aux cheveux noirs à ses côtés.

— Takehiko n'est pas un Talent.

— Alors il ira juste en prison, n'est-ce pas ?

L'hélicoptère était encore facilement à portée de voix et les Marines sur le terrain s'étaient arrangés pour conserver un œil sur les groupes dispersés.

— Non, dit Hunter, lentement et presque tristement. J'ai bien peur que nous n'allions nulle part.

Sam

DE LÀ où je me trouvais, j'avais une vue presque panoramique de la situation. Dana et Patrick étaient à côté de l'hélicoptère au sol, le petit groupe derrière le hayon du camion, le petit groupe des volontaires du Sanctuaire des Anges recroquevillés sur un côté et les Marines impassibles braquant des fusils sur nous.

Flash dit que la mort se trouvait à la fin de chaque choix. Il la voyait probablement en ce moment.

Childers menaça Hiko de prison, mais à la place de la fureur que je m'attendais à ressentir, c'est un grand froid glacial qui s'installa en moi.

— Non, répondis-je à la salope. J'ai bien peur que nous n'allions nulle part.

Parce qu'entre le moment où elle avait utilisé sa colère contre moi dans un geste puéril et celui où je nous avais vus désarmés, encerclés et probablement condamnés, je décidai que nous gagnerions notre liberté ou que nous mourrions. Je ne renverrais personne des Talents Émergents.

— Protège Jac. Il doit partir. Il est l'avenir, murmurai-je en tournant la tête légèrement vers Hiko.

Il hocha brièvement la tête, une fois, son visage pierreux, mais nous soupçonnions tous les deux que Jac ne partirait jamais sans Rob. Ou Patrick.

Rob

J'ÉTAIS LÀ où je devais être. À côté et à un pas et demi devant Jac. Lui servant de bouclier. Le protégeant. J'avais passé la majeure partie de ma vie à le protéger et cela représentait au moins la moitié de ce que j'avais fait. Mais ce n'était jamais une corvée : Jac était un homme plutôt calme, la plupart du temps de bonne humeur. Doux et peut-être trop compatissant.

La tension autour de nous devint assez épaisse pour nous engloutir quand Sam parla brièvement à la femme en blanc aux cheveux noirs. Quoi qu'il dise, cela ne plut pas à la femme. Je ne suis pas un Talent, mais ce n'était pas difficile à comprendre en voyant la couleur accrue, la position tendue. Pendant un long moment comme suspendu, personne ne parla. Personne ne bougea. Nous étions simplement des statues sur une base de sables mouvants.

Et puis la femme aux cheveux noirs se mit à aboyer des ordres. Faire ça, les retenir tous, faire atterrir l'hélicoptère. La scène figée explosa, les hommes en uniforme se dirigèrent vers nous et vers l'autre groupe d'étrangers. En une fraction de seconde, sans aucun avertissement, elle sortit une arme et tira sur Sam presque à bout portant. Du sang cramoisi fleurit sur le devant et dans le dos de son vêtement blanc poussiéreux. Hiko l'attrapa par son bras non blessé et le traîna en arrière vers le camion, le sang éclaboussant sa chemise et un suintement apparut provenant d'un petit trou dans son mollet.

Jac serra mon épaule avec sa main, si fortement que c'était douloureux. Quand j'entendis le faible gémissement derrière moi, mon cœur plongea dans mes chaussures.

— Attention, lui murmurai-je. Attention, petit frère. Attention.

Dana

JE ME tenais à côté de Patrick et je regardai la scène se dérouler, et Dieu m'est témoin, je ne sais toujours pas vraiment ce qui est arrivé. Sauf que je savais que ma carrière était terminée, bon sang. Tant pis. On bouge et l'on change, n'est-ce pas ?

Dès que Childers commença à aboyer des ordres, le niveau de tension grimpa si haut qu'il était littéralement douloureux pour nous Empathes. Paddy et moi, nous appuyâmes l'un contre l'autre et nous battîmes simplement pour rester debout. Je remarquai que trois des évadés, deux jeunes hommes et une jeune femme s'écroulaient sous les assauts.

Childers cria à un Marine de nous faire monter Paddy et moi dans l'hélicoptère et c'est là que les choses commencèrent à devenir vraiment bizarres. Un Marine courut vers nous comme d'habitude avec l'arme prête à la main et puis il s'arrêta. Il stoppa net, si brusquement qu'il faillit tomber. L'expression sur son visage passa de vide à apeuré, de presque souriant à vide à nouveau en l'espace de quelques secondes, et puis il chuta, désarticulé, sur le sol.

— Oh Mon Dieu, oh Mon Dieu, oh Mon Dieu, scandait Paddy en soufflant. Je n'ai rien fait. Je le jure.

Je me penchai sur le Marine abattu pour vérifier son pouls et je me figeai en entendant un cri venant de l'hélicoptère derrière nous. J'avais presque oublié le Marine supplémentaire qui était là et le pilote. À peine, m'étais-je retournée pour leur faire face qu'ils entamèrent tous les deux la même routine bizarre et ils tombèrent l'un après l'autre de l'hélicoptère sur le sol. Je courais déjà vers celui qui était tombé durement et mal et dont le cou présentait un angle bizarre quand des tirs éclatèrent derrière moi.

— Jac ! cria Patrick et je me retournai à nouveau.

Je le vis commencer à traverser le champ de tir entre nous et les autres. Je piquai une accélération, ce que je ne savais pas possible, et je plongeai sur lui par-derrière, le faisant tomber sur l'asphalte recouvert de sable avec un cri de colère et une sensation de douleur féroce.

Jac

JE LES arrêtai, c'est tout.

Rob me tenait et il me disait qui était le meilleur pour le suivant et je les arrêtai. Et chaque fois que j'en arrêtai un, cela faisait un peu plus mal. Ensuite, les armes commencèrent à tirer, et Flash cria et Wes pleura, Sam et Hiko tombèrent ensemble en tas et je pouvais sentir la peur. Je la sentais comme une couverture qui me recouvrait.

Manda en train de crier, ses boucles blondes sur la terre alors qu'un homme après l'autre la violait. Tedrick en train de hurler, le sang semblable à un masque, comme un costume, inondant son corps tandis que ses os sautaient, se fissuraient et se rompaient. Tue-les, dit-il, et je le fis.

Mais Rob dit de ne pas tuer, simplement de blesser. Blesser méchamment, mais pas tuer. Et j'essayai. J'ai tenté, mais les esprits sont fuyants et tous ne se ressemblent pas et ce qui blessait un homme en tuait un autre, mais j'essayai. J'ai tenté.

Tout était tellement confus et j'avais mal à la tête. J'eus l'impression que j'allais vomir, mais je me retins. Quelque part, pas loin, un énorme crash fut suivi d'une explosion et Rob grogna, mais il garda fermement son emprise sur moi. Et j'essayai de blesser, de ne pas tuer.

Sauf pour une. La femme en blanc aux cheveux noirs qui avait tiré sur Sam. Celle qui courut vers Parri sur le terrain, vers Parri qui pleurait. La femme brune qui tira Parri par un bras, qui coinça son arme contre son flanc et qui me regarda. Qui regarda vers Rob et moi.

— Viens avec moi ou je le tue, dit-elle.

Rob glissa ses bras chaleureux et réconfortants autour de moi. Il se pencha pour murmurer à mon oreille.

— Tue cette salope de fille de pute toute-blanche et fait-lui mal.

Alors je l'ai fait.

Elle hurlait toujours quand le monde vira au gris puis au noir délavé.

PARTIE III : Liberté

XXVI

Patrick
Deux jours plus tard
Lac Elinor.

Il dort

Je m'assois à côté de lui, parfois en lui tenant la main, parfois niché contre lui dans le lit étroit. Le docteur ici, un infirmier en fait qui s'appelle Paul, dit qu'il n'est pas blessé physiquement. Il est juste endormi. Mais si nous n'arrivons pas à le réveiller bientôt, au moins suffisamment pour le faire manger, les choses pourraient assez mal tourner rapidement.

— Réveille-toi, Jac, prié-je, en regardant le visage pâle, calme sous la tignasse de cheveux aplatie. Debout, nous avons besoin de toi.

J'hésite, mais qui sait ce qu'il entend ?

— J'ai besoin de toi, Jac. J'ai besoin de toi.

Rob arrive alors que je suis encore en pleurs, marchant avec raideur à cause du bandage autour de son abdomen. Il pose une main chaleureuse sur mon épaule et prend l'autre chaise. Nous sommes toujours avec lui, Rob et moi. S'il se réveille, quand il se réveillera, l'un d'entre nous sera là.

— Dana te demande, dit-il.

Je hoche la tête, libérant à contrecœur la main de Jac que je tiens. Je ne prends pas la peine de lui dire que je serais bientôt de retour. Il le sait.

Dana s'est cassé le bras gauche en me projetant au sol au cours de la confusion, mais ce n'était pas le plus gros problème. C'était le ricochet d'une pièce de métal chaud qui avait cisaillé l'arrière de sa cuisse quand elle s'était relevée pensant être en sécurité. Hiko et Yuki qui possédaient quelques notions de médecine avaient consulté Paul et avaient décidé d'amputer la jambe.

J'avais dû m'éloigner loin dans la forêt pendant l'amputation. Il n'y avait pas d'anesthésiant et les analgésiques étaient insuffisants. Toutes les personnes avec un Talent pouvant être utile avaient essayé d'aider ou au moins de donner de la force. C'était hier.

Aujourd'hui, Dana est choquée et blanche comme un linge.

— Paddy ? demande-t-elle alors que j'entre dans sa chambre dans cet hôpital de fortune.

— Hé, Dana.

Je trouve un sourire pour elle et je m'installe sur le tabouret à côté de son lit.

— Tu te sens mieux aujourd'hui ?

Elle grogne faiblement.

— J'ai l'impression d'être une merde totale, et tu le sais. Mais nous l'avons fait, n'est-ce pas ? Nous avons réussi.

Nous nous étions enfuis. Nous avions fui le calme, la routine moyennement agréable, la vie compartimentée acceptable, pour nous retrouver dans un ensemble rustique de cabines et de grottes, sans source d'énergie fiable, sans commodités et avec l'assurance heureuse que la neige ne commencerait pas à tomber avant plusieurs semaines.

La neige. Je n'avais jamais vu la neige.

— Oui, confirmé-je. Nous avons réussi. Rob a dit que tu voulais me voir ?

Dana m'adresse un regard étrange puis dit lentement.

— Tu sais que tout ça, c'était de la faute de Childers, n'est-ce pas ? Pas de la tienne.

— Cela semble être le sentiment général.

Je suis d'accord même si je sais que je suis, au moins en partie, à blâmer. Des gens sont morts à cause de ma stupidité. Cela n'est pas facile à gérer.

— Paddy…tu dois rester fort, tu comprends ? J'ai besoin de toi. Nous avons tous besoin de toi. Et Jac a besoin de toi.

J'opine tout simplement de la tête. Que puis-je dire ou faire ? Dans d'autres parties de cette caverne, Sam se repose, attendant que son épaule et sa hanche trouées commencent à guérir. Hiko marche, mais avec une canne à cause d'un coup de feu qui a raté de peu à la fois l'os et l'artère fémorale. Wes qui a pris trois balles en essayant de sauver Flash n'a toujours pas repris connaissance.

Dans le coin le plus silencieux de ce repaire, Flash gît, couvert par un vieux drap jaune. Il attend son enterrement avec Buddy, un des hommes du Sanctuaire des Anges et la douce et inoffensive Eve. Charlie est inconsolable.

Parmi les Marines, près de la moitié sont morts. Nous avons laissé l'autre moitié dans les rues de Sparks, blessés ou presque morts. Le

216

dernier hélicoptère n'a pas été détruit, sauf que nous avons fracassé tous les équipements de communication. Nous avons ensuite chargé nos gens et ceux du Sanctuaire, les indemnes, les blessés et les morts dans le camion surchargé et nous avons roulé. Il nous a fallu une journée entière pour arriver ici. Eve est morte sur le chemin et Yuki a dû fouiller dans la trousse médicale peu fournie pour trouver un tranquillisant pour arrêter les cris de Charlie. Nous avons presque perdu Sam. Nous avons réellement perdu Dana, mais nous l'avons récupéré après une RCP. C'était infernal. Chacun d'entre nous était stupéfait, ensanglanté, sale et en état de choc.

Mais maintenant, nous sommes ici et Dana devra juste accepter l'assurance que je vais bien. Parce que je ne suis même pas sûr de savoir ce qui est bien désormais.

Cet après-midi, nous enterrerons les trois nôtres dans le cimetière d'Elinor qui contient déjà une douzaine de tombes environ. Après cela, la vie continuera.

Patrick
Trois semaines plus tard
Lac Elinor

PAUL M'A donné un petit carnet vierge et m'a dit d'écrire. Il a dit que c'était pour l'histoire d'Elinor qu'il réunit, mais je reconnais l'effort. Il tente de m'aider à faire face à la façon dont ma vie a changé depuis un peu plus d'un mois.

Elinor n'existe pas sur le réseau électrique, c'est la raison majeure qui fait qu'il n'a pas été trouvé. Nous devons respecter un black-out strict dès la tombée de la nuit, bien que les chances que n'importe quel avion survole cette partie reculée de la Sierra Nevada soient quasi nulles. Nous ne sommes pas totalement impuissants, cependant. Une série de petites roues rudimentaires installées le long de la rivière nous fournit suffisamment de puissance pour maintenir la caverne médicale éclairée et pour chauffer une partie de la communauté au pire de l'hiver. C'est en tout cas ce que je me dis.

Elinor est étonnamment bien fourni en marchandises. Henry m'a dit que c'est à cause des équipes de secours qui sont sorties une fois par mois peu de temps après l'Explosion, faisant des raids sur la nourriture, les tissus et les fournitures médicales de n'importe quelle ville ayant été abandonnée. Apparemment, il y avait beaucoup plus de gens disséminés dans les montagnes que j'aurai pu l'imaginer.

Le seul problème, bien que pas exactement une menace, ce sont les violets. Oui, comme ceux que Jac se rappelle si violemment. Les Violets sont essentiellement des humains ordinaires retournés à l'état sauvage depuis l'Explosion. Ils sont juste un peu plus que des animaux. Malheureusement, ils semblent se reproduire aussi bien que des animaux, ce qui garde leur nombre stable, voir l'augmente un peu de plus en plus. Ils ne sont pas une menace pour Elinor, mais tout à fait pour les équipes qui s'occupent des pièges.

La reproduction est donc une grande préoccupation pour les gens d'Elinor. Nos enfants sont l'avenir comme ils disent. Si c'est le cas, l'avenir sera un endroit bien différent de ce que nous avions imaginé. Il n'y a pas de programme de reproduction en soi ici. Personne n'ordonne ou même ne demande de s'accoupler avec une personne en particulier. Mais tandis que deux personnes peuvent très bien avoir un partenariat solide et monogame émotionnellement, cela ne gêne personne si la femme choisit de faire un enfant avec un père différent chaque fois. En gardant toujours un œil vers les Talents pour les améliorer. On m'a déjà demandé trois fois. Je ne suis pas sûr de savoir comment faire face à cela.

Chaque jour, une ou plusieurs femmes passeront 'par hasard' par la caverne que je partage avec Jac pour voir s'il est intéressé. Mais. Je dois leur dire non. Il n'est pas intéressé par l'un d'entre nous, pas encore.

Jac s'était réveillé pendant les funérailles de Flash, Buddy et Eve. Je ne sais pas comment il a su que c'était le moment, mais il s'était réveillé et il s'était assis, avait salué poliment Keesha qui le regardait et il était sorti pour venir au cimetière. Pieds nus, dans une chemise d'hôpital élimée claquant dans le vent froid, il s'était avancé derrière Rob et moi et il avait posé une main sur nos deux épaules. Avant même que nous ayons pu nous remettre de la surprise, il s'était faufilé entre les rares personnes et s'était installé sur le sol entre les trois tombes fraîches.

Et puis il avait chanté. Je ne connaissais pas ce chant. C'était une sorte d'anglais et la chanson semblait parler de ponts, de silence et d'oiseaux d'argent. Sa voix était loin d'être parfaite, mais alors qu'il était assis là, en tailleur, le cul nu sur la terre meuble, les yeux fermés et la tête inclinée vers le ciel grisonnant, nous pouvions tous le voir et le sentir. La fatigue, le désespoir puis le passage lorsque l'oiseau d'argent des rêves perça les nuages et laissa la lumière du soleil réchauffer les cœurs. Tous les cœurs.

Après cela, Jac était réveillé, mais il ne parlait toujours pas. Ses yeux étaient hantés et il semblait si loin de nous dans sa propre âme dont ni

Rob ni moi ne pouvions le tirer. Nous lui avons offert les meilleurs et les plus insolites aliments que nous avons pu trouver. Liqueurs assez vieilles, étreintes, câlins et baisers, il acceptait tout avec gentillesse, parfois même chaleureusement, mais il ne parlait jamais. Non seulement sa voix se taisait, mais son esprit aussi. Ni Rob ni moi ne pouvions entendre un bruit provenant de lui.

Rob et moi avions appris à nous apprécier dans notre amour pour Jac. Il me parla des années qu'ils avaient passées ensemble. Je lui racontai les circonstances de ma jeunesse. Rosemary et lui commencèrent à passer du temps ensemble. Un peu de temps.

Charlie semble vidé par la perte d'Eve. Il erre dans Elinor, seul et perdu malgré de nombreuses tentatives pour l'atteindre. Mais les jeunes femmes de la communauté ne renonceront pas à lui apporter des collations et des petits cadeaux et à essayer d'égayer son humeur.

Yuki est très enceinte maintenant. Le bébé doit naître dans deux mois, pendant l'hiver. Sam est inquiet. Elle lève les yeux au ciel et lui fait remarquer que des bébés sont nés et ont survécu à l'hiver pendant des milliers d'années. 'Oui, mais pas le mien' est la réponse standard de Sam le grincheux. C'est devenu une blague à Elinor. Quelqu'un dit quelque chose que ce soit bon ou mauvais et la réponse classique est maintenant, 'Ouais, mais pas le mien'.

Sam marche en boitant. Hiko se déplace avec une canne. Dana est toujours coincée dans son lit, comme elle le dit, jusqu'à ce que son bras guérisse assez pour qu'elle puisse commencer à utiliser des béquilles. Pas encore aujourd'hui lui dit Paul. Pas encore aujourd'hui, il sera bien temps un jour pour les boiteux de marcher.

— Ouais, mais pas le mien, gronde Dana, puis elle enchaîne en général sur une blague salace.

Je ne savais même pas qu'elle en connaissait, mais elle semble en avoir une réserve inépuisable. Je suppose que nous ne savions pas vraiment grand-chose sur l'autre, là-bas au Centre.

Je ne savais vraiment rien sur personne.

Wes a été, en quelque sorte, adopté par la famille d'Henry. Les deux enfants l'adorent et la femme d'Henry a déjà demandé à Wes d'être le père de son prochain enfant, une fois que celui en cours sera né et qu'il aura grandi de quelques mois. Wes donna l'impression de marcher sur un nuage ce jour-là.

Ici, à Elinor, tout tourne autour des enfants et c'est facile de comprendre pourquoi. On leur apprend tout à propos de tout, et ils sont ouverts à la possibilité des Talents dès leur plus jeune âge. Et cette ouverture combinée avec le pool génétique de lourds Talents fait qu'Elinor ne ressemble à aucun autre endroit dont j'aurai pu entendre parler.

Aujourd'hui, je regardai six enfants, tous des préadolescents jouant au football sur le petit champ bordant la colonie. Pas grand-chose n'est-ce pas ? Vous pourriez voir la même chose partout. Tout y était, le jeu exubérant, rapide et le temps froid. Et aucun ne touchait jamais le ballon.

Cinq mois plus tard
Lac Elinor.

SAM, YUKI et bébé Glory partirent finalement au coucher du soleil. Ils étaient les derniers participants de la fête à partir. Rob et Rosemary se tenaient devant la nouvelle porte d'entrée de la caverne, Jac et Patrick blottis l'un contre l'autre derrière eux, agitant et criant Joyeuse Bonne Année jusqu'à ce qu'ils ne puissent plus les apercevoir dans la neige.

— Quelle belle journée, soupira Rosemary.

Elle sourit en se retournant pour enlacer Rob. Elle est au début de sa grossesse et sauf problèmes, la communauté d'Elinor devrait compter un membre de plus au milieu de l'été.

Jac sourit à Patrick et toucha légèrement le ventre du jeune homme, en levant un sourcil. Ce dernier renifla et le regarda.

— Nous sommes bizarres ici, mais pas bizarres comme cela, dit-il noblement.

Jac haussa les épaules et sourit.

— Je pense qu'il veut essayer, de toute façon, dit Rob souriant d'une oreille à l'autre.

Jac fit une grimace moqueuse et frappa Rob une fois pour rire. Le rire de Rosemary éclaira entièrement la caverne et beaucoup mieux que n'importe quelles bougies ou lanternes. Jac prit le visage de la jeune femme entre ses mains et l'attira dans un lent et tendre baiser.

Merci.

— Oh mon trésor, dit Rosemary souriante en levant une main pour toucher légèrement le visage de l'homme. Pourquoi ?

Pour le garder occupé.

Jac jeta un coup d'œil significatif vers Rob qui, soupçonnant qu'on parlait de lui, fronça les sourcils.

Rosemary rit à nouveau et tira brusquement Rob de la porte vers leur petite chambre alcôve.

— Demain, nous rangerons tous ensemble et nous ferons la vaisselle, dit Rosemary en fermant le rideau. Tous, compris ?

Elle jeta un coup d'œil à Patrick qui reposait contre le flanc de Jac, souriant simplement. Il lui adressa un salut rapide, puis il fut seul avec Jac.

Heureux, dit Jac silencieusement.

— Heureux de quoi, bébé ? demanda Patrick qui pouvait facilement penser à mille choses pour être heureux en ce moment.

Toi. Moi. Ici.

Jac ferma la porte, mais ne prit pas la peine de la verrouiller. Avec la télékinétique qui traînait en ville, les bonnes manières semblaient plus fiables que les gadgets.

Serrant la main de Patrick, il traversa le salon, éteignant toutes les lumières sauf le feu qui avait été couvert pour la nuit.

— Je suis heureux que nous soyons ici aussi, dit Patrick, heureux que ce travail lui ait donné un peu de temps de réflexion. Je ne comprenais pas quand nous nous sommes rencontrés, à propos de la liberté et pourquoi cela semblait signifier tant pour toi. Mais maintenant… je pense que cela fait partie de nous, en tant qu'êtres humains, de vouloir être libres.

Besoin, dit Jac en fermant le rideau et en commençant à déshabiller Patrick sans demander.

— J'ai besoin de toi moi aussi, murmura Patrick en attrapant la tunique de son amant.

Besoin liberté, corrigea ce dernier, puis :

— Besoin de toi, ajouta-t-il de sa voix douce, rauque et épaisse d'être peu utilisée.

Ils s'écroulèrent sur le lit rembourré et se redécouvrirent. Quel monde étrange pour y vivre pensa Patrick. Tant Jac que lui étaient comme des enfants ici. Rob et Rosemary se joignaient à eux pour jouer sans limites comme un groupe de chiots et ils partageaient tous les plaisirs ensemble.

Mais rien, rien n'était meilleur que ça.

Ils tombèrent dans les bras l'un de l'autre, dans leurs esprits et dans leurs cœurs. La passion monta, les murs de la caverne rougeoyèrent et un parfum de roses flotta dans leur logement. Et Patrick savait qu'il ferait n'importe quoi, irait n'importe où pour cet homme étonnant qui chuchotait son nom.

— Parri.

Alors qu'ils flottaient ensemble, en liberté.

JAY KIRKPATRICK écrit depuis aussi longtemps qu'elle sait tenir un crayon. Quand son poème épique de six lignes 'Le Renard Courant' a été lu à l'ensemble de la classe par son professeur, elle savait que c'était ça qu'elle ferait toujours.

Des années avant d'entendre parler de fanfic, elle écrivait des histoires sur Les Singes des Commandos Gorilla et Lancer. Au cours de ses premières années de fandom (est-ce que quelqu'un se souvient de la fiction Round Robins par Snailmail ?), elle a écrit des histoires sur Ténébreuse, Battlestar Galactica, Star Trek, Star Wars et aussi de la non-fanfiction.

Tout en travaillant comme journaliste et enseignante, elle fréquentait assidument les jeux de rôle et les salles de chat (il y a des années) sur les fandoms du Seigneur des anneaux et enfin elle écrivit à nouveau sa propre fiction originale.

Actuellement, après une bataille longue et sans fin contre la maniaco-dépression, Jay passe ses journées avec son merveilleux partenaire depuis vingt-six ans et leur fille de vingt-quatre ans… Et aussi le meilleur chien corniaud du monde et deux paresseux et méchants chats.